鷹野芳烈
鷹野美羽
鷹野美麗

コンちゃん
油気玉藻
帝城闇夜
粟国勝利

モブな主人公
～小説の中のモブはカワイイけど問題がある～

contents

プロローグだぞっと

これは俺の物語だ。

いわゆるモブと決められている人間の物語だ。

なので、世界の中心となる主人公の話じゃない。

俺はこの世界では、ちっぽけな存在。

いてもいなくても関係ない。

世界の歯車、換えのきく存在。

だいたいの人間がそうだと思う。換えのきかない人間などほとんど存在しないと思うので、特に哀《かな》しむこともないだろう。俺は世界にとって必要な存在だと声をあげる人間だっているだろうぜ。

でも。それは世界にとって必要なのではない。妻、子供、家族、周囲の人間たちにとっては必要なのだろうよ。

本当に世界にとって必要な存在とはどういう存在なのだろう。

答えは簡単で、その存在が世界にとって必要だと決められている場合だ。

意味がわからない？

まあ、そうだろうな。俺も他人にそんなことを言われても意味がわからないと笑い飛ばすだろうよ。

でも。俺の話を聞いてくれればわかると思う。
なあんだ、そいつはたしかに世界にとって大切な存在だって。
そして俺は世界にとって必要のない存在と決められていた。
空気みたいな存在だ。
そう思ってたんだけどなぁ。
何はともあれ。
俺がそう思った理由を聞いてくれ。
これは俺が二度目の人生を送る話だ。
いわゆるモブと決められている人間の人生の話だ。

一章　幼稚園時代

一話　俺は転生したぞっと

スーツを着込んだある一人のどこにでもいそうなおっさんが、駅の長いエスカレーターに乗っていた。まだまだ朝は早く、エスカレーターに乗っているのは俺以外に誰もいない。

早朝とはいえ、都内で誰もいないのは珍しいなぁと思ったが、とりあえず左側に立つ。

エスカレーターは暗黙の了解があり、左側は立ち止まる人、右側が歩いて登る人となっている。

関東と関西で違うらしいけど。あと、歩いて登るのは軽犯罪法に引っ掛かるんじゃないかなぁと、俺は眠気混じりのあくびをしながら思う。

どちらにしても、俺は歩いて上る気はない。疲れるし、エスカレーターを駆け上るとか意味わからん。

なので、のんびりとエスカレーターが上に着くのを待っていた。ここのエスカレーターはかなり長いので、足を踏み外せば、確実に死ぬか大怪我《おおけが》を負うだろうから、駆け上る命知らずはいないだろうとも考えていた。

思えば、そんなことを考えていたのが、フラグだったのだろうと未来で俺は気づいた。

だが、その時の俺は特に気にしなかった。

隣をダダダと荒々しい足音を立てて駆け上る男がいなかったら、何も起こらなかったし。

ん？　と俺は足音に気づくが後ろを振り向くことはしなかった。振り向いて落ちる可能性もあるからだ。それぐらい、この駅のエスカレーターは物凄《ものすご》い長い。

なので、気にはなったが、見ずにいた。だいたいの人はそうすると思うんだ。気にはなっても、その好奇心を表には出さない。歳《とし》と共に好奇心は天秤《てんびん》で怠惰に傾きで負けちまう。

そのうち足音が近づき、俺の横を物凄い勢いで駆け上る奴《やつ》が見えた。小太りの青年だ。後は普通の服装で、汗だく。息は荒い。

あぁ、旅行にでも行くのかなと思ったのは、そいつがタイヤ付きのトランクケースを持っていたからだ。よく海外旅行とかで使う引手が付いているやつ。

ツアーの集合時間に遅れるとか、飛行機の時間に間に合わない。そんなパターンだろう。とはいえ、高速エスカレーターをトランクケースを持って駆け上るとは勇気あるなぁと、その青年を見送りながら思っていた。

が、それも青年が足を滑らせて、落ちてくるまでだった。よりによってあと少しで上に着くという時に青年は足を滑らせた。恐らくはあと少しで辿り着くと安心したからだろう。運動不足もあったんだろうな、脚がガクガクだったようだし。

落ちてくる青年とトランクケース。少し下にいた俺は不幸なことに巻き込まれて、転がり落ちていった。

ガツンガツンと身体《からだ》がエスカレーターの階段の角にぶつかり激痛が走る。ポキッと骨の折れる音が聞こえて、身体が動かなくなり、下まで落ちたのだった。

マジかよと俺は動かない身体と、痛みがないことの両方に恐れを抱いた。わかる、わかってしまった。これは致命傷だと。死ぬんだと薄れゆく意識の中で思った。

この青年、マジで許さない。俺を巻き込むなよと怒りと悔しさで心が真っ赤に染まる。

俺は独身だ。そのために老後の資金として貯金をしており、その額は約五千万になる。俺が死んだら国に没収されるか、親戚が持っていくか。どちらにしても俺の手元には残らない。三途《さんず》の川《かわ》に金は持ち込めない。

もっと贅沢《ぜいたく》に暮らせば良かった。数万円の日本酒を飲み、一泊数十万円のスイートルームに泊まって、海外旅行もしたかった。後悔ばかりが俺を襲う。

死後の世界など存在しない。地獄も天国もないだろう。贅沢に暮らしたかったと俺は人生を悔やみながら死んだ。

たしかに俺は死んだ。そこで俺の人生は終わった。

そして新たなる人生が始まったのだった。

◇

気づいたら、俺は赤ん坊になっていた。

「あーあー」

言葉は口にできない。手足も自由に動かない。

なんぞ、これ？

最初は助かったと思った。重傷でも生き残れたのだろうと。

だがすぐに気づいた。だって、見知らぬ男が俺の顔を覗《のぞ》き込んできたし。しかも俺を見て嬉《うれ》しそうだ。医者のようでもない。

トドメの言葉もあった。

「赤ちゃんや～、パパでしゅよ～」

二枚目というには何か足りない、そこそこの顔立ちの男が嬉しそうに言ってくるのである。手を何とか動かすと紅葉《もみじ》のようにちっちゃい手だった。どうやら俺の手みたいだ。

なるほど？

俺はもしかしたら転生したらしい。赤ん坊に。夢かもしれないが転生したと考えた方がまだ希望がある。明日覚める人生でも、この人生を楽しもうと思ったのも束《つか》の間《ま》、それとは別に恐ろしいことに気づいた。

俺はどっと恐怖に襲われた。

「あんぎゃー」

わぁんと泣き叫ぶ。何に恐怖したかっていうとだ。

生まれたばかりの赤ん坊って、首が据わっていないから下手に動けないというやつだ。激しい動きをすると死んだり、障害が残るかもしれない。

怖い。この生活が怖い。赤ん坊になって恥ずかしい？　それどころじゃない。赤ん坊ってのは死にやすいのだ。ガラス細工のようなものなのだ。本当に赤ん坊になったら、恥ずかしいとかそんなことを思う前に、自分の身体の脆《もろ》さに恐怖するもんなんだなと俺は泣き叫ぶのであった。

なので、ハイハイができるまではほとんど動くことなく、赤ん坊の俺は大丈夫かと両親に心配されたのであった。

恐怖の赤ん坊生活はよく覚えていない。ただ両親はそこそこの顔立ちで、人のよさが滲《にじ》み出《で》ていた。夜泣きをすると次の日は仕事なのに、父親が俺をあやしてくれるのだ。しかも嫌そうな顔一つせず、疲れた顔も見せずに。

母親はその間、すやすやと安心して寝ている。

俺は驚愕《きょうがく》した。この両親、物凄いできた人たちだ。仲が良く、人柄も良い。

この家庭は最高だと俺は感動した。やったね。俺の転生先は最高の環境だったのだ。

俺はこの両親が大好きになり、この夫婦関係が壊れないように二人の子供として頑張ろうと誓ったのだった。

まずは夜泣きをしないように頑張ろうかな。

◇

ここは日本だと赤ん坊ではあるが悟った。ようやくハイハイができて、よちよち歩きで、パパママ～と笑顔を見せて、抱っこしてとお強請《ねだ》りをする。

両親は俺があまり動かなかった上に、夜泣きも少なかったので心配していたらしい。俺も怪我《けが》を恐れていたので、そのことについてはごめんなさいとしか答えることができない。

甘えて、抱っこされながら周りを確認するが、スマフォもある。テレビもあるし、食べ物も普通。卵焼きにカレー。

うん、日本だ。テレビの内容も前世で見たことのあるような内容だし。両親は旅行や食べることが好きなようで、それ関係の番組を見ていることが多い。

両親は共に、黒目黒髪で平凡な容姿に痩せても太ってもおらず標準体型。一軒家に住み、母親は専業主婦。父親はサラリーマン。なんの仕事をしているかはわからないけど、だいたい定時で帰れる模様。

俺の家は五十坪ほどの敷地。小さいが庭もあり、駐車場もある。モダンな家で、建ててから十年は経過していない。もしかしたらこの両親が結婚する際に建てたのではないかと考えている。

普通の家庭。もう新婚でもないのに、まだまだラブラブだし、お互いを気遣って、優しい言葉や感謝の言葉を口にして、家事も分担しており、休みには家族でお散歩。たまに外食だ。

せっかく転生したのに平凡な家庭に生まれたなんて残念だねと憐《あわ》れむ人もいるだろう。平凡なる家庭で残念だったねと。

だが、そんな言葉を口にする奴は考えが浅いと言うしかない。専業主婦だよ？　土地持ち一軒家でお金に困っている様子もない。何より家族仲がとても良い。奇跡のような両親だ。この人たちは聖人かな？

前世の両親は離婚したし、常にお互いの悪口ばかり言っていたから、比較対象が酷《ひど》すぎたのかもしれない。

だが、俺は比較対象がおかしくても感動した。こんな家族見たことない。テレビだって、仲の良い家族は不老不死の海の家族だけ。

ドラマとかで離婚している夫婦は、感動的な冒険的イベントがなければ寄りを戻したりしない。吊《つ》り橋《ばし》効果って知っていますかと、聞きたいところだ。

なので、なんの変哲もない普通の家庭は奇跡のようなものだと知っている。

今の母親は多少お嬢様っぽい箱入り娘な感じがしたけどな。良家の出なんだろう。

剣と魔法の世界に転生するよりも断然良いよ。だって、剣と魔法の世界って面倒くさいじゃん？何よりテレビもないし、ネットもない。投稿動画を見ることもできないし、ゲームもないのだ。そんな世界に俺が暮らすのは不可能だ。おいしい食べ物もないしな。

◇

「みーちゃん、おやつよ～」

数年後である。居間の床でコロコロと転がっていた俺に、母親が笑顔で手招きしてくる。コロコロと転がっていたのはなんか楽しいから。どうやら精神も幼くなってきたようだ。

「は～い」

俺はぽてぽてと歩いて母親に抱っこしてもらう。スキンシップは大事なんだよ。

「ママ、おやつありあと～」

ニコニコスマイルで俺はお礼を言う。何かにつけてお礼を言うのも、とても大事なことなんだよ。俺は常にありがとうと、両親に笑顔で言っている。家族仲大事。

「今日は手作りクッキーなの」

「手作り！」

思わずぽかーんと口を開けて、驚いてしまった。だって手作りだよ？

「はい、どうぞ」

テーブルに置かれているクッキーとミルク。手に取るとほのかに温かい。マジかよ、温かいクッキーだよ？　え？　手作りクッキーなの？　どこの伝説のアイテム？

小さな口に運んで噛《か》むとざくりと軽い食感で、温かさが広がり、甘さが口に残る。温かいクッキーなんか初めて食べたよ！　できたてだよ！

手作りクッキーなんか都市伝説だと思っていた。とてつもなく美味《おい》しい。最高である。

改めて、俺はこの環境が最高だと確信した。

絶対に絶対にこの家族は崩壊させないぞと、俺は強くクッキーを握りしめて、粉々に砕いてしまった。

涙腺が脆い幼い身体だ。うるうると涙をためてしまう。手作りクッキー。聖剣エクスカリバーや村正よりも珍しいアイテムがと、泣きそうになる俺を、母親はクスクスと笑って頭を撫《な》でて慰めてくれた。

「くっき〜」

「大丈夫よ、まだまだいっぱいあるからね」

俺は母親に慰められながら、固く誓った。手作りクッキーの誓いだ。この家族を守ると。

もう一枚クッキーを砕いちゃったのは言うまでもない。

さて、この家族を幼い俺が守るにはどうすればいいか。……笑顔と感謝の気持ち、そして金だな。

ロトの当たり数字を研究しよう。そうしよう。完璧な計画だ。幼い頃から研究すれば、一等ぐらい何回か当たると思うんだよな。前世では当たったことなかったけど。

そうして、俺はペチペチとキーボードを叩《たた》いて、ロトの当選数字を集めることにしたのだ。建設的な行動と言わざるを得ないだろう。皆が俺を褒《ほ》め称《たた》えると思うんだけどどうかな？

そうして五歳になるまで、俺は良い子にして暮らした。残念ながら両親はロトを買っていなかったから、俺が買える歳《とし》まで待つことにしたんだけど。臥薪嘗胆《がしんしょうたん》というやつだ。

だが、五歳になって俺の生活は壊れた。

壊れちまったんだ。

二話　俺はモブ転生したらしいぞっと

五歳である。俺は五歳になった。

だが、賢《さか》しく行動をするつもりはない。難しい本を読んだり、大人顔負けの発言をしたりして、両親を驚かすようなことはしない。そんな可愛《かわい》げのない子供なんてこの家族に必要ない。

いや、普通に賢いだけの幼い子供なら良いよ？　でも、転生して賢いですよアピールはまずいと思うんだ。大人だってわかる。子供の賢さと、大人の賢さの違いが。

可愛らしい子供の賢さと、賢しいと感じる大人の賢さ。自分の子供が変だと、不気味がる可能性は高い。優しい両親ならば、それでも気にしないでくれるかもだが。

無闇に両親の心を試す必要はない。なので、俺は幼い子供を演じていた。

洗面台を使う時は、俺専用の踏み台に乗って、顔をパシャパシャと洗う。髪の毛も寝癖がついてないか、服装も整っているか確認する。幼い子供が綺麗《きれい》好き。別におかしなところはない。そして、身嗜《みだしな》みがしっかりとしている子供は大人ウケがいいのだよ。

「みーちゃんは綺麗好きね～。うりうり」

「きゃあ～」

きゃあきゃあと喜びの声をあげて、母親に抱きつく。母親はフフッと優しく笑うと頭を撫《な》でてくれる。撫でられたことに安心して、俺は目を瞑《つぶ》る。

「そろそろお昼だから、お買い物に行こっか？」

「うん！　お菓子買ってもいい？」

「そうねぇ、みーちゃんが荷物を持ってくれたらご褒美にしてあげるわ」

「荷物持つ！」

ぴょんぴょんと飛び跳ねて俺は喜ぶ。こういう小さいお強請《ねだ》りは親にとって嬉《うれ》しいものなのだ。

俺の身体《からだ》もお菓子を求めている。幼いから仕方ない。

母親と手を繫《つな》ぎ、買い物に出発。エコバッグは俺が持つ。良い子だからな。

見慣れたアスファルト舗装の道路、車が行き交い、コンビニなどが目に入る。安心安全の日本の風景だ。剣と魔法の世界でなくて良かったと俺は心底思いながら、手を振って歩く。

「ふふっ、ご機嫌ね、みーちゃん」

「うん、お菓子楽しみ！」

「あらあら」

クスクスと笑う母親とスーパーへと向かう。そういや、俺の住んでいる場所ってどこだろ？　東京か？　森林は見えないし、畑もない。東京……だよな？　関西ではないと思う。関西弁を身近で聞いたことないし。

でも、外国人も見かけないんだよなぁ。ん〜、全てが前世の日本と同じじゃないのかな。

歩きながら、フト気になったが、まぁ、そんなもん簡単に調べることができるだろと記憶の片隅に放置することにした。疑問を口にすることはできないからな。

比較対象がないのに、変なことを聞く子供だと思われたくない。少し臆病になっている自覚はあるが家族仲を大事にしたいんだよ。

「あら、鷹野《たかの》さん。子供とお買い物？」

「ええ、ちょっとそこのスーパーまで」

「こんにちは、おばさん！」

俺も元気よくニコリと可愛らしい微笑《ほほえ》みで挨拶をする。ご近所付き合いの基本は挨拶。挨拶だけできていれば、そこそこの評価は得られるもんなんだ。

「あらあら、良いご挨拶ね。いつもみーちゃんは可愛らしいわねぇ、羨ましいわ」

おばさんと母親があいさつを交わす。俺の名字は鷹野、母親は鷹野美麗《びれい》、父親は芳烈《ほうれつ》。なんというか、どことなく上流階級っぽい名前の両親？　まぁ、なんでもいいだろう。

とてとてと歩いていく。春うらら、もう少ししたら梅雨《つゆ》に入る。梅雨は嫌だなぁと思いながら母親と楽しく話しながらスーパーに向かっていた。

そして、俺の人生を壊すものに出会っちまった。正直出会いたくなかったけど。

それは人の形をしていた。ガッシャガッシャと金属音を立てて歩いていた。

「おかーさん、あれはコスプレ?」

五歳の可愛らしい子供になった俺はちっこい指で指差した。

「あぁ、あれはダンジョンに向かう冒険者ね」

「コスプレは会場に行ってから着替えないとだめなのに……。でも髪もピンクとか緑とか気合入れてるなぁ。ここらへんでコスプレイベントがあるのかな?」

メカニカルな鉄の鎧《よろい》に未来的な機械でできた槍《やり》を持った緑髪の巨漢のおっさん、節くれだった木の杖《つえ》を持った魔女の三角帽子と黒いローブを着込んだ少女。ちなみにピンクの髪色をしていた。同じような格好で変わった髪の色をした人たちがゾロゾロ歩いていき、近場にコスプレイベントがあるんだなと俺は思った。

前世ではコスプレイベントに行ったことがなかった。夏と冬にあるコミケというものにも行ったことがなかった。

なので、行ってみたいなぁと思った俺は初めてのきちんとしたお強請りを口にした。お菓子のお強請りとはわけが違う。断わられる可能性のあるお強請りだ。

しょうもない願いを初めてのお強請りにしたもんだが、転生してからは好きに生きようと決めていたんだよ。あ、もちろん家族仲は最優先ね。

そうしたら母親はクスクスと笑って教えてくれた。

「コスプレって。あの人たちが聞いたら怒るわよ。彼らは『マナ』を扱える力に目覚めて魔導学院を卒業した冒険者たち。このへんなら第三学院の『弥生《やよい》』ね」

「ぼ、冒険者？」

はぁ？　と俺は困惑した。まずい、この会話はまずいと本能が警告音を奏で始めていた。が、そんな俺の困惑に気づかず、母親は俺の頭を優しく撫でながら教えてくれた。

「この世界にあるダンジョンを攻略する人たちのことよ。魔物が現れるこわーいこわーいダンジョンを破壊してくれる立派な人たちなのよ。髪の色が黒じゃないのは、『マナ』を扱えるようになって覚醒した証《あかし》ね」

「へー」

呑気《のんき》な顔で頷《うなず》いたが内心は驚愕《きょうがく》である。脳内の俺が盆踊りしだすほど混乱していた。どっきりだろ？　俺をからかっているんだよな。

冗談よ、みーちゃんと可笑《おか》しそうに笑い飛ばす母親のリアクションがあると思った。

マジかよと、母親の顔を凝視してしまったが、嘘《うそ》をついたりからかったりしている様子はなかった。え？　そういう世界観？

半信半疑になり、ここは地球じゃないのかと俺が恐れていた時である。

「ほら、魔石や魔物の素材、ああいうのをダンジョンから回収して売るのも冒険者のお仕事ね。魔物っていうのはね、ダンジョンを放置すると外に出てきて人を襲うの。こわーいこわーいなのよ」

母親が指差す先にはトラックに積まれた魔石や毛皮があった。

ゴゴゴと俺の前を通り過ぎていくトラックのエンジン音を聞きながら、俺の心もゴゴゴと危機感を感じていた。

ファンタジーの世界だ。異世界ではない。現実と融合しているファンタジー世界だった。ファンタジー要素はコスプレをしていると思っていた冒険者だけではない。

なぜ今まで気づかなかったのだろうか。俺はまったく周りを見ていなかった。

よくよく見れば、工事をしている作業員は、杖を翳《かざ》してあっさりと地面に穴を開けている。家を建てている大工さんが杖を使うと、速乾性コンクリートでもそんなに早くは乾かないだろうという早さで、セメントは固まっていた。

全てにおいて、前世とは違う。空を見れば、プロペラもジェットエンジンも付いてないのに、車が飛んでいるし、それどころか箒《ほうき》に跨《また》がって空を飛ぶ人たちもごく少数だが目に入る。魔法だ。魔法がある世界なのだ。

ここは異世界だった。前世と同じ世界観ではなく、どうやら異世界に転生したらしいと呆然《ぼうぜん》と立ち尽くしてしまったのだった。

俺の常識は壊れた。その日の夕方、ぼんやりとテレビを見ていると、あるニュースがやっていた。魔導学院対抗の大会があって、うんちゃらかんちゃら。もうパワードスーツにしか見えない鎧、しかも女性はなぜか露出多めのパワードスーツを着た人たちが戦っているニュースがやっていたのだ。

上位の冒険者は飛行ができて当たり前とかなんとかアナウンサーが興奮して喋《しゃべ》っていたが、俺はそのエロティックなオタク向けのパワードスーツを見て、ハッと気づいた。気づいてしまったのだ。正直気づかなければよかったのにとも思う。

俺の将来は前世の経験を活《い》かして、金持ちになる予定だったのだ。まずはロトで当たる数字を研究しようと固く誓っていたのだ。もう数字の統計を書いたノートは既に何冊も溜《た》まっていたのだ。

だが、気づいてしまったのだ。

「ここ、『魔導の夜』の世界じゃん！」

テレビの前でちょこんと座っておとなしい子供を演じていた俺はガバッと立ち上がり驚愕の叫びを上げるのだった。

『魔導の夜』とは現代ファンタジーものの小説だ。ダンジョンが生まれる世界観、なにかよくわからんけど、魔石とか魔物の素材が高く売れて、冒険者は昔から優遇されている。

それらの背景を元に、学院で主人公が次々に現れる美少女といちゃいちゃしつつ、世界を滅ぼすという学院に封じられている魔神の封印を様々な敵から守るという話。結局封印は解かれて、最後は主人公が魔神を倒すんだけどな。

テンプレの展開だが、この小説が出版された頃はそのような展開は斬新で、二十五巻まで発売して完結した。

今ならよくエタらなかったなと、そこに感動するレベルだ。学園モノのファンタジーって、完結したの見たことないからね。

たしか前世では死ぬ五年ほど前に完結したはずである。俺は一～十巻、二十五巻を買った。途中の巻は飽きて放置したのである。

最終回だけどうなったか気になって買ったのだった。長編シリーズものあるあるだと言えよう。

これがローファンタジーで人気があり、アニメは五期まで。ゲームにもなったりした人気作であった。

ちなみにゲームはオープンワールドで、小説の主人公とは別でキャラメイクができた。小説の主人公たちとの絡みもあって、小説やアニメファンだけでなくゲーマーにも人気のRPGであった。

俺もやり込んだものだ。

小説の世界に入り込んだらしいと俺は気づいた。小説とかでよくあるパターンだ。しかも自分の名前は見た覚えがない。最終回までやったアニメは全部観たから、サブレギュラー的な賑《にぎ》やかし系モブでもないこともわかる。

記憶にキャラの名前はほとんどないので自信はないが、あの小説のキャラのビジュアルが可愛かったので覚えている。そこに俺みたいな顔の奴《やつ》はいなかったと断言できる。

完全なモブだ。たまに小説でよく見るパターン。

モブに転生したというやつである。

俺の将来は暗雲に閉ざされてしまった。なにせ、魔物が時折現れてモブを殺す世界観だ。うぎゃーと叫んで死ぬ役はまっぴらゴメンなのである。

「だけど、モブが主人公のライバルになったり、ヒロインの一人と恋人同士になる展開ってあるよな」

モブでも転生者なら強くなれるというパターン。主人公の良きライバルになったり、主人公も転生者の場合、だいたいゲスな主人公になっているので、倒しちゃって主人公の座を奪い取ったりするのだ。

よくあるパターンがヒロインとモブの方が仲良くなり恋人になるパターンだ。モブとはなんぞやと首を傾《かし》げる展開ではあるのだけど。

死ぬほどの努力をしてモブ主人公は強くなるのだ。そのパターンを考えてみる。

魔物がダンジョン内を徘徊《はいかい》し、いつ殺されるかわからない世界。しかも怪しげな闇の団体がテロを起こしたりする。その上、我が家は学院に近い。巻き込まれる可能性は極めて高い。

これは選択肢ないよねと、俺は死ぬほど努力することに決めた。このままでは死ぬ可能性が極めて高いので。

それに主人公のヒロインと恋人になったりできるかもしれない。なに、主人公は何人ものヒロインから好意を寄せられるし、俺の好みはだいたいサブヒロイン。かち合って奪い合いになることもない。

しかも冒険者になれば、金持ちになれる。高位冒険者は一回の稼ぎで億単位稼げたりしちゃうのだ。

これはロトの当選数字を研究するよりも良いかもしれないと俺は強くなることを決意した。主人公と共に第三学院でテロリストを撃退したり、修学旅行で誘拐されたり、魔神を討伐したりするのだ。楽しそうな展開であると言えよう。

幼いながらに俺は強くなることを固く決意したのだった。

「でも修業って、どうすりゃ良いんだ？」

まずは修業の方法だなぁと、俺は嘆息する。だけど、まぁ今は五歳だ。ここからのスタートダッシュでなんとかなるだろう。

と、俺は思っていたのだが、そうは簡単にいかなかった。冒険者に憧れたと、目をキラキラと輝かせて話し、両親に修業の方法を聞いても、させられるのはマラソンとか家の手伝いだったのだ。そりゃそうだ。モブキャラの俺の両親もモブだ。冒険者でもない。となると修業の方法などわかるはずがない。

これはどうしようと、俺の前には早くも暗雲が漂っていたのだった。

三話　きっかけはイベントっぽかったぞっと

俺は六歳になっていた。幼稚園の年長さんとなったのだ。幼稚園にはもちろん通っていたよ。だが、幼児との会話は面白くない。可愛《かわい》らしいけどね。やはり大人の部分が、幼稚園児と遊ぶという選択肢を選ぶことが難しいのだ。

だが、家族のためにも、あの子は態度が大人びてて不安ですと先生から両親に連絡がいかないように、普通の幼稚園児を装っていた。

子供たちとドロケーをしたり、タカオニをしたり、砂山を作ったり。普通の幼稚園児を装っていたんだ。だが、最近は少し落ち込んでいた。

なぜなら、さっぱり修業方法がわからなかったからだ。う〜んと落ち込んで砂山を作っていた。もちろん、マラソンをしても、家のお手伝いを頑張っても『マナ』が覚醒しなかったからだ。ちなみにマラソンは庭でやった。

どうすりゃ『マナ』が覚醒するんだろうか？　小説では最初から皆が『マナ』を覚醒していた。当然、主人公もだ。なので、覚醒する方法の描写がなかったのだ。方法がわかってもモブの俺が覚醒するかは疑わしいけど、試すだけでも試したい。

踊ったり、でんぐり返しをしたり、歌を歌ったり、ピキーンと口にしたりしたけど、無意味だった。

微笑《ほほえ》ましいわと、母親が俺のアルバムの写真を増やしただけに終わったのだ。基本、俺は良い子なので、普段と違うことをしたら母親は喜んだのだ。なぜ喜んだのかは不明だけどさ。

ペチペチと砂山を作りながら考えていると、心配げな声がかけられた。

「みーちゃん、どうしましたの？」

丁寧な物言いだが、舌足らずな幼女の声だ。俺は砂山を挟んで対面にいた幼女へと顔をあげて見る。

「んと、なにか変かな？」

「ええ、いつもは皆と一緒に砂で凄《すご》いおうちを作ったり、鬼ごっことかもたくさんの子たちで始めるから、鬼をたくさん用意して、夢中になって遊ぶみーちゃんなのに、最近は私とお砂遊びしかしないんですもの」

普通の幼稚園児を装うために、いつも夢中になって遊ぶふりをしているんだ。

「悩みごとがあるんだ。でも解決方法がわからないの」

しょぼんと落ち込みながら、友だちに素直に答える。そんなに変だったか。人生を左右する内容だから、こればかりは仕方ないんだ。

「悩みごとってなんですの？　おやつが少ないとか、もっと遊びたいとかかしら？」

「ん～、ヒミツ」

テヘへと誤魔化《ごまか》すために、緩やかな笑みを見せてまた砂山を作り始める。友だちがこちらを心配げな様子で見てくるが、幼稚園児が思う悩みごとじゃないんだよ。

まだジーッと見てくるので、また微笑んで誤魔化す。対面で一緒に砂山を作って遊ぶのは帝城《ていじょう》闇夜《やみよ》ちゃんだ。

物凄い名前である。別に俺は名前に偏見はない。ただ小説の中に入り込んだモブな俺だ。格好《かっこ》いい名前の子は、小説に出てくるキャラクターではないかと疑っているのだ。

でもこの小説、モブキャラでも格好いい名前だったりするので判断が難しい。

帝城闇夜ちゃんは可愛らしいというか成長したら美少女になりそうな幼女だ。烏《からす》の濡《ぬ》れ羽色《ばいろ》のような艶やかな黒髪をおさげにして、ブラックダイアモンドのような美しい瞳、顔立ちは幼いながらに将来は怜悧《れいり》な美人になるだろうと思わせる。口調は丁寧なお嬢様で、以前聞いた話では帝城侯爵家の長女だとか。

属性てんこ盛りである。間違いなく主人公に侍《はべ》るヒロインの一人だと思ったが違う。丁寧なお嬢様口調の黒髪黒目の美少女って、『魔導の夜』に出てこなかったんだよね。名前は覚えていないけど、俺は『魔導の夜』の美少女たちの顔は覚えている。

俺、名前覚えるの苦手なんだ。特に仕事と関係ない覚える必要もないアニメとか小説のキャラの名前は覚えていない。ただ、可愛らしいキャラの顔は覚えている。

闇夜ちゃんが金髪碧眼《へきがん》の縦ドリルお嬢様に変化するなら、思い当たるキャラはいるんだけど、その娘《こ》は明らかに日本人の名前じゃなかったと薄っすらと記憶にある。

たしかなんちゃらかんちゃらうーなんちゃら。うん、さっぱり覚えてねぇや。まぁ、どちらにしても小説のキャラではないだろう。もしかしたらスピンオフでいたかもだけど、本編途中で飽きた俺だ。スピンオフは見てもいない。アニメ化されていれば覚えていたかもだけど。

まぁ、それでもキャラかぶりはするまいと判断したのだ。なぜなら、この幼稚園には同じような口調の娘はそこそこいる。良家が通う幼稚園らしい。やはりうちはそこそこ良家なのかしらん。

ちなみに侯爵なのは、この世界の日本は日本魔導帝国という名の国で皇帝が治める国だからだ。民主主義なのは衆議院までで参議院は貴族院と名前を変えて、名門の貴族たちが支配している。

うん、よくある小説の設定だ。貴族制とかあれば小説のネタにしやすいからな。わかるわかる。

『魔導の夜』は古典ローファンタジー小説で、テンプレを作った小説なのである。即《すなわ》ち、テンプレてんこ盛りの世界。それがこの俺が生きる世界なのだ。

コテンと可愛らしく首を傾《かし》げて俺を見つめる闇夜ちゃん。幼いながらに俺が誤魔化しているのを悟ったのだろう。聡《さと》い子供ってのはそこらへん敏感だ。

「大丈夫。それよりもそろそろお昼ご飯の時間じゃないかな？」

「そうですね。みーちゃんのお昼ご飯の時間は正確ですもの」

ぷくっと頬《ほお》を膨らませて闇夜ちゃんは不満そうだが、それでも俺が話を変えたことに付き合ってくれる。良い子なんだ。

「私、お片付けしてから行くから、闇夜ちゃんはおてて洗ってきて」

「わかりました。それじゃ先に行ってますね」

俺がちっこいバケツにスコップや熊手を入れると、闇夜ちゃんはいつもは一緒にお片付けしますと言ってくれるのに、今日は素直に頷《うなず》き手を洗いに先に行った。そのことに苦笑しつつ、俺はバケツを手に持ち、とてとてと用具入れに向かう。

昼ご飯はなんだろうか。これは重要なことだ。修業のことを考える必要もあるが、今の俺は幼児。栄養をたっぷりとって、運動を適度にしないと将来メタボとかで健康面で苦労する。運動してくださいと、医者に言われたくないし。だからお腹《なか》はペコペコなので、ご飯は重要なイベントなのだ。

俺としてはカレーが良い。なぜならばおかわりできるからだ。並み居る悪ガキ共を蹴散らしておかわりをしなければなるまいと考えて、俺も手を洗いに行こうとした時だった。

「きゃー！　闇夜ちゃんが！」

手洗い場から、子供たちの悲鳴が聞こえた。しかも鬼気迫る声だ。廊下を慌てて逃げてくる子供たち。

「どうしたの?」

「エンちゃん、大変なの! おてて洗ってたらお化けが出たの!」

泣きながら逃げてきた友だちが言ってくる。お化け?

「壁からにゅーって出てきたの! 闇夜ちゃんは私を庇《かば》って襲われたの!」

もう一人の友だちが教えてくれて、俺はただごとではないと察した。子供の喧嘩《けんか》とかではない。

もしかして魔物が現れたのか?

「皆はせんせーを呼びに行って! 私、闇夜ちゃんを助けに行くね!」

友だちを助けるのは当たり前と誰かが言っていたがそのとおりだ。それに幼女が逃げ切れたことから魔物はそんなに強くないのではないかとも思ったので、闇夜の所に駆け出す。俺でもあしらうことができる弱い魔物だと考えたからだ。

打算的と言うなかれ。俺は小説の主人公じゃないから命をかけることはしたくないのだ。普通はそうだよな?

「うん、闇夜ちゃんを助けてあげて」

「エンプレスちゃん頑張って!」

幼女たちが俺に手をフリフリと振って見送る。エンプレスってのは俺のあだ名で、前から思っていたけどエンプレスってなんだろ? プレス機の仲間? まぁ、今はそんなことを考えている暇はない。

俺は小さな手足を懸命に動かして、手洗い場に向かったのであった。

手洗い場に到着すると、事態を即座に把握できた。闇夜が蹲《うずくま》り頭を抱えている。その幼い身体《からだ》から生えるように、半透明の闇の靄《もや》を身体に纏《まと》わせている老婆がいたからだ。

闇夜が幽霊使いの力に目覚めたわけではない。この状況は小説でもゲームでも見たことがある。

「憑依《ひょうい》かよ。とすると『死霊《レイス》』だな」

魔物の中でも、物理攻撃が通じない厄介な奴《やつ》。『死霊《レイス》』だ。特殊能力は『憑依』。人間に取《と》り憑《つ》き、操って他の人間を攻撃する魔物だ。

俺は名前を覚えるのは苦手だが、わかりやすい魔物とかの名前や特殊能力は覚えている。ゲーマーあるあるだろう。

「序盤のイベントだったな、たしか。小説ではあっさりと取り憑かれた女の子を主人公が救うんだ。ゲームでもおんなじ感じだった」

倒し方はわかっている。だが、それが今の俺には使えない方法なので、冷や汗をかいてしまう。

そうか、壁を透過できる幽霊系統はこんなことをしちまうのか。現実となると嫌な状況だ。ゲームでなんで通りすがりの娘が取り憑かれたのか理解したぜ。

俺がどうしようかと迷う中で、闇夜のうめき声が老婆のような嗄《しゃが》れ声《ごえ》に変わっていく。そうして闇夜は、ゆらりと幽鬼のように立ち上がってきた。

「うアアア、シネシネシネ」

完全に取り憑かれたのだろう。ゆらゆらと身体を揺らしたかと思ったら俺へと向かってきた。

今の俺では『死霊《レイス》』を倒す方法は使えないが、それでも相手が幼女なので余裕だった。なぜなら憑依者の持つ攻撃しかできないからだ。闇夜は包丁を持っているわけでも、カッターやハサミを手にしているわけでもない。ただの幼女だ。

精神が大人の俺には通じない。余裕で取り押さえて、後は冒険者が来るのを待つだけだ。

「わりぃが、少し痛い目に遭ってもらうぞ。痣《あざ》ができたらごめんな」

「シネシネシネ」

狂気で目を血走らせた闇夜がパンチを繰り出す。だが、幼女パンチなんか俺には通じない。少しは速いが力のない幼女なのだ。

「よっと」

腕でガードしたら、駄々《だだ》っ子《こ》パンチになる前に闇夜の腕を押さえる。そのまま足を引っ掛けて倒したら制圧完了だ。これでも高校の選択授業で柔道を選択していたのだ。幼女程度ならば、あっさりと引き倒せる。

闇夜が頭を床にぶつけないように気をつける余裕もあった。大外刈りでゆっくりと倒して、後は身体を乗せて押さえようとした時だった。

『闇武器創造《クリエイトダークウエポン》』

倒して暴れる闇夜が何かを呟《つぶや》く。と、闇夜の手の中に闇のオーラが集まる。こんな時だが、俺はその光を見て感動してしまった。リアルで魔法のオーラを見られるなんて凄い。画面越しだと、どうも現実感がなくて、ＣＧだと思っちゃってたから。

だが、感動するのも、闇夜の手に集まりオーラが闇の剣へと変わるまでだった。

おぉ……これやばくない？

呑気《のんき》に俺は思っていたが、闇夜がめちゃくちゃに剣を振り回し、俺の腕に掠《かす》ったことで、魔法の凄さを理解した。

なにせ掠っただけで、俺の腕は半ばまで斬られたのだから。

四話　しんのモブキャラだと知ったぞっと

闇夜《やみよ》の動きは決して速いものでも、力が込もっているものでもなかった。だがしかし、俺は軽く触れただけと思ったのに、闇の剣にざっくりと腕を斬られちまった。

「ぐうっ！」

痛みに耐えかねて、俺は仰《の》け反《ぞ》り後ろに転がる。正直失敗した。痛みに耐えて、闇夜をそのまま取り押さえるべきだったのだ。だが、俺は殴り合いの喧嘩《けんか》も中学生まで。後はおとなしくおっさんになるまで暮らしていたのだ。今世でも殴り合いの喧嘩なんかあまりしたことがない。

そんな俺が刃物で斬られたのだ。しかも幼児だ。痛さで仰け反っても仕方ないだろう。その隙を狙って力任せに跳ね起きる闇夜。

俺はコロリンと後ろに転がったが、すぐに小さい手を床について、懸命になって立ち上がった。幼児はイカ腹でバランスが悪いので、普通なら苦労するのだ。やってて良かったでんぐり返しの練習。『マナ』は覚醒せずとも、命は救われた。

傍《はた》から見たら間抜けな光景だっただろう。二人の幼児が床に座り込み、体を丸めて、なんとか立ち上がろうとしているのだから。運動会とかなら頑張ってと声援があってもいい光景だろうが、今の俺は命がかかっていたのだ。

闇夜よりも早く立ち上がり、なにが起こったのか観察し理解した。

『魔法武器創造《クリエイトマジックウェポン》』かよ。ゲームではなかった魔法だな」

小説ではあった。ゲームではなかった。それが『魔法武器創造《クリエイトマジックウェポン》』だ。

小説ではトドメを刺す時とか、主人公たちを殺そうとする敵が手のひらから創り出していた。ゲームでは装備品があるからと実装されなかった魔法だ。しかも、闇夜の手にある剣は闇属性っぽい。

「そうか。闇夜は闇属性に覚醒してやがったのか」

烏《からす》の濡《ぬ》れ羽《ば》のような美しい艶やかな髪の毛。ブラックダイアモンドのような綺麗《きれい》な瞳。トリートメントを頑張っているんだろうなぁと思っていたが違ったのだ。闇属性に覚醒していたので、あんなにも美しい黒髪黒目だったのか。

助けに来たことを深く後悔した。来なけりゃよかった。幼稚園児なんかが簡単に制圧できると思ったのが間違いだった。後悔先に立たずってやつだ、ちくしょうめ。

ボタボタと斬られた左腕から血が滴っていく。服は真っ赤に染まり、じきにに失血死しちまうだろう。覚醒すればなんとかなるんじゃないかと思うが、俺の身体《からだ》に未知の力が目覚める気配はまったくない。モブだからなぁ。

辺りから悲鳴や怒号が聞こえてくる。先生が来たんだろう。しかし俺の耳の奥ではグワングワンと鐘が鳴り響き、よく聞こえない。これはヤバいぜ。

「来るんじゃねぇ！」

ぼやけ始めた視界に先生たちが近づいてこようとするのを怒鳴って制止する。幼女だと甘く見れば、サクサクと切り裂かれる。抵抗なく斬れることを、よくバターを切るようにとか言うだろう？　だが、バターだって意外と塊を切るのは苦労するもんなんだ。

しかし闇夜の剣はまったく抵抗なく俺の腕を切り裂いちまった。斬られた俺も斬られたことに気づかなかったぐらいだ。

魔法の力がこれほど凄《すご》いとは思っていなかった。大人たちも想像していないに違いない。その場合、先生たちはサクサクとスライスされて床に転がる未来が待っていることになる。

「そうはさせないんだぜ！」

俺は死ぬかもしれない。ならば最後の親孝行をして、先に死ぬ親不孝を謝罪しよう。

俺は頑張って闇夜を止めました。勇敢な子でしたってな。

だが、まだ抵抗はできる。俺は辺りを見回して、一つの策を講じることとした。

「おりゃ！」

蛇口が並ぶ洗い場の下に置いてあるバケツを掴《つか》んで、闇夜に投げる。幼児の力だから弱いものだが、闇夜は反応して剣を振るう。

普通ならば剣に当たるとバケツは弾《はじ》かれて落ちる。だが闇夜の作り出した剣は切れ味が良すぎた。ともすれば、人間の腕を骨ごと抵抗なく斬ってしまうくらいに。

バケツは真っ二つになり、慣性に従い、分裂したまま、闇夜に当たった。中に入っている僅かな汚水と濡れ雑巾も一緒に。

「キィィ！」

金切り声をあげて、闇夜があばれて顔に付いた濡れ雑巾を剥《は》がす。その間に俺は幼児用の踏み台を利用して洗い場の上に登る。もはや息は切れて限界だ。身体が冷たくなっていくが、歯を食いしばり、闇夜を睨《にら》む。

「かかってきな！」

「シネシネシネ」

乏しい語彙で挑発すると、バカにされたと『死霊《レイス》』も感じたのか、濡れ雑巾を顔に当てられた恨みかはわからないが、闇夜はめちゃくちゃに剣を振って俺を追いかけてきた。

スパスパとまるで抵抗なくコンクリートの手洗い場が切られていく。その様子にどうなったら、あんな切れ味を出せるんだよと、俺は脅威を覚えるがそれでも予想どおりの動きだと獣のようにニヤリと笑う。

なぜならば、闇夜は蛇口もあっさりと切り落としたからだ。スパッと切られた蛇口から水が噴水のように噴き出すと、闇夜に降り注ぐ。

「ギャッ！」

勢いよくぶつかってきた水の攻撃に耐えきれず、闇夜は慌てて剣を手放し、顔を拭こうとジタバタと暴れ始める。それこそが俺の狙いだ。

『死霊《レイス》』には水は通じないが子供には効く。反射的に剣を手放して、顔を拭こうとすると信じていたんだぜ。

「ウォおおっ！」

裂帛《れっぱく》の声をあげて、俺は痛みに耐えて足に力を込めるとジャンプをした。体を投げ出すように、足場から飛び降りる。

幼稚園児のジャンプだ。普通ならば、飛び降りるなんて無理だ。しかし、自分の身体が砕けるつもりなら別だ。闇夜まで一気に飛び込み体当たりをした。

「ギャッ」

「ぐふっ」

二人の幼稚園児は倒れ込み、俺は闇夜をクッションに覆いかぶさる。奇跡的に上手《うま》くいったかと、闇夜の腕を押さえようと意識が朦朧《もうろう》としながらも、手を伸ばす。

闇夜が剣を持ってなければ、先生でも取り押さえられる。そう考えていた。正直、この時の俺は失血しすぎて意識が朦朧として正常な判断ができていなかったと言うしかない。

なぜならば、魔法の真価は武器創造ではないからだ。

それは闇夜が暴れながら、俺に指先を向けてくることで気づいた。苦し紛れにジタバタと暴れているだけだろうと思っていたが、その指先に黒いオーラが集まっているのを見て青褪《あおざ》めてしまう。

「マジかよ」

魔法だ。そりゃそうだ。魔法攻撃をするのが普通だよな。失敗したと俺が絶望に襲われる中で、闇夜の指先に凝縮された黒いオーラが一瞬光る。

『闇矢《ダークアロー》』

光は闇の矢へと形を変えて飛んでくる。身体を捻《ひね》って躱《かわ》そうとするが、時既に遅し。右肩に命中して肉が抉《えぐ》られる。その反動で俺は吹き飛ばされてしまうのであった。

「ぐうっ……」

小柄な俺の身体は転がり床にうつ伏せに倒れる。もはやどこが痛いかわからない。身体中が痛い。

「くそっ、『死霊《レイス》』如きに俺が……」

もう死ぬと悟り歯軋《はぎし》りする。フィクションと混同していたこと。俺でも覚醒とかするんじゃないかと、実は考えていたこと。馬鹿な考えをしていたと俺は泣きたくなった。

ここは小説の世界といえど現実、そして俺はモブ。明日のニュースで死んだ幼稚園児と報道される程度のモブだったのだ。失敗したなぁ。

もはやピクリとも動けない。

終わり……俺は意識が遠くなるなか、フト思った。

前世では『魔導の夜』は小説だ。だが人気があったために、小説原作でゲームにもなった。

小説が完結したと同時に発売されたゲーム。

コントローラーを手に、年甲斐《としがい》もなくやり込んだものだ。

想像した。

想像したんだ。

コントローラーを手にして、操作ボタンを押す。

タッチボタンを押してステータスボードを開き、アイテムボックスからポーションを取り出すのにと。

そして改めて理解した。俺はモブだって。

思い知らされた。

なぜならば、

『ジョブを決めてください』


意識の中に、眼前に半透明のボードが現れると、おかしなメッセージが表示されていた。いや、おかしなではない。これは見たことがある。

ゲーム開始時のキャラメイクだ。名前やキャラの容姿を決めて、最後にジョブを決める。それで、キャラメイクは終わりだ。

「そ、そうか。やっちまったぜ。俺はキャラメイク中だったのか」

薄れゆく意識を保ち、俺はコントローラーを想像する。いや、思っただけでカーソルが動く。知り尽くしたジョブがいくつも現れる。隠しジョブはないが、基本ジョブと課金ジョブは表示されていた。

今選ぶのは一つだけだ。俺が助かる唯一のジョブ。

「決定だ」

俺はぼそりと呟《つぶや》く。ボードのメッセージが切り替わる。

『キャラメイクを終了しました』

『貴方《あなた》だけの魔導の夜を楽しんでください』

「あぁ、楽しんでやるよ。魔導の夜を。夜が明けるまで」

俺はニヤリと笑う。反撃の時間といこうかね。

◇

『死霊《レイス》』は生者への憎しみと殺意だけを持つ魔物だ。

最近できた不死のダンジョンから漏れでた魔物は、弱い精神と強い魔力を持つ最高の身体に憑依《ひょうい》できて満足であった。この身体ならば、多くの人間を、生命を殺して喰《く》らうことができると、愉悦に塗《まみ》れ、周りの人間を殺そうとしていた。

この『死霊《レイス》』は他の『死霊《レイス》』よりも知性があった。なので、ダンジョンが生まれると同時に知性ある『死霊《レイス》』は抜け出してきたのだ。

予想外に小さな人間相手に手間取ったが、もはや動かない。その身体は血溜《だ》まりに倒れ伏して、あれでは死んだだろう。

この身体の持ち主がそのことに気づき、悲哀の悲鳴を頭の中であげているが、それも『死霊《レイス》』にとっては愉《たの》しみにしかならない。

老婆のような顔が恐怖を覚えさせる不気味なる笑みに変わり、他の人間たちも殺そうと周りを見渡す。まだまだ大量の人間たちがいる。魔力を感じないものばかりだ。殺し尽くすことも容易だろうと。このまま殺し尽くせば、上位への進化も可能だと本能が囁《ささや》く。

しかし、その歩みはピタリと止まることになった。自分が取り憑いている人間以外の魔力を感知したからだ。

「?」

『死霊《レイス》』は魔力に敏感だ。微《かす》かな魔力でも感知できる。それなのに、先程までは微塵《みじん》も感知していなかったにもかかわらず、新たな魔力を感知したことに戸惑う。

視界を巡らせると、死んだと思われた小さな身体の人間からであった。僅かな魔力であるが、たしかに魔力だ。あり得ない。魔力は突如として宿るものではないからだ。魔法を使えなくとも、魔力は最初からあるものだが『死霊《レイス》』は感知したのだ。

『小治癒Ⅰ《マイナーヒール》』

死んだと思われた人間からポツリと呟きが聞こえてきた。

パアッと白い穏やかな光がその身体を覆い、みるみるうちに身体を癒やしていく。切り裂かれて骨すら覗《のぞ》いていた左腕。『闇矢《ダークアロー》』により抉られた右肩の光が収まると、傷一つない綺麗な肌に戻っていた。

『死霊《レイス》』にとっては天敵の神聖なる光だ。

そして、倒れている人間の髪の毛が黒色から、灰色へと変わっていく。純白の粒子が煌《きら》めき、銀色にも見える美しい髪の毛。

小さな手を床につけると、その人間は立ち上がる。

「あ～ひでえめにあっちまったぜ。そっか、モブってそういうことなのか、なるほどねぇ」

小声で訳のわからないことを呟くとその人間は『死霊《レイス》』へと目を向けてきた。

「さて、チュートリアルじゃないけど、てめえは殺す。俺の最初の獲物になってくれ」

小柄な体躯《たいく》の人間は、まるで猛獣のような笑みを見せて、『死霊《レイス》』へと対峙《たいじ》するのであった。

五話　しんのモブって、空気なんだぜっと

『死霊《レイス》』と対峙《たいじ》して、俺は今までにはなかった漲《みなぎ》る力を感じていた。ステータスもそれを表している。

レベル一
神官Ⅰ：☆
ＨＰ：十二
ＭＰ：九
力：三
体力：三
素早さ：三
魔力：三
運：三

ゲームスタート時のステータスだ。懐かしのＲＰＧの表記。素早さにより、戦闘の順番が複数回来ることもあるリアルタイムターン制。

検証は後でするにしても、やばかった。『小治癒Ⅰ《マイナーヒール》』を使う前はＨＰ一だった。あと少しで死ぬところだった、あぶねーっ。

闇夜《やみよ》に取り憑《と つ》く『死霊《レイス》』は憎しみに歪《ゆが》む老婆の顔を動かして、俺をジロジロと見てくる。わかる、わかるぜ。不思議なんだよな。とってもわかるよ、その気持ち。

土壇場で覚醒する俺。まるで主人公みたいだ。

だけどモブだと俺は理解した。このゲームの仕様が何よりも俺がモブだと教えてくれる。

まぁ、それはともかくとしてだ。

「シネシネシネ」

闇夜が人差し指を俺へと向けてくる。その人差し指に闇のオーラを集めようとするが、そうはいかねぇぜ。

「俺のターンだろうがっ！　順番はお間違えなくっと！」

手のひらを闇夜に向けると俺はジョブの特殊能力を使用する。使い方は簡単だ。頭の中でコマンドを選べばいい。努力なく使えるゲーム仕様。実に素晴らしいよな。

『ターンアンデッド！』

ＭＰ一を使用して、俺の手のひらから聖なる光がフラッシュのように光る。その光は浄化の光。神々しい光は辺りを照らし、影を消し、全てを浄化しようとする。

「ギャアアアア！」

『死霊《レイス》』はその光を受けて、身体《からだ》から煙を吹き出すと、痛みに身体をよじらせて闇夜の身体から離れていった。そして、空中で痛みに苦しみ藻掻《もが》く。

その様子に俺はホッと安堵《あんど》する。どうやら小説やゲームと同じ仕様だったようだ。違っていたらやばかった。

「よっと」

力を失い、ふらりと倒れそうになる闇夜の身体を支えると、空に浮いている死霊《レイス》へと冷ややかな視線を向ける。

『調べる』

敵の力を解析する魔法を今は使えないが、名前とレベルだけわかる『調べる』は使うことができた。

死霊《レイス》　レベル三
名前とレベルがわかるわけ。小説の世界だから、装備や技の熟練度などでレベル以上の力を出すパターンもあるだろう。だから、レベルだけでは完全に信用できないが、それでも目安にはなる。

そしてレベル三なら楽勝だ。

「てめえは憑依《ひょうい》が面倒くさいだけ。それを防ぐには主人公の得意技『魔法破壊《マジックブレイク》』か魔法使いの『魔法解除《ディスペル》』。そしてだ、『神官』の固有スキル『ターンアンデッド』だ！」

俺が取ったジョブ。それが『神官Ｉ』だ。固有スキル『ターンアンデッド』はＭＰ一で格下の不死者を即死させて、同レベルでも弱体化させることができる。そして、何よりも『憑依』を絶対に解除できるのだ。

「お、おのれぇっ！」

「わかるぜ、憑依が解けちまったてめえは、低レベル『ドレインタッチ』しかできない。だが、もう俺のターンしか来ねえんだよっ！」

手のひらを向けると再度魔法を使う。熟練度一の神官の魔法は固有スキル『ターンアンデッド』と初級神聖魔法Ｉの『小治癒Ｉ《マイナーヒール》』が使える。なので、選択肢は一つ。

『小治癒Ⅰ《マイナーヒール》！』

迫りくる憎しみに満ちた悍《おぞ》ましい表情の老婆の『死霊《レイス》』に、俺は回復魔法を使ってやる。とっても優しいだろ？

皺《しわ》だらけの手が俺に触れようとする寸前に、その身体が輝き、仄《ほの》かな癒やしの光が『死霊《レイス》』を覆う。

「ウッギャー！」

再び『死霊《レイス》』は苦痛に悶《もだ》えて空中へと浮き上がり、身体をよじる。もはやこちらを狙う余裕はなさそうだ。

「聖属性弱点。弱点を突けば一回行動キャンセルさせることができるんだけど、現実だとこうなると」

ゲームだと魔物の弱点を突けば、一回行動キャンセル。次の行動の時はキャンセルできないが、どうなることかと思っていたらこうなるのか。なるほどなぁ。でも、現実だからなぁ、油断はできないよな。

「そんじゃ、あばよ」

手のひらを向けて、再度魔法を使う。『死霊《レイス》』は神官にとってカモである。グワッグワッと鳴いてくれても良いんだぜ。

『小治癒Ⅰ《マイナーヒール》』

回避不能の魔法。それが回復魔法だ。他の魔法はミスとかあったけど、これだけは絶対に命中するんだ。そして不死者にとっては回復魔法は致命的な攻撃魔法と化す。

「オォアア……」

『死霊《レイス》』は断末魔の声をあげると、サラサラと灰となって消えていく。俺を殺そうとした魔物は呆《あっ》気《け》なくその命を消すのであった。いや、不死者だから浄化したのかな？　どちらでも良いか。

『死霊《レイス》を殺しました。経験値一取得。魔石Fを取得しました』

アイテムボックスに勝手にドロップ品が入ると、俺は初めての戦闘を終えたのであった。死霊系統は神官にとってはカモだが、他のジョブだと厄介極まりない魔物だ。しかも不死者はあっさりと倒せるパターンが多いので、経験値がとにかく渋い。

「まぁ、倒せたから良いか。あ〜、死ぬかと思ったよ。闇夜ちゃん大丈夫？」

おっとととと、俺は口調を変える。俺言葉なんか両親に聞かれたら、不良になったと悲しまれるかな。

先生たちも友だちも遠巻きに離れていたから大丈夫だろ。う、うん、きっと大丈夫。俺の必殺スマイルで全てを誤魔化《ごまか》す……。

「お、おろ？　あれれ？」

身体がふらつき、血の気が引く。か、回復魔法を使ったのに、なんぞこれ？

「まずい……ゲーム仕様は小説の設定に負けるのか……」

俺はふらつき倒れ込む。ゲームだと回復したら問題ないのになぁ。小説だとこんなんあったわ。ほら、主人公が疲れて倒れないとイベントが始まらないしね……。

そんなくだらないことを考えながら俺は意識を失い、眠りについてしまうのであった。

◇

ぱちくりと俺は目を開けた。

「病院かな？」

ピピッと電子音が耳に入り、腕には点滴の針が刺さっている。モゾモゾと動くと、ベッドの柔らかい感触が返ってくる。真新しいシーツ、薬品臭い部屋……いや、薬品臭くないな。まるでホテルのスイートルームのような広々とした部屋だった。高級感がある内装、でかいテレビに冷蔵庫。うん？　なんか豪華な個室だ。高いんではなかろうか。

俺は誰もいないなぁと、少ししょんぼりしつつ、ステータスボードを開く。開く方法はコントローラーを思い描き、タッチボタンを押すだけだ。まさかのステータスボードの呼び出し方法である。この世界に転生させた神がいるとすれば、文句を言いたいところだ。こんなんわかるわけねぇだろ。

誰がコントローラーを思い描いてステータスを開くタッチボタンを押下するイメージを描くというのか。知っていれば別だが、知らなければ奇跡でも起きないとわからねぇだろ、ちくしょうめ。

「とはいえ、俺はこの世界『魔導の夜』で、完全にモブだと判明したと」

なぜならば、ゲーム仕様である証拠にステータスボードが開くからだ。原作ではステータスボードなんか存在しなかった。

アイコンを操作してアイテムボックスを見るが、魔石Fだけだ。やり込んだ俺のキャラや性能は残っていない。そう都合よくはいかないようだ。

「だけどリセットされただけという感じだな。課金ジョブはあるし。とするとだ、課金は他のところにも影響しているはず。ここは問題はない。で、俺はモブと」

『魔導の夜』のゲームプレイヤー。それはモブであることを示す。それはなぜかというと、だ。

ゲームのプレイヤーキャラが当然の話だが、原作には存在しない。

即《すなわ》ち空気たる存在、モブキャラ決定なのである。

小説や漫画がゲーム化する。原作主人公を操作するパターンなら問題はない。問題は一からキャラメイクできるパターンだ。

普通のゲームなら、プレイヤーが主人公だ。ストーリーもプレイヤーを中心に動く。だが、小説などを原作としているとどうなるか？

結構あるパターンだと思うが、小説の主人公と絡み、メインストーリーに混ざれるのが売りなのだが、ここで問題が発生する。

それはプレイヤーがパーティーにいるのにガン無視して、主人公たち小説のキャラだけで会話やストーリーが進むのだ。

まるでプレイヤーがいないかのように話をする主人公たち。たとえプレイヤーが全ての敵を倒して、主人公たちは倒れていても、イベントがすすみ、たおれていたことなどなかったのようにやったなと喜ぶのは主人公たちだけ。プレイヤーは空気扱いされるのである。即ちモブだ。ストーリーに絡まれると話がおかしくなるのだから仕方ないのはわかるが、これは酷《ひど》かった。

ファン向けのゲームだから仕方ないかもだけど、俺もいるよと、無視しないでくれと涙を流したくなるゲームが多数あるのだ。

『魔導の夜』はそのパターンだ。メインストーリーでプレイヤーは一切会話パートに関われないのである。空気なのだ。これが現実だと泣いて良いと思う。

サブストーリーや隠しストーリーだと小説の主人公たちは反対に一切会話に入ってこない。現実だと無関心よりも酷い。虐《いじ》めだよな、これ。

ただひたすらやり込むのが、『魔導の夜』のゲーム版なのである。ストーリーに期待してはいけないのだ。

なので、俺はキャラメイクできるプレイヤーキャラクターの時点で空気と化したモブなわけ。なんのストーリーにも関われないだろう。……いや、隠しストーリールートにはいけるかも？　あれも主人公たちは関わってこないから、やっぱりモブなのは変わらないけど。

「だけどプレイヤーキャラクターで良かったのかもな。主人公よりも遥《はる》かに強くなれるし」

これがレギュラーキャラクターに転生してたら、やばかったかもしれないと思い直す。だって、小説はレベル制の世界ではないのだ。

ゲーム版はRPGゲームとして作成するために、レベル制にしていた。主人公たちは雑魚《ざこ》を倒してもレベルアップはせず、固定レベルだった。修業イベントとかがあるとレベルアップするシステムだったのだ。

正直いうと、最終的には主人公たちはいらなかった。プレイヤーと召喚獣や使い魔だけで戦闘したものだ。

そう思うと、心がすっと軽くなった。良かったモブで。修業とかやってられん。死ぬほど努力しようと誓ったけど、楽なルートがあれば俺は迷わずそのルートを征《ゆ》く。

「強くなるのに、苦労はするだろうけど、死ぬほど努力はしなくてすみそうだな」

現実でレベル上げとか、熟練度上げ。大変そうだけど、なんとかなるだろと、俺は枕に頭を埋《うず》める。現実とゲームの違い、いや、小説とゲームの違い？　なんでも良いけど、確かめることもたくさんありそうだ。今回のようにＨＰは満タンにしたのに、倒れたりね。たぶん貧血で倒れたんだろう。

ふわぁとあくびをする。眠い。かなり疲れているようだ。六歳児には大冒険だったからなぁ。

ウトウトとし始めると、病室の扉が開き母親が花瓶を持って入ってきた。俺があくびをする姿を見て、驚き目を潤ませると駆け寄ってくる。

「良かった、みーちゃん起きたのね！」

「おあよ〜、ママ」

ぎゅうと抱き締めてくる母親にあくび混じりに答える。眠い。とても眠い。

良かったわと、嗚咽《おえつ》混じりに強く抱き締めてくる母親に、どうやら親不孝なことにならなくて良かったと、俺も抱き締め返す。

良かった良かった。とりあえず、命があったことを喜ぼうかな。

六話　親友ができたみたいなんだぜっと

俺はしこたま両親に怒られた。泣かれながら怒られるのは辛《つら》い。心にグサグサと刺さるので、もう危険なことはやめておこうと心に誓う。ちゃんと安全マージンをとって戦おう。

でも戦うのはやめないぜ？　それに俺はモブだ。小説の主人公なら危ないことはもうしないと約束しても、すぐに危機に陥るが、モブプレイヤーはたっぷりと成長してから敵と戦えるので、たぶん大丈夫。

願わくば、この決心がフラグにならないことを祈るだけだ。

「本当に驚いたんだよ？　まさか魔物と戦うなんて」

「そうよ、みーちゃん。連絡を受けた時は私たちの心臓が止まるかと思ったんだからね？」

「ごめんなさい、パパママ」

ペコリと頭を下げて反省する。演技じゃない。本当にごめんなさい。俺は甘かった。幼稚園児なのに、魔物と戦おうなんて無謀すぎた。やはりまだまだ俺は主人公的な気分が残っていたんだろうな。

この戦いで俺ははっきりとこの世界が現実だと理解した。魔物なんて現実感がなくて、簡単に倒せると心の片隅にあったのだから。二度目の人生だ。いのちだいじにでいくつもりだ。

俺が頭を下げる姿を見て、両親は顔を見合わせると、安堵《あんど》の表情となり頭を優しく撫《な》でてくれる。エヘヘと俺は嬉《うれ》しくなり笑顔を見せてしまう。新しい身体《からだ》に合わせて精神も幼くなっている。

前世の俺は何事にも無感動だったからな。興奮したのはロトで三等を当てた時だけだ。六個のうち、五個当たっていたから二等の一千万円が当たったと喜んでいたら、ボーナス数字を当てないと二等ではないと気づいて、かなりショックを受けたんだけどさ。

「みーちゃん、次に魔物を見たら逃げるのよ？　近くにいる大人に助けを求めるの」

「うん！」

そこは嘘《うそ》をつく。だってレベルアップしたいしね。悪いがそれだけは譲れないんだ。……でも、覚醒したことになっているから冒険者になれるんじゃないか？　それなら大手を振って魔物退治に精を出せるな。

俺の答えに、苦笑しつつ母親がそっと抱いてくれる。ふわりと母親の香りがして安心してしまう。

「でもお友だちを救ったのは立派よ。よくやったわ」

「ああ、よくやったぞ、みーちゃん」

でも、もう危ないことは駄目だからねと釘《くぎ》を刺されて話は終わるのであった。

「ところで、ここって高くないの？」

話が一段落したので気になることを口にする。なんというか、俺は語彙が少ないのでうまく言えないが、マホガニー製のチェストや、大きなサイズのテレビに、冷蔵庫まである。あの冷蔵庫の中、ジュースが入っていないか、後でチェックしよう。

そして、ソファにテーブルもある。広々とした部屋は一言でいうとスキャンダルから逃れるために政治家が仮病で泊まる特別な個室といった感じだ。一泊おいくら万円？

子供ながらに心配してしまう。こんな病室に入ることができるほど、うちは金持ちではないはずだ。帰ったら家を売り払ったとかノーサンキューである。

「ここはうちが借りたんじゃないんだよ」

「パパが借りたんじゃないの？」

「うん。助けてくれたお礼と」

父親がこの病室を利用できた理由を教えてくれようとした時、コンコンとドアがノックされた。

母親がドアに近づいてガラリと開ける。

「どうぞ」

「申し訳ない、鷹野《たかの》さん。娘さんが目を覚ましたと聞いてね。お見舞いに訪れたのだがよろしいだろうか？」

「はい。もう大丈夫とお医者さんも仰《おっしゃ》ってましたし」

にこやかに答える母親。渋く重々しい貫禄《かんろく》のある声が聞こえてきて、その持ち主がのそりと入ってきた。

「おお、元気そうで良かった」

入ってきたのは、着物姿の老人であった。肩まで伸びた髪は白髪が混じっている。大柄で父親よりも背丈はある。百九十センチちょいくらいかな？

眼光は鋭く猛獣のようだ。意志が強くカリスマがありそうな威圧感のある顔立ちの老齢の男だった。その人が俺を見て、相好を崩し近づいてくる。誰だろう？

だが、その人の背中に隠れるようにちょこちょこと歩く女の子の姿を見つけて理解した。なんだ闇夜《やみよ》の親か。

「儂《わし》の名前は帝城《ていじょう》王牙《おうが》。娘を助けてくれて本当にありがとう」

「闇夜ちゃんはお友だちだから当たり前です！」

元気よくハキハキとした口調で答える俺。大人にはこの口調がウケが良いのだ。それにしても、このおっさん、王牙という名前に加えて、この威圧感のある容貌。メインストーリーに絡むような気がする。

なので、俺の記憶を探《さぐ》ってみる。『魔導の夜』はアニメの方は全部見たのだ。………うん、これだけインパクトのあるおっさんは見たことがない。この容貌と名前でモブかよ。

まぁ、主人公に絡むのは世界の人口に比べるとほんの少し。海の中の一滴のようなものだ。しかし小説の設定は世界に活《い》かされている。こういった凄《すご》い名前のおっさんもいるんだろう。

「みー様！」

「ぐへっ」

俺がそんなことを考えていると、闇夜がダッシュタックルをしてきた。まるでジャッカルのような突進だ。俺は再び冥土に召されるかもしれん。

頭から思い切り腹に突撃してきたので、助けた時に床に叩《たた》きつけたりした復讐《ふくしゅう》かしらんと思って咳《せ》き込《こ》むと、俺の首に手を回して、頬《ほお》ずりしてきた。

「ありがとうございます、みー様。私はあのまま操られていたら、大勢のお友だちを傷つけるところでした」

ぐしぐしと涙混じりに俺にお礼を言ってくる闇夜。子供ながらにやばかったことは覚えているらしい。というか、憑依《ひょうい》されていても記憶は残っていたのか。

「みー様が傷だらけになっていく姿を見て、泣いてました。でも、みー様が魔法を使って助けてくれて感動しました！　ありがとうございます！」

幼女にはトラウマレベルだったようで涙目だが、助けてくれてありがとうと感動しきりだ。テヘへと照れながら、闇夜の頭を撫でて気になることを聞く。

「みー様って、なぁに？」

「これからはみー様って呼ぶことにしましたの！　命の恩人の私の王女様ですので！」

なるほどねぇと俺はうんうん頷《うなず》くと、ニコリと笑う。

「吊《つ》り橋《ばし》効果って知ってる？」

こういった効果を元に懐かれるのはフィクションの世界だけなんだ。日常生活を過ごすと、幻滅しちゃうんだぞ。……この世界も小説の世界だから、フィクションになるのか？

「おとー様、吊り橋効果ってなんですか？」

闇夜は知らなかったようで、コテンと小首を傾《かし》げると王牙に尋ねる。王牙は俺たちのやり取りを聞いて、がっはっはっと獅子《しし》のように笑い、両親もクスクスと微笑《ほほえ》む。

おかしくないぜ？　吊り橋効果だよ。クリスマスにテロリストから助けた元妻と仲直りしても結局破綻するもんなんだ。

「吊り橋効果というのは危機において、胸がドキドキすることを恋だと勘違いすることだな。君は難しい言葉を知っているのだな」

「まぁ！　私はみー様を親友だと思っていました。これからはもっと親友になるだけですわ！」

ぎゅうぎゅうと首を締めてくる闇夜。親友にするとは思えない攻撃だ。ギブギブ。

一頻《ひとしき》り俺に頬ずりをして満足したのだろう。俺を見て闇夜はニッコリと野花が咲いたような穏やかな笑みを向けて言う。

「その髪の色も可愛《かわい》らしいですわ、みー様」

俺の髪の色は灰色になっていた。ん〜、白髪とはいかないが、この色はどうなんだろう。普通に外国人ならいそう。あまり違和感はないかも。

滑らかな艶の灰色の髪の色。どうやら俺は神官を選んだことにより、灰色の髪になったらしい。

両親へと顔を向けると、二人とも優しい微笑みで頷いてくれる。

「似合っているわよ、美羽《みう》」

「そうだ。とっても似合っているよ」

病室の隅にある鏡に俺の姿が映っている。灰色の髪は艶やかで光の加減で銀色にも見える。瞳もアイスブルーで日本人には見えない。そこにいるのは、誰もが見惚《みと》れてしまうだろう幼女だった。艶やかなぷにぷにほっぺは愛らしく活発そうな雰囲気の幼女であった。

そこには美少女がいた。うん、俺の今世は女なんだ。『魔導の夜』の女の子はモブでも可愛らしい。

なので、俺も美少女だ。名前は鷹野美羽。満六歳になる。

「治療費は全て私が支払う。娘を助けてくれたお礼だ。もちろん後程ちゃんとしたお礼もするから楽しみにしてくれたまえ」

お礼とな、と俺は王牙の言葉にピクリと耳を動かす。お礼か。ラッキーだ。ならば願うは一つ。

「それじゃ、春風のスーパージャンボパフェをご馳走してください！」

元気よく俺は手をあげてお強請《ねだ》りする。

一度食べてみたかったパフェなんだ。前、散歩中に見つけた喫茶店にあったんだよね。一個三千円と書いてあったから、さすがにその時はお強請りできなかったんだ。

その言葉に、王牙はキョトンとして、すぐに大笑いした。

「良いだろう。たくさん食べてくれ」

「私も一緒に行きますわ！」

「お腹《なか》を壊さないようにね」

ほのぼのとした空気がそこには作られて、俺は疲れていたことを思い出したようにウトウトし始めた。幼女の身体は疲れやすい。電池が切れたように眠っちゃうんだぜ。

まぁ、何よりも闇夜を助けることができて良かったと思いながら、俺は昼寝を始めるのだった。

これで、モブが殺されたニュースとかにはならないだろう……。

◇

美羽はモブ同士のいざこざだと考えていた。なぜならば闇夜のような目立つ容姿のお嬢様は小説で出てこなかった。アニメにもだ。

しかし、実のところ闇夜は小説のサブヒロインの一人だった。

お金持ちの家門帝城侯爵家の長女。小説では十一巻で登場。幼稚園児の時にダンジョンから現れた『死霊《レイス》』に憑依されて、幼稚園児を殺しまくった。その際に家から放逐されて分家に預けられる。

その後は虐げられて苦しみ、成長すると髪はワカメのようになり、性格は暗く、目の下には隈《くま》ができている不気味な容姿となり、敵組織に入り闇の使い手となった。口調すらもキヒヒと不気味なものへと変わっていた。

闇の世界で苦しんでいたが主人公に倒されて救われる。そして主人公を好きになり、ストーカーとなるサブヒロインであった。

しかし、その凄惨な子供時代の設定と、ヒロインとしては人気の出ない容姿のために、アニメではなんと全カットとなったキャラである。この小説のヒロインは多数おり、誰も闇夜がいないことに違和感を覚えなかったとか。美羽が気づかないのも無理はなかろう。

幼稚園児を殺しまくる凄惨なシーンはアニメではアウトであったのだ。

美羽に助けられたことにより未来がどう変わるかは不明である。

ただ存在自体をアニメでは消された不遇のキャラであった。五期のアニメ制作時のインタビューで作者曰《いわ》く、身綺麗にしたら美少女に！　の展開を考えていたが、次から次にヒロインを増やしていったために、そんなイベントを起こすタイミングがなかったらしい。

そんなヒロインが美羽が転生した世界では他にもいるかは、今のところ不明である。

七話　うちの娘は可愛《かわい》らしい

鷹野美麗《たかのびれい》は美羽《みう》の母親である。平民の中では美しい容姿で、求婚が相次いだが、鷹野芳烈《ほうれつ》と結婚した。恋愛結婚だった。大恋愛とも言えよう。

新築の家を建てて、そこで夫と暮らし娘を産み幸せな家庭を築いている。

帝城《ていじょう》さんが用意してくれたＶＩＰ用の個室の、病院とは思えないフカフカのベッドでおとなしく寝ている我が子の頭をそっと撫《な》でる。

んん〜と甘えるように頭を擦《こす》り付けてくる我が子がとても愛らしい。

「まさか魔物と戦って、お友だちを救うなんて……褒めたいけど、本当は逃げてほしかったわ」

この子は本当に心配をかけるんだからと、優しく微笑《ほほえ》む。可愛らしいが、少し変わった子でもある。それが私の娘の鷹野美羽だ。世界で一番愛している娘だが、時折突拍子もないことをする。

美羽は初めての子供であった。生まれた時は元気でよく泣いていたし、医者からも異常なしと言われていたのでこのまま元気に育ってほしいと願ったものだ。

だがその後の美羽の成長には心配を隠せなかった。

「泣きはするけど、ピクリとも動かないの」

「そうだね。他の子の話を聞くと夜泣きは毎日らしいよ」

夫も表情を曇らせてベビーベッドを見ていた。美羽は夜泣きをほとんどしなかった。そして、全くと言ってよいほどに、身体《からだ》を動かさなかったのだ。心配してしまうのは当然だろう。

他の子はもっと活発だという話を聞くが、美羽はおとなしかった。おとなしすぎた。もしかして身体に異常があるのではと何回か医者に診せに行ったところ、あまり身体が強くない子なのでしょうと、戸惑い気味に告げられただけであった。

なので、私たちはガラス細工でも扱うかのように美羽を見守ることにしたのだ。

だが、ハイハイができるようになった途端、活発的になって、もしかしたら歩けないのではとの不安を抱えていた私たちは、愛らしく元気なその姿に安堵《あんど》した。

舌足らずだが、ようやく話せるようになってから変なことをするようになった。なぜか数字をノートに書き始めたのだ。

数字を集めて、お絵かきノートに書いていく。たくさん書いたら、うんうんと首をひねり考え込む。そうして、ぺしぺしとノートを叩《たた》くのだ。

その様子を夫に話すと笑って手を振った。

「子供だからね。なにかへんてこなことでも夢中になるのさ。なに、すぐに飽きるよ」

「そうかしら？　そうかもしれないわね」

近所の人たちに話すと、もっとへんてこなことをする子供もいるらしい。埃《ほこり》を集めたり、綺麗《きれい》な石を集めたり、虫の死骸を集める子もいた。なるほど、子供とはそういうものなのかと、納得したものだ。

基本、美羽は驚くほどに良い子だ。たぶん親の欲目ではないと思う。何かにつけてお手伝いをしようとしてくれるし、ありがとうや大好きといった言葉をいつも言ってくれる。それだけで嬉《うれ》しくなるものだと夫にも話している。

美羽は抱っこされるのが大好きだ。なので甘やかしすぎはよくないと思いつつも、ついつい抱っこをしてしまう。小柄な美羽は軽くて温かい。私たちの宝物だ。

そんな可愛らしい美羽は幼稚園に入ると、その才能の片鱗《へんりん》を見せ始めた。それを幼稚園の先生が可笑《おか》しそうに教えてくれたのだ。

「女帝《エンプレス》？　うちの娘がですか？」

なんとまぁ、凄《すご》いあだ名を我が子はつけられたものだ。女帝《エンプレス》とは何をしたらつけられるあだ名なのかしら。

「ええ、美羽ちゃんは皆を巻き込んでお遊びするんです。鬼ごっこなら何人もの鬼を用意して、砂場で遊ぶ時は大作を作るんですよ。いじめっ子は注意して、おとなしい子には声をかけて、誰があだ名をつけたか、女帝《エンプレス》と呼ばれていますす。本人は意味がわかっていないようですけどね」

クスクスと先生が可笑しそうに笑う。馬鹿にしている感じはなく、温かみのある笑いだ。

ちらりと砂場を見ると、大阪城のような巨大な城が残っていた。あれを作るのは大変だと思っていたら、我が子だったのね。バイタリティに溢《あふ》れすぎている。おとなしかったのは赤ん坊の時だけだったらしい。

「でも男女分け隔てなく遊んでいるので……影響されて少し乱暴な言葉を使っているのが気になります。おうちで使っていたら注意してあげてください」

「乱暴な言葉？」

「ええ。たまに喧嘩《けんか》を仲裁する時とかに口にすることがあります」

美羽が乱暴な口調？　正直信じられない。私たちの前では、いつもニコニコと可愛らしい笑みで、抱っこしてとせがんでくるのだ。乱暴な口調など聞いたこともないが、気をつけることにしよう。幼い頃の言葉遣いが癖になってはいけない。

夫は魔導省の区事務所に勤めており、基本定時で帰宅する。家事も手伝うし、お休みの日には散歩や外食に行く。記念日も忘れたことのない素敵な男性だ。夫が乱暴な口調を使うことはない。もしかしたら他の園児に影響されたのかしら。

最近の美羽はでんぐり返しをしたり、創作ダンスを踊ったり、歌を歌ったりと忙しく、以前のように数字を集めることをやめた。飽きたのだろう。今度はダンスかしらと私はその可愛らしい姿を何枚も写真に撮ってアルバムにした。

愛らしい我が子はダンスも歌も可愛らしく、我が家のアイドルだ。きっとテレビに影響されたに違いないと、クスクスと笑ってしまった。

だが、その平和も二日前までだった。午前中の家事を終えて、お昼ご飯は何にしようかしらと悩んでいる時だった。

スマフォの着信音が聞こえ、誰だろうと思いながら出ると幼稚園の先生で、

「た、大変です。美羽さんが、魔物に襲われました」

目の前が真っ暗になった。美羽が魔物に？　魔物の被害のニュースは時折聞くが、まさか最愛の娘が襲われるとは考えてもいなかった。

すぐに夫へ電話をして、私は美羽が運ばれたという病院に向かい、幼稚園の先生と合流した。先生以外にも着物を着た厳《いか》つい男性が難しい顔をして立っていた。

事情を聞いたがいまいち要領を得ない。魔物に襲われたが、退治はできたらしい。

「う、うちの子が魔物を倒したんですか!?」

「はい。私たちには近づかないようにと叫んで……申し訳ありません。ただ美羽さんはご無事です」

気まずそうに言う先生の話をまとめると、『死霊《レイス》』に憑依《ひょうい》された友だちを救おうとしたとのこと。『死霊《レイス》』という響きと憑依という言葉はわかる。これでも魔導省に勤める夫の妻なのだ。最低限の魔物の知識は夫から聞いていた。でもわからないことがある。

「子供に憑依したなら先生方が取り押さえれば良かったのでは？　なんでうちの子が？」

憑依は厄介な攻撃だ。だが憑依されたのが大人ならともかくとして、子供ならばあっさりと取り押さえることができたはず。無意識に声を荒らげて糾弾すると、着物を着た男性が深々と頭を下げてきた。

「申し訳ない、鷹野さん。闇夜《やみよ》は『マナ』に覚醒していたのだ。誰が教えたか、自己流か、密《ひそ》かに魔法の練習もしていたようで、極めて危険な状態だった」

「『マナ』に！」

私は驚いてしまった。取《と》り憑《つ》かれたという子は『マナ』、つまり魔力に覚醒しており魔法が使えたというのだ。『マナ』は身近なものだが、危険なものでもある。魔法は容易に魔力を持たないものを殺す。魔力がある者ならば抵抗できるが、魔力を持たない者ではまったく抵抗できないのだから。

「うちの子は大丈夫なんですか！」

医者の肩を掴《つか》み、激しく揺さぶるとコクコクと頷《うなず》き返してきた。魔法を使える者が憑依されたということは、私の子は魔法の攻撃を受けたに違いない。大怪我《おおけが》を負ったのではないかと、心配で頭が真っ白になった。

「お、落ち着いてください。大丈夫です。その、大怪我をしたのですが……」

「大怪我を！」

「ですが、もう既に回復しています。怪我一つありません。今は極度の疲労で寝ているだけです」

「回復を？　回復魔法使いを呼んで頂けたのですか？」

回復。ポーションを使ったのだろうか？　だが大怪我ならかなり高価なポーションのはず。それとも回復魔法使い？　回復魔法使いは恐ろしく貴重の存在だ。回復魔法使いならば何千万、いや、お金の問題ではない。今は助かったことを喜ぼうと私は少し落ち着いた。だが次の言葉は不穏であった。

「いえ、回復魔法使いでもポーションでもありません。その、美羽ちゃんを見て頂けたらわかります」

医者は申し訳なさそうに言ってきた。だが、私はその時点でおかしなことに気づいてしまった。幼稚園の先生や看護師さんたちもいるのだが、なんとなく嬉しそうで誇らしげだ。なにかあるのだろうか。

不思議に思いながらも、病室に入る。入って驚いた。あまりにも豪華な内装だったのだ。病室にはまったく見えない。どこかのホテルのスイートルームと言われても信じることができる。

「鷹野さん。私の娘を助けてもらったささやかなお礼です。ここの治療費はお気になさらず」

着物を着た男性の物言いでようやく気づいた。この人は貴族だ。闇夜ちゃんは何度か美羽と遊んだことがあるが、名字は帝城。帝城侯爵家の人だ。そのことに気づいたが、それよりも我が子の無事を確認しなければならない。

点滴を打たれてベッドに寝ている痛々しい姿が目に入る。魔物に襲われるなんて、怖かっただろうと心が締め付けられるように痛い。可哀想《かわいそう》にと思いながら近づき、口をポカンと開けてしまった。

美羽は黒髪ではなくなっていた。

灰色の髪の毛となっていた。美しい艶やかな灰色の髪の毛。その艶やかさは『マナ』が宿っている証拠であると私は知っている。そしてその灰色の髪の色が持つ意味も。

「おめでとうございます、鷹野さん。彼女は聖属性に目覚めました。しかもいきなり回復魔法を使えたとか！　希少なる聖属性に目覚めたことお祝いを申し上げます」

医者が興奮気味に伝えてくる。看護師も同様に祝福の言葉を口にして、おずおずと幼稚園の先生からもお祝いの言葉をもらった。

彼らは美羽が希少な聖属性に目覚めたことを喜び祝福し、また、そんな美羽を保護することができた自分たちを誇らしく思っているのだろう。

どうして『死霊《レイス》』と対峙《たいじ》した我が子が無事だったかを理解した。冒険者や武士でもなく、娘自身が目覚めた聖属性の力で倒したのだと。

動揺はしているが、何よりも美羽が生きていたことに安心する。

「そう。みーちゃんは『マナ』に覚醒したのね。なんにせよ無事で良かったわ」

優しく美羽の頭を撫でる。灰色の髪の毛は滑らかで触り心地がとても良かった。

『マナ』に覚醒したことに驚きは隠せない。覚醒するのは魔力持ちの貴族や武士がほとんどだからだ。

「み、美羽っ⁉　美羽は大丈夫なのかい？」

急いできたのだろう。汗だくで息を切らして最愛の夫が病室に駆け込んできた。

鷹野伯爵家の元次男である鷹野芳烈である。

使えない者だと伯爵家から放逐された過去を持つ夫が。

我が子が希少なる聖属性に目覚めたと知ったらどう思うだろう。夫は喜ぶだろうか。きっと伯爵家は黙っていないだろう。

我が子を守らねばと心に強く誓い、美麗は夫に説明を始めるのであった。

八話　我が子を守らねばと誓う

芳烈《ほうれつ》は目覚めた我が子を愛《いと》しげに見つめていた。三日前まではたしかに黒髪黒目だった我が子が、今は灰色の髪の毛とアイスブルーの綺麗《きれい》な瞳に変わっている。

聖属性に覚醒した証拠である髪の色を持った我が子は、妻が剝《む》いたりんごを美味《おい》しそうに食べている。その笑顔は無邪気で心に温かさを感じさせてくれる。

「みーちゃん、りんごは美味しいかい？」

「うん！　とっても美味しいよ。私りんご大好き」

小さな口で夢中になって食べていたが、美羽《みう》は私の言葉に、ひまわりのような元気な笑顔をニパッと浮かべる。その愛らしさに頬《ほお》を緩めて頭を撫《な》でてやると、嬉《うれ》しそうにするので、さらに撫でる。こんな可愛《かわい》い子供はきっと美羽だけだと、多少親ばか気味に思うが、間違いではないと思う。

必ず守ってやらなければならない。妻と子供は私が守ると何度も心に誓う。ちょうどその時であった。ピンポンとインターホンが鳴った。

この病室はＶＩＰ専用で、入室するには訪問者はインターホンを鳴らす。だが、美羽が倒れてから三日。眠っていた美羽が目を覚ましたのが昨日だ。見舞いに来るとしたら帝城《ていじょう》さんだが、少し時間としては遅い。

窓の外を見ると空はオレンジ色に染まり始めて、面会時間は終わりに近かった。そもそも少し前に帝城さんたちは来たばかりだ。

まさかと思いつつも、インターホンに近づく。妻は不安そうに私を見てきて、娘は不思議そうな顔でりんごをサクサクと囓《かじ》っていた。私はゴクリと唾を飲み込むとインターホンの通話ボタンをタッチした。

モニターに相手の顔が映った。初老の男性と私よりも少し年上の男性とお付きの執事だ。白髪《しらが》交じりだが、鮮やかな緑色の髪をした初老の男性は嬉しそうにしており、もう一人のくすんだ緑色の髪をした男性は舌打ちしそうなほど、不満げな顔で苛立《いらだ》っているようだった。その後ろには子供の頃、お世話になった執事のヨウさんが立っているのが見えた。昔からまったく変わっていない人たちだ。

「おぉ、芳烈か？」

初老の男性が聞いたこともないような猫なで声を出す。何を考えているのか、わかりやすい人だ。

「はい、なんのご用でしょうか？」

「用もなにもない。可愛い孫が大怪我《おおけが》をしたと聞いてな。急いで見舞いに来たのだよ。会わせてくれるな、芳烈よ」

そう言ってくる初老の男と、不機嫌そうなもう一人の男性。顔立ちは自分とそっくりと言わざるを得ない。

「………わかりました、父さん」

病院で揉《も》めるのもまずいだろう。たとえ孫が産まれてから一度も訪れることがなかった男性でもだ。

即《すなわ》ち、初老の男は私の父親で、もう一人の男性は兄であった。

扉を開けると、父と兄はすぐに入ってきた。兄の後ろに執事が続き、その手には見舞い品の果物の籠がある。

ここで押し止めることはできたが、言い争う姿を美羽に見せたくないとの気持ちが勝り、病室に通す。父はニコニコと、兄は忌々しそうに鼻を鳴らしながら病室に入った。執事のヨウさんが、私を見て気まずそうに頭を軽く下げてきたのだけが救いであった。

魔力を持たないために放逐した次男に、どんな顔で会いに来られるというのか。面の皮が分厚いとしか言いようがない。放逐する際はあんなに酷《ひど》い罵詈雑言《ばりぞうごん》を浴びせてきたのだから。

妻もそのことはよく知っている。そのために、黙ったまま頭を下げて挨拶をするが、そもそも父は妻も私も眼中になかった。

興味のあるのはただ一人。孫の美羽なのだから。

「おおっ！　本当に美しい灰色だ。半信半疑だったが、本当だったか！」

父は相好を崩して、心底嬉しそうに微笑《ほほえ》む。チッと兄が舌打ちする。

「おじーちゃん、だぁれ？」

りんごを片手に、美羽が小首を傾《かし》げて不思議そうな顔をする。無理もない。一度も会ったことのない相手だ。

「私は美羽のおじ〜ちゃんだぞぅ。なんだ、私のことを教えとらんかったか」

美羽へ笑顔で答えると、ヨウさんが果物籠を美羽の前に置く。メロンやら葡萄《ぶどう》やら、金のかかった果物の盛り合わせだ。ここでケチることなどしないらしい。

「ほら、美羽のためにおじ〜ちゃん、たっくさん美味しい果物を持ってきてあげたぞ」

わざとらしく大袈裟《おおげさ》に言うが、子供には効果は抜群だ。果物を前にキラキラと美羽は瞳を輝かす。

「メロンだ！　やったぁ、ありがとうございます！」

ペコリと礼儀正しく頭を下げる美羽に、うんうんと好々爺《こうこうや》の演技をして父は美羽の頭を撫でる。

「とても良い子だな、美羽や。美麗《びれい》さんや、よくこんな良い子を産んでくれた。ありがとう」

私たちの結婚式にも出席どころか、祝辞もなく、美羽が産まれても気にもしなかった父の豹変《ひょうへん》ぶりに、妻もさすがに顔を強張《こわば》らせる。無理もない。平手打ちをして追い出してもいい相手だ。

「チッ！　おい、お前。本当に回復魔法が使えんのかよ？　使ってみろよ、おら」

チンピラのような口調で兄が美羽に食ってかかる。機嫌が悪い時の口調だ。かなり苛ついているのだろう。

「やめなさい、嵐《あらし》。すまないね、美羽や。嵐は私の腰を気遣ってね。回復魔法で治してほしいんだよ」

暴言を吐く兄を父が窘《たしな》める。だが、そのついでといった感じで、さり気なく腰をさすり痛そうに顔を歪《ゆが》める。そんな演技をすれば、優しい美羽がどうするかなんて決まっている。

「おじーちゃん、腰痛いの？」

「あぁ、そうなんだよ」

「私が治せるかなぁ」

「ちょっと使ってくれないかな。おじーちゃんは美羽が回復魔法を使ってくれるだけで良いんだよ」

今止めても、きっと危険なことをしてでも魔法を使わせようとするに違いない。そう考えると止めるよりも使わせた方が良い。どうせ隠し通すことも無理だと理解している。

美羽は紅葉《もみじ》のように小さな手のひらを父に向けると目を瞑《つぶ》り、うんうんと唸《うな》る。

『小治癒《マイナーヒール》Ⅰ』

父の身体《からだ》が一瞬だけ仄《ほの》かに光る。淡い光で見逃すかもしれないほどに一瞬だったが、父はすぐさま腕まくりをした。なぜ腕をまくるのか疑問に思ったが、すぐに驚愕《きょうがく》してしまった。

なぜならば、腕には真新しい包帯が巻かれており、血が滲《にじ》んでいたからだ。

事前に自傷しておいて、間違いなく回復魔法の確認をするつもりだったのだ。何という執念だと私はそこに狂気の欠片《かけら》を見て取った。自分自身の身体で試さないと確信がとれなかったに違いない。

父は慌てるように包帯を取り払い、血で薄汚れた腕を擦《さす》ると、喜色の表情となった。

「見ろ！　少し斬りすぎたと思っていたが、もはや傷すらない！　完全に回復しておる。紛れもない回復魔法だ！」

「おじーちゃんは腕もいたいいたいだったの？」

腰と聞いていたのに、なぜか腕を見ている父に美羽は戸惑った声をあげる。可哀想《かわいそう》に。まさか自身で傷つけた腕を治させられるとは思わなかっただろう。

「あぁ、おじーちゃんは腕も痛かったんだが、美羽のお陰で治ったよ。ありがとうな」

父は興奮しており、その目は爛々《らんらん》と獲物を見つけたかのような醜悪な光を宿している。目以外は好々爺といった表情でにこやかだからこそ、たちが悪い。

「良かった！　いたいのいたいの飛んでけーだよ」

「そうだな。美羽はなんて良い子なんだ。私が見た中でもこんなに良い子は見たことがないぞ」

私には、いや、兄にすら見せたことのない笑顔で美羽の頭を撫で続ける父。その背中からは高笑いでも聞こえてきそうだと思うのは、私の気のせいだろうか。

兄はその光景を見て、ますます不機嫌そうな顔になり、その表情に見覚えがある私は美羽のことが心配になってしまう。

だいたいあんな顔をしている時は周りに八つ当たりをして、使用人を殴ったり、花瓶などを割ったりしていたものだからだ。酷い時は気に食わない人間を罠《わな》に嵌《は》めて酷い目に遭わせたりもしていた。父に褒められて、美羽はきゃあきゃあと無邪気に喜びの声をあげている。無邪気な良い子だ。悪意には晒《さら》したくない。

「父さん。もうそろそろ見舞いの時間が終わるんだ。悪いけど帰ってくれないか？」

声音に冷たさを混じえて告げると、美羽を撫でていた手がピタリと止まり、父は私へと視線を向けてくる。

「そうか。それならば帰らないといけないな。美羽はいつ退院できるんだ？」

美羽に見せていた好々爺然とした笑顔は鳴りを潜めて、私に見せるのは鷹野《たかの》伯爵家にいた時と同じ冷ややかな顔だった。

「近々退院します。なので、もう見舞いに来なくて結構です」

強く手を握りしめて、毅然《きぜん》とした態度で断りを入れる。鷹野伯爵家にいた時はできなかった強い意思での断りだ。昔とは違う。私には守るべき妻と子供がいる。もはや過去の弱々しかった自分はもういない。

私が変わったことに気づいたのだろう。昔とは違う私を見て、僅かに驚く父と兄。兄も私がここまではっきり言うとは思っていなかったに違いない。

だが、驚きの表情はすぐに消えて、父は話を続けてくる。

「そうかそうか。ならば、退院の日を教えてくれ。車を寄越《よこ》そう」

「いえ、私の車を使うので大丈夫です」

もう近づかないでくれと言外に伝えながらも、それで引っ込む父ではないことは嫌というほど知っていた。予想どおりに父は肩をすくめて、かぶりを振ると呆《あき》れたような返事をしてきた。いや、予想よりも酷い返答であった。

「おいおい、自分で運転するなど言わないでくれ、芳烈。それに言ってはなんだが芳烈の乗る車は格が落ちるのではないか？　私に任せておけ。家で所有する一番良い車で迎えに寄越す。あぁ、美羽の専属メイドも決めないとな。どの部屋を使うか、美羽が退院する前に下見に来なさい。日当たりの良い最高の部屋が良いだろう」

「何を言っているのですか？　美羽の部屋？」

最初、父の言っていることが理解できなかった。あまりにも身勝手で、図々《ずうずう》しい言葉だったので、頭が理解を拒んでしまったのだ。

美羽に頻繁に会いに来るために、車を用意すると思っていたが甘かった。その程度で満足するような父ではないことは知っていたのに。

「鷹野伯爵家に戻ってきて良い。家族仲良く暮らすのがやはり一番だと思い直したのだよ。こんなに可愛らしい孫の顔を見たら、やはり家族は仲良くしないとと思い直したのだ」

「結構です。私たちの家がありますので」

「おいおい、そう意地を張るな。お互いに悪いところはあった。私も謝ろう。お前も素直になれ。

孫のためにもな」

「……ここではなんですので、外で話しましょうか」

一方的に放逐しておきながら、お互いに悪いところとはよく言うものだ。しかも美羽をダシにして仲直りをしようなどと……。胸に怒りを抱かせる発言だが、私はなんとか呑《の》み込んで耐えると、話し合いをすることにした。

絶対に美羽は渡さない。心に強く誓って。

九話　本当の悪意は笑顔を伴っている

美羽《みう》の父親として芳烈《ほうれつ》は、自身の父親である風道《かぜみち》と病院の談話室にあるソファに対面で座り対決することにした。

なぜならば、風道は兄である嵐《あらし》よりも独善的で横暴だ。自分の言うことが絶対であり、そこに疑問をもたない鷹野《たかの》伯爵家の帝王として君臨していた。

十二歳の時に、縁切り代として金を渡され放逐された後は連絡の一本もなかったのに、今回急に接触してきたことに芳烈は内心で驚いてもいた。こんなに早く美羽の情報が伝わるとは予想していなかったのである。

「父さん、いえ、風道さん、なんでこんなに早く美羽の情報を？」

孫娘に父はまったく興味を持たなかった。なぜかというと『マナ』に覚醒しないと考えていたからだ。

通常魔法使いの子供は十二歳までに『マナ』を発現する。しない者は、いくら歳《とし》をとっても奇跡が起こらない限り『マナ』を覚醒しない。魔力を持たない者だと判断される。

そして芳烈は『マナ』に覚醒しなかったのだ。通常はその子供も『マナ』に覚醒しない。

芳烈は覚えている。あの蔑みの瞳を。『マナ』が覚醒しない者は風使いの名門である鷹野家には必要ない。ゴミと同じだと罵られて捨てられた。外聞が悪いので、以降は分家で育てられたが、そこでも虐《いじ》められて芳烈は子供時代を過ごした。

芳烈の人格が歪《ゆが》まなかったのは、分家に出入りしていた商人の娘である美麗《びれい》に出会ったからだ。

彼女は活発的で明るく、それでいて優しかった。美麗の一族は昔から平民で魔法使いでなくても気にしなかった。そして芳烈の境遇に同情したことと、長女である美麗と仲の良いことから、美麗の両親から色々と教わった。

芳烈は有能であり、また、縁切り代としてそれなりの金があったので、美麗の父親の勧めた投資先に若いながらに考えて、的確な投資をして大金を稼いだ。

今は公務員試験に合格し、危険手当がある魔導省に勤めている。危険手当があるのは、テロリストに狙われたり、ダンジョンの確認時に魔物に攻撃されたりする可能性が高いからである。

平民としては裕福な暮らしをしており、優しい妻を持ち、可愛《かわい》い娘がいる幸せな暮らしをしていた。

このまま、穏やかで幸せな生活を過ごしていくものと信じていた。だが、美羽は聖属性に目覚めてしまった。美羽を責めるつもりはない。美羽のせいではないし、友だちを救おうとしたその心根は誇りに思う。

正直に言うと、危ないことはしてほしくなかったが。

鷹野伯爵家にいつかは伝わるとは思っていたが、早すぎると芳烈は疑問に思う。

「お前からの連絡があれば良かったのだが、この病院には鷹野家の分家の者が勤めていてな。美羽のことを聞いて、気を利かせて連絡してくれたのだよ」

病院は個人情報を秘匿する守秘義務があるのではなかったかと、私は苦々しい思いに囚《とら》われるが、納得はいった。きっと点数稼ぎに喜々として父親に連絡したに違いない。

「もう縁は切れたはずです、風道さん。貴方《あなた》が過去に私に言った言葉ですよね？」

睨《にら》みつけるように私は父親を見るが、私の強烈な視線に気づいているだろうに、どこ吹く風と冷笑で父親は答える。

「そう意地を張るな。お前が苦労したのは知っている。私が持っている会社の一つを任せよう。聞くところによるとお前はなかなか商才があるようだからな」

無能と罵ったその口で、才能があると褒める父親の面の皮の厚さに苛立《いらだ》ちを覚えてしまう。よく、そんなことを言えるものだ。魔力を持っていなければ鷹野家にはいらないと怒鳴ったではないか。涙と共に私はその記憶をしっかりと頭に刻んでいた。

「父さんっ！　こいつに会社を任せるのかよっ！」

父親の予想外の言葉に、兄が声を荒らげるが、

「黙れっ！　お前が経営している会社は最近赤字続きではないか！　商才のある芳烈に任せようと思う」

父が兄を一喝し、睨みつけると気まずそうに顔を逸《そ》らす。よほど酷《ひど》い経営をしているようだ。

「風道さん、申し訳ないけど、私は妻の父に勧められた投資先に乗っただけです。今だって、魔導省に勤めています。会社経営などできません」

「この馬鹿よりまともな経営をしてくれれば良い。なに、大丈夫だ。私も手伝おう」

朗らかに言ってくる父親。子供時代にその優しいセリフを聞かされていたら簡単に騙《だま》されていただろう。だが、私は大人となり、これまでの人生では悪意に晒《さら》され続けていた。

この男の目的は美羽なのだ。だからこそ譲歩することはない。

「お断りします」

きっぱりと断る私の態度に、父は僅かに目を開き驚くが、スッと目を細めて先程の態度が嘘《うそ》のように、恐ろしい威圧感を醸し出す。その身体《からだ》からは微風が吹いてくる。

「我儘《わがまま》を言うなよ、芳烈。貴様もわかっているだろう？　聖属性の貴重さを」

「……知っています。日本の誇る魔法使いの三十六家門。それぞれ一家門百人程度の属性使いがいますが、その中で聖属性は僅かに三十人ですからね」

ビリビリと肌が威圧により痺《しび》れを感じる中で、私は影響を受けていることを隠すように伝える。

だが、父はハッと私の言葉を聞いて笑い、

「グッ！」

ダンと強い音がしたと思った時には私の頬《ほお》はテーブルに強く押し付けられていた。

「上手《うま》い言い回しだな、芳烈。それだと希少と言っても大したことがなさそうに聞こえる。だがな、この日本魔導帝国の人口は二億人だ。そのうち『マナ』に覚醒するのは二十万人、魔物と戦えるレベルの魔力持ちは二万人。内約二割は三十六家に属しておる」

ギリギリと頭を父に押さえつけられており、段々その圧力は高まり息苦しくなってくる。

「魔法使いの中には自己回復をできる者はおる。だが他人を癒やすことのできるものは何人だ？　んん？　この私に教えてくれないか、芳烈？」

私が逆らい拒絶したことにより、その口調には怒りが混じっている。

「たった三十人だ！　回復魔法の使い手はたった三十人！　二十万の魔法使いがいる中で、たったの三十人！　皇族や公爵、侯爵、それぞれ高位貴族が囲っている。人々を治癒でき、高位ダンジョンの攻略に必須である回復魔法使い！　どれだけ希少か理解しているか？　我が家に待望の回復魔法使いが生まれたのだ！　一族揃《そろ》って守らねばならん！」

「み、美羽は私たちの子供です！　貴方たちの道具ではありませんっ！」

「我儘を言うなっ！　これからのことを考えよっ！　平民の貴様が美羽を守れるというのか？　貴族の後ろ盾なく？　美羽だって、金持ちの暮らしが良いに決まっている！　このまま平民暮らしで育ってみろ！　甲斐性《かいしょう》のない両親を恨むに決まっている！」

「美羽をダシにしないでくださいっ！　あの子は良い子です。必ずわかってくれると信じています」

「そんなわけがあるかっ！　それに後ろ盾なく美羽を守れるのか？　んんっ？　答えてみよ！」

「くっ。そ、それは……」

痛いところをついてくる。日本は法治国家だ。国民は法律に守られている。……しかし、それは建前だとも知っている。貴族たちの横暴は稀《まれ》に聞く。美羽が回復魔法使いだと知れれば、必ずなんとしても手に入れようとする者はいるに違いない。平民の自分にはそれを防ぐ術《すべ》はない。

答えられないことに父は嘲笑《あざわら》う。

「ふんっ。その理想論だけを求める頭でも理解できたようだな。理解できたなら引っ越しの準備を始めろ。なに、美羽は大切に、ムッ！」

突如として頭を押さえつけていた圧力が消えて軽くなる。咳《せ》き込《こ》みながら頭を上げると、ソファを飛び越えて父は険しい顔で身構えていた。

「……帝城《ていじょう》さん、なんのつもりですかな？」

「念《ねん》の為《ため》に護衛を置いていたのです。報告を聞いて再度訪れたところ、娘の恩人の親が酷い目に遭っているのを見ましてな。助けるのは当たり前だと思いますが？」

後ろを振り向くと、着物を着た猛獣にも見える帝城王牙《おうが》が冷ややかな顔で立っていた。威圧のためだろう。その手には半透明の黒いオーラが渦巻いている。

「これは家族の話です。申し訳ないが、遠慮をして頂けませんか？」

熱するような怒りを隠して、父が王牙へと伝える。

「縁は切れたと聞いておりますぞ。鷹野伯爵家は芳烈さんとの関係はないはず」

「復縁したのです。よくある話だと思いますが？」

「ほう……。それは本当ですかな、芳烈さん」

二人が対峙《たいじ》し、空間が歪みそうなほどの威圧感を醸し出している。その中でも気にすることなく王牙は私に聞いてきた。

「いえ……。鷹野伯爵家とはもう縁は切れています。復縁もありません」

この騒ぎを聞いて、看護師や患者が顔を覗《のぞ》かせるが、貴族同士の、魔法使い同士の争いだと気づき、すぐに顔を引っ込める。それだけ魔法使い同士の争いは危険なのだ。

「てめえっ！　何言ってやがんだ、こらぁっ！　不満ばかり口にしてやがって！」

兄が私の言葉に激昂《げきこう》して、顔を真っ赤にすると掴《つか》みかかってくる。魔法使いの身体能力は一般人とは比べ物にならない。たった一歩で数メートルは離れていたにもかかわらず、一瞬で間を詰めてくる。

気づいた時には兄の手が私の首元まで伸びており、そして王牙さんの腕が兄の腕を掴んでいた。

「ぐっ。こいつ！」

兄は怒りの表情でその手に緑色のオーラを纏《まと》わせて、渦巻く風を作り出す。風が髪を吹き上げて、服を靡《なび》かせる。

「風よ、がっ！」

一般人には危険すぎる魔法を放とうとするが、王牙がクンと手を動かすと、顔を仰《の》け反《ぞ》らせて鼻がへこみ身体を揺るがし、ぺたんと床に座り込む。

「このくそがっ……」

ボタボタと鼻血を出して、痛みで顔を歪めて憎々しげに兄は王牙を睨みつけるが、王牙は平然としていた。格が違うというのは、こういうことを言うのだろう。

「どうだろう、芳烈さん。私が、いや帝城家が美羽さんの後ろ盾になりましょう。後ろ盾と言っても、何も美羽さんを束縛はしません。闇夜《やみよ》を助けてくれたお礼です」

「帝城さんっ！　他家の者を奪うつもりかっ！」

父は倒れ込んだ兄には目もくれず、怒気を纏い声を荒らげる。

「芳烈！　うまい話などないぞ。他家のことを信用するな！　回復魔法使いが欲しいだけだ！」

たしかにそのとおりかもしれない。正義感のあるヒーローのように現れても、実際はそう簡単な話ではない。たとえ親切心から美羽を保護してくれても、第三者からどう見えるか？

他家からうまいこと回復魔法使いを引き抜いた辣腕の持ち主。それか格下の貴族から無理矢理《むりやり》奪った酷い人間、美羽の力が必要になる時もあるだろう。束縛せずとも、ダンジョンの攻略や魔物退治に行くとなれば、親切を受けたお返しに美羽が同行する可能性は高い。

だが、芳烈は二つの選択肢を前に迷うことはなかった。

「そうですね、お願いできますか、帝城さん」

自分を放逐した家族に大切な我が子を誰が任せるというのか。

「任せてくれ。美羽ちゃんに誰も手を出させないようにしよう」

王牙さんが僅かに笑みを浮かべて頷《うなず》き、美羽は帝城侯爵家の後ろ盾を得ることになった。

「芳烈っ！　きっと後悔するぞ！　帝城さん、このまま我が家が黙っているとは思わないことですな！」

そして、鷹野伯爵家は敵となった。

この選択がこの先どうなるかはわからない。しかし、芳烈の気持ちは変わらない。美羽を守ると決めているのだから。

十話　幼稚園時代は終わりだなっと

モブに完全に覚醒した美羽《みう》はとりあえず神官Ⅰになった。まだまだ弱いが、それでもきっかけは手に入れた。本当のことを言うと他のジョブが良かったが、マイホームでジョブは変更できるので問題はない。

死にかけたイベントを終えて、神官Ⅰとなった。これからは努力をすれば力をつけることができるようになった。安心である。もう『死霊《レイス》』ごときには負けない。

今、俺はようやく退院して喫茶店にいた。灰色髪でアイスブルーの瞳の俺は幼女の中でも、かなり可愛《かわい》らしくなっており、微笑《ほほえ》ましそうに周囲の人たちが見てくる。

ソファが高いために、ぷらぷらと足を振ってのんびりと闇夜《やみよ》を助けたお礼のスーパージャンボパフェを待っている。

この身体《からだ》は幼女だからな。甘い物に釣られるんだよ。前世も甘い物は好きだったけどな。

喫茶店はシックな感じの内装で、何種類ものコーヒー豆が置いてあり、焙煎《ばいせん》した良い匂いが鼻孔をくすぐる。客層はおばちゃん連中は見えずに、上品な格好をしている人が英字新聞を読み、コーヒーを楽しんでいた。

前世では、コーヒー豆の違いはついぞわからなかったなぁと、周りを見ながら考える。それ以上に気づくことがある。この喫茶店は変だと。

住宅街にある高級感のある喫茶店。あまり利益はなさそうだ。喫茶店は長《なが》っ尻《ちり》の客で回転率が悪く、利益が少ない。だが、この店はそれでも儲《もう》からないだろう客の少なさ。違和感を覚えるのは俺だけだろうか。

どうやってこの店は経営が成り立っているのだろうか。趣味でやっている割には値段が高い。コーヒー一杯千二百円。普通におばちゃん連中が入るのは躊躇《ためら》う金額だ。半年を持たずに潰れても不思議ではない。

この喫茶店のマスターはロマンスグレーの髪の老年の男性だ。正直に言うと怪しい。小説の世界の中と思っているからだろうか。どこかの機関の諜報員《ちょうほういん》ではないかと疑っている。

それか、主人公のためにある喫茶店。ほら、よくあるだろ？　シックな感じの喫茶店。そこにヒロインとちょくちょく来店する主人公。その背景の喫茶店というわけ。付け加えると、マスターが主人公に渋い忠告をする役柄とかな。

違和感を助長させるのは、スーパージャンボパフェ。この喫茶店には合わないメニュー。金額が三千円というところも、小道具として扱いやすそうだ。主人公がヒロインに奢《おご》らせられたりとかありそうじゃない？

『魔導の夜』のストーリー、俺は小説の十巻までしか読んでない。ゲームは武器屋や道具屋、レストランなどがあったが、そんなもんが記憶に残るはずもない。最終巻である二十五巻は魔神や魔神を復活させる敵ボスとのバトルシーンばかりで、日常回は欠片《かけら》もない。

十巻が発売された時は前世で死んだ時から数えると十五年以上前だ。今の歳《とし》を加えると二十一年以上前。俺の記憶にはそんな昔の細かい内容はほとんどない。あるのは女キャラの露出の多いエロティックな武装と、キャラの顔だけ。名前も覚えていない。

普通はそうだよな。というか、大まかなストーリーは今も覚えているが、主人公が現れる学園生活まで記憶が残っているかも不明だ。まぁ、本筋はなんとか覚えている。それが普通だと思う。

命がかかっていることもあるし、ポチリと押せばステータスボードが目の前に現れるから、ゲームの仕様は忘れていることはないだろうけど。

念の為に、俺だけにしかわからない暗号で、ストーリーやゲームの攻略情報は残しておく。タイトルを『ファイナルドラゴン転生』とかにしておけば、誰もこの世界のことだとは思うまい。わかったらそいつは変態か神様である。天才でも思いつくのは無理だよな。

「みー様、早く来ないか、楽しみですわね！」

「うん！　楽しみだね、闇夜ちゃん。早くパフェ来ないかなぁ」

俺は女の子に転生した。なので、両親に心配させないように、おとなしい女の子を演じている。アイスブルーの目をキラキラと輝かせて、パフェを作っているマスターへと目をちらちらと向けて、身体が勝手にそわそわしてしまう。

「ふふっ、みーちゃんは待ちきれないかしら？」

「うん！　だって、こーんなに大きいんだよ！」

俺はちっこい手を広げて、期待に満ちた声をあげる。幼女がそわそわしている姿に微笑ましそうに周りの客が見ていた。演技も大変だよ、うん、エンギダヨ？　早く来ないかなぁ。

メニュー表にある写真は綺麗《きれい》なパフェ用の器にたくさんの果物と生クリーム、アイスなどが載っている。否《いや》が応《おう》でも期待しちゃうだろう？

パフェを食べに来たのは、俺と闇夜、母親と闇夜の専属メイドだ。俺の隣に闇夜、対面に母親とメイドが座っている。

王牙《おうが》は忙しくて来られなかった。まぁ、奢ってくれれば何でも良い。専属メイドには驚いたけどね。三十歳ぐらいのちょっと怖そうな女の人だ。護衛も兼務している魔法使いらしい。

この世界は普通に貴族に仕えるメイドがいるんだよ。正直、凄《すご》い。さすがは小説の世界だよな。もっというと、メイドは若くて可愛いのがテンプレだけど、主人公たちの周り以外は現実準拠らしく、腕の立つ経験豊富なメイドが選ばれているようだ。そうなると普通は年若い新米の少女とかあり得ないもんな。

「それで……みー様、私、正式に魔法の練習をすることになりましたの。一緒に練習をしませんか？」

モジモジと指を絡めて、闇夜が俺を見てくる。キラキラとしたブラックダイアモンドのような瞳が美羽の姿を映している。おさげがゆらゆらと揺れてるのを少し触ってみたくなるのは、身体に釣られて精神が幼くなっている証拠だ。

でも、魔法の練習？　ふむ……俺は熟練度を上げたい。『マナ』に覚醒したというか、ジョブを決定したことにより、俺は魔法を使えるようになった。でもそれはゲーム仕様だったから。努力して普通の魔法も覚えることは重要かもしれない。

だけど、先にゲームの魔法を覚えたいんだよ。気にはなるけど。ジョブの熟練度を上げれば、魔法を覚えるシステムなんだ。でも、どうやって魔法を覚えるのかは聞いておくか。

「どうやって魔法の練習をするの、闇夜ちゃん」

「帝城《ていじょう》家は無属性と闇属性を得意にしておりますの。だから、侍女にこっそりと教わったのです。まだ二つしか使えないのですが」

「そうなんだ。凄いね！」

ニッコリと微笑むが、二つしかって、あのサクサク斬る剣と闇の矢だろ。俺を殺そうとした魔法だよな？　なんで侍女はそんな危険な魔法を教えるわけ？　もう少しおとなしめの魔法を教えろよ。まだ六歳の子供になんて魔法を教えているんだよ。死ぬかと思っただろ。

ジトッとした目で闇夜の専属メイドさんを睨《にら》む。お前が教えたのかよ。

俺のアイスブルーの瞳を見て、メイドは頭を横に振る。ふむ？

「その侍女は他に配置換えとなりました。やはり危険な魔法でしたので」

あまり抑揚のない言葉で告げてくるメイド。メイドと侍女の違いはわからないが、その侍女がどうなっているか、その目が語っていた。闇夜は気づいていないようだが………。これはもしかして裏があったのか？『死霊《レイス》』が現れたのは偶然で、何かをしようとしていた？

侯爵家だ。謀略があってもおかしくない。まぁ、もう対処済みだとは思う。海の底に侍女が沈んでいてもおかしくない。

これが主人公なら、イベントが始まって黒幕を暴いて退治したりするんだろうけど、残念無念、モブな主人公の俺はたぶん関わることはないだろう。この話はこれで終わりだと思う。

貴族社会なんて、いつもこんなことが起きていそうだしな。

「あ……ごめんなさい、みー様。私の魔法で傷つきましたのに……」

「ううん。大丈夫だったし、あれはオバケのせいだもんね。闇夜ちゃんは悪くないよ！」

ニパッと元気づけるように美羽が笑うと、闇夜は顔を上げる。

「みー様、優しくて大好きです！」

しょんぼりとする闇夜を慰めると抱きついてきた。ぎゅうぎゅうとしがみついて頬《ほお》ずりしてくる。温かさとくすぐったさでこそばゆいと笑ってしまう。そのスキンシップに少し照れてもしまう。前世は独身で、こんなにくっついてくる女友だちもいなかったしな。若い時は彼女もいたが、こんなにベタベタしてくれなかった。

「それよりも魔法は簡単に覚えられたの?」

「えぇ。ちょっと大変でしたが。本能的に使えるものがあるらしいですの」

「お嬢様の仰《おっしゃ》るとおりです。お嬢様は闇属性に目覚めました。聖属性に目覚めた美羽様も回復魔法を本能的に使えたとお聞きしております」

なるほどねぇと、コクリと頷《うなず》く。俺の本能はゲーム仕様なので関係なさそうだけど、それは秘密にしておくぜ。でも本能であんな危険な魔法を使うのか。闇夜、危険な娘。

「それに美羽様は聖属性の回復魔法使い。残念ながら、帝城家ではノウハウがないかと」

聖属性と聞いて、僅かに母親の顔が思案げになる。なにかあるのか? そういや、お見舞いに果物を持ってきた爺《じい》さんもあれから見ないな。両親も話題に出さないし、なんかあるのか?

「え〜っ! みー様と練習できませんの?」

俺が考えている最中にも、それを聞いた闇夜が悲しげになるので、メイドがすぐにフォローを口にする。

「いえ、簡単な生活魔法なら属性外でも使用可能です。学院に入れば習いますが、その前に貴族の皆様は家で教えてもらいます」

「それじゃ、私と一緒にお勉強しましょう!」

「うん! 生活魔法っていうの使ってみたい!」

闇夜と手を繋《つな》ぎ、笑顔ではしゃぐ。灰色と黒のコントラストの幼女の可愛らしい姿に母親とメイドは目元を緩ませて微笑む。

「スーパージャンボパフェおまちどうさま」

コトンとパフェが置かれる。おぉぉ、メニュー表の写真よりも大きなパフェだ。

「おっきいね！」

「そうですわね」

キラキラと輝くパフェ用のグラスに、生クリームやバニラやチョコのアイス、いちごやりんごが載っている豪華なパフェだ。三十センチはある大きなグラスだ。

「ゆっくり食べるのよ、みーちゃん」

「はぁい！」

このパフェを倒すのは俺だ。スプーン捌《さば》きを見せてやるぜ。ふんふんと鼻息荒く、俺はグラスを掴《つか》む。

シャキーンとスプーンを構えて、パフェが現れた！　なんてな。

んん？

『パフェAが現れた！』

『戦う』

『逃げる』

なんだこれ？

美羽はアイスブルーの瞳をくるくると回して戸惑う。灰色の髪の毛の幼女はスプーンを持って固まってしまう。

どうやら俺のゲーム仕様はまだ色々あるらしい。奥が深い身体だこと。まったく困ったもんだ。

二章　小学生時代

十一話　もう一人の転生者

日本魔導帝国。上流階級には魔物から人々を守る魔法使いが貴族として存在している。その階級社会は絶対である。なぜならば中位以上の魔物には魔力が伴わない物理攻撃が効かない。魔力を用いた攻撃でないと倒せないのだ。なので、平民は貴族に逆らうことができない。下克上は無理な世界観なのだ。

帝都の貴族街。帝国の皇帝が住まう皇城から少し離れた高位貴族が住む一等地に豪華な屋敷がある。

絢爛豪華《けんらんごうか》な屋敷だ。洋風建築で広大な敷地を持っている。庭園も広く噴水があり、草木は剪定《せんてい》されており、多くの招待客を呼ぶパーティーも催せる。屋敷自体も古くからあるのだろう、歴史の重みを感じさせる。

その屋敷は帝都でも指折の魔法使いが住んでいる。火属性の使い手、粟国勝利《あぐにまさとし》が住む屋敷だ。

満九歳、真っ赤な燃えるような赤毛で獣のような顔つきの少年だ。その顔は一枚目であるが、乱暴な性格である。少年ながらに、その歪《ゆが》んだ性格が顔に出ており、人のよい者が見たら残念に思うだろう。

部屋には毛足の長い絨毯《じゅうたん》が敷き詰められて、天井には小さなシャンデリア、ソファやテーブル、チェストなど家具は全て高級で、その一つだけでも平民の年収数年分ほどの価値がある。

そして勝利の服装は当然の如くブランド品のオーダーメイド。一着数十万円は超えるのだ。

「おぼっちゃま。そろそろダンジョンへの出発の時間でございます」

「あぁ、すぐ行く。準備しとけ。あぁ、火に弱い敵なのだろうな？」

「はい、おぼっちゃま。新しくできたばかりのダンジョンで三階層しかないのも確認済みでございます」

「ならば良い」

執事が深々と頭を下げて、声をかけてくるのを聞いて、勝利は幼い子供であるにもかかわらず、大人顔負けの尊大な態度で答える。

「かしこまりました」と、部屋から執事が下がっていったのを見て、フンと鼻を鳴らす。

「僕がおぼっちゃまね。何度聞いてもむず痒《がゆ》いぜ」

窓から外の広々とした庭園を見て楽しげに笑う。庭師が何人も働いており、汗水流して剪定を行っているその姿を見て優越感に浸り、歪んだ笑みを見せる。

「まさか『魔導の夜』の世界に転生できるなんてな。最高だぜ。しかも良いモブに当たったもんだぜ」

勝利の中身は子供ではなかった。別世界で死んだ男の魂である。

「夏のコミケに間に合わないと急いでいたら、死んじまったが、こんな良いモブに転生とはねぇ」

勝利の前世は元青年であった。夏のコミケに行こうと急いで高速エスカレーターを登っていたら、足を滑らせて死んだ。

「まったく、あのおっさんは僕ぐらい受け止めろよな。左側に立っている奴《やつ》らの義務だろ」

エスカレーターを駆け上っていたら足を滑らせた。だがそういう時は左側に立っている奴らが受け止めるのが常識だ。勝利はそう思っていた。

エスカレーターは登るもの。のんびりと立ちつくしており、登らない怠惰な奴らはせめて落ちる人間を受け止めるぐらいはしないといけない。駆け上る人の邪魔をしているのだから。そう考えていたので、受け止めることもせずに一緒に落ちていったおっさんに苛立《いらだ》ちしか覚えない。憎しみすらある。

身体《からだ》に激痛が走り、死ぬ時は恨みばかりが募った。今回のコミケでは有名な絵師が描く『魔導の夜』の同人誌を買うつもりだったのだ。それ以外は自分はフリーターだったので、将来の不安を考えると死んでも特に問題はなかったが、それは考えない。

「まぁ、良いや。ここが『魔導の夜』で、僕はやられ役の天才炎使い。粟国公爵家の長男にして跡継ぎ」

クックとほくそ笑む。金持ちの長男として産まれたと最初は喜んでいた。

前世の自分の家は貧乏で、大学にも行けなかった。学力が足りないとか学校の先生は言っていたが、大学なんかは金を積めばどこかには入れるものだ。両親もちょくちょく学校をサボり怠惰な僕に大学には行かせないとぬかしやがったのだ。貧乏だからと正直に言えば良かったのに。

それが今度は金持ちに転生。最初は少し変わった日本に転生したと思っていた。残念ながら前世で妄想していた異世界転生ではなかったが問題はない。金持ちなのが重要なのだ。前世では金持ちでも日本では雇っていなかったメイドや執事を今世では雇い、何でも手に入る。最高だと喜んでいた。

五歳になってから驚いた。親父《おやじ》が魔法を使ってみせたのだ。はぁ？　と驚き、自分の名前が前世の記憶にあることに気づいた。

『魔導の夜』の天才炎使いとして名を馳《は》せている粟国公爵家の長男の名前だ。努力せずとも、魔法使いのランクはＡと言われていた天才だ。

もちろん天才炎使いにして公爵家の嫡男となれば小説ではテンプレだ。入学時に主人公に絡み、ボコボコにやられて主人公の強さを引き立てるだけの踏み台役である。

以降は情けない奴と公爵家の嫡男の座を追われて、時折出番があっても、学院に侵入した敵組織にやられる。魔物の大群に遭遇して逃げる。などなど、やられ役のモブなのである。

だが勝利は知っていた。このやられ役の勝利のポテンシャルが高いことを。インタビューで作者が言っていたのだ。真っ当に努力すれば、主人公に近い力を持っていたでしょうと。

「僕はモブに転生した。だが能力の高いモブ。粟国勝利様だ」

幸運だった。努力すれば主人公のようになれるならば、努力すれば良い。前世で読んだモブキャラに転生する展開と同じだ。悪役令嬢や悪党に転生したら、そのポテンシャルを活《い》かして、主人公を上回る。金も権力も才能もあるのだ。まともにやれば主人公などは相手にならない。

勝利も同じようすれば良いのだ。努力すれば良い。そうすればやられ役にはならない。

『魔導の夜』の大ファンであった勝利は、どのようなストーリーか、敵の組織、設定集などを読み込んでおり、全てを知っていた。この世界で自身は神のような存在だとも考えていた。ゲーム版は原作破壊と言われており、他有名ゲームの大ヒット作品の良いとこ取りをして作った物だったので、原作ファンの自分は触れもしなかったが。

ゲーマーのためにやりこみ要素を加えたという話であったが、魔法などは全て適当、炎の矢Iなどそんな魔法は原作にはないのだ。なんだIって。属性も召喚も何もかも他のゲームのパクリで、ゲーマーにはそこそこ人気が出たが、原作ファンとしては絶対にやらないと誓ったものだ。

まぁ、ゲーム版など関係ない。ここは小説の中であり、自分は才能溢《あふ》れるキャラだ。七歳にして『マナ』に覚醒。原作どおりだが、その後の訓練は真面目にしており、九歳にして早くもCランクだと言われている。このまま体術や魔法の訓練を続ければ主人公を倒せるだろう。

しかし、テンプレのモブが活躍する展開にするつもりはなかった。なぜならば品行方正になるつもりはなかったからだ。

原作の勝利は乱暴者で、簡単に人を殴る。八つ当たりで使用人に魔法を放ったりする男だ。そのために、後に主人公の仲間になる弟に後継者の立場を奪われるのだが、そこは原作どおりにいくことにした。

いわゆるざまぁ返しというやつである。

勝利の転落は入学時に主人公に絡むところから始まる。主人公は元は公爵家の嫡男。だが『マナ』が覚醒せずに放逐。その際に魔女に拾われて『虚空』の属性使いだったと判明し、修業した後に学院に入学する古典的主人公なのである。

これまたテンプレで、勝利が放逐された無能がなぜ入学できたと罵り馬鹿にして決闘する。その時の状況がネックである。

馬鹿にしたら、主人公の元婚約者が庇《かば》うのだ。そして、さらに馬鹿にする勝利に怒り、主人公は貴方《あなた》より強いわよと告げて、ならば決闘をとなるのである。

その際の会話を覚えている。

『僕が勝ったら、てめえは絶対服従の僕のペットになりやがれ』と、その元婚約者の女の子に言うのだ。もちろん女の子は良いわよと答えて決闘が始まり、テンプレどおりに勝利はボコボコにされて、転落人生の開始。見事なざまぁとなるのだ。

「でも、僕が勝ったらどうなるんだろうな。へへへへ」

元婚約者の女の子はプライドの高い性格で誇り高い。勝利が勝ったら、ペット扱いされても文句は言うまい。そのことに勝利は興奮を覚える。薄い本の展開を自分が行えるのだ。中腰に座らせて、へっへと舌を出すように命令をしてやる。プライドの高い女が屈辱に耐える顔は大好きだ。くっころ女騎士など大好物なのだった。

主人公の弱点も小説で知っている。努力を重ねれば勝てるに違いない。まさか主人公も勝利が弱点を知っているなどとは想像もしてまい。上手《うま》くやれば一撃で倒せてしまうかもしれない。その時の皆の顔が楽しみだ。

ハーレム鈍感主人公から、ヒロインを無理矢理《むりやり》奪う。なんと楽しそうなことか。他のイベントも奪い取ってヒロインを横取りしてやる。自分と相性の悪い敵は主人公に押しつければ良い。

これこそモブに転生した甲斐《かい》があるというものだ。まだまだ先の話だが、勝利はニヤニヤと来《きた》るべき未来を楽しみにしていた。

原作の大ファンであるが、その世界に来たのならば主人公になりたい。強力な力を持っているのだから、英雄になりたい。それは前世では不可能なことであり、原作大ファンと言っても、それと比べるとゴミのようなものだった。

「ぼっちゃま。車の用意ができました」

ドアを開けて執事が伝えてくる。

「わかった。今行く」

尊大な態度など前世ではやったことがない。転生してよかったと笑うのであった。

ダンジョンに向かうために、魔法が付与された装甲のリムジンに乗り、優雅に足を組み出発する。勝利が乗るリムジン以外にも、護衛の冒険者が乗る数台の車が後に続く。

「どんなダンジョンなんだ?」

『魔導の夜』はダンジョンが背景にある。しかし小説では、そこまで詳しくなかった。ダンジョンものではなく、学園ファンタジーものであったために、数巻はダンジョン攻略のストーリーがあったが、階層の詳細な描写はなかったのである。

実は今日が初めてとなるダンジョン攻略だ。戦闘のみでダンジョンを攻略はする予定はないが、不安は少しあった。

「はい、ぼっちゃま。不死者のダンジョンでございます。火に弱い魔物ばかりですので、初陣にはちょうど良いかと」

執事は性格はともかくとして、この子供が強い魔法使いだと知っていた。だが、戦闘には万が一があるために、簡単そうなダンジョンを選んだのである。

「魔石は安く、不死者は素材も渋いですが……」

「あぁ、構わない。金なんぞいくらでもあるんだ」

手をひらひらと振って、勝利は気にすることはなかった。なぜならば、自分は公爵家の者だ。金など腐るほどあるのだから。

「それと、帝城《ていじょう》侯爵家の長女も今日このダンジョンで訓練をするらしいです」

「侯爵家の？　………帝城家の長女って誰だ？」

「帝城闇夜《やみよ》様でございますね」

「闇夜？　あぁん？　あの根暗ワカメかよ。はぁん、描写はねぇが、こんなところでこき使われてんのかよ、笑える」

闇夜の名前には覚えがある。たしかこの時期は分家に預けられて、虐《いじ》めを受けているはずだ。僕の嫌いなキャラだった。暗くて、キャラも不気味だった。それに加えてストーカーで話し方も苛ついた。なんであのキャラを作者は書いたのだと掲示板で話題になったものだ。アニメで全カットされた時は大笑いをした。

「会ったら、少し虐めてやるか、ククク」

特に気にする必要はないだろうと、勝利は記憶の隅に放置するのであった。

十二話　九歳になったんだぞっと

鷹野美羽《たかのみう》、満九歳になりました。可愛《かわい》らしい幼女から、可愛らしい少女に進化したぜ。

髪の色は変わらず銀色のような美しく滑らかな灰色で、背中まで伸びている。サファイアのようなアイスブルーの瞳で可愛らしいお鼻と小さい口。その容姿に通りすがる者は、振り向いて見惚《みと》れちゃうだろう。

相変わらず、レベル一、熟練度一の神官Ｉだけどね。六歳からまったく成長していません。ステータスはオール四になったけどな。普通に成長した分が加算されたらしい。

だって魔物との戦闘がなかったんだ。レベルを上げるにも熟練度を上げるにも魔物を殺さなければならない。後から気づいたんだけど、『魔導の夜』は敵を倒した、ではなくて、敵を殺したと表示されるんだ。

珍しい表現だが、これが成長の足を引っ張っている。

六歳の幼女がダンジョンに入れる？　これが中世ファンタジーなら、こっそりと入れるだろう。でもこの世界はしっかりとダンジョンには検問があるんだよ。幼女は中には入れませんでした。他ジョブのスキルがあればなんとかなったんだけど、それには魔物を殺さないといけない。

卵が先か、鶏が先かという話になるんだ。ちくしょう。

「ここがダンジョン？」

「ええ。ここがダンジョンというものですわ」

コテンと首を傾《かし》げて、手に持ったメイスを強く握りしめて尋ねると、隣に立つ闇夜《やみよ》が頷《うなず》き、腰から黒い刀身の刀を抜き放つ。

俺の目の前には荒涼とした空間が広がっていた。上はぼんやりと光る土の天井だ。結構広く遠く離れた場所は峡谷のように道を狭めていた。あの峡谷を抜けると隣のエリアに入れるのだろう。後ろには入ってきた入り口がポッカリと開いている。

数キロは距離があるぞ。ゲームでは狭かったけど、なるほど、敵との戦闘をするとなると、この広さになるのか。縮尺が大幅に変わるのな。ゲームと違うところだ。

「緊張していますの？　みー様？」

「もちろん、緊張しているよ！　だって不死者は怖いもん」

烏《からす》の濡《ぬ》れ羽色《ばいろ》のような黒髪おさげを揺らして、ふふっと闇夜が微笑《ほほえ》む。まだ九歳なのに、絶対に美人さんになると思わせる少女だ。まだまだ幼いから、可愛らしさもあるがそれでも美人さんだと感じさせる。

「大丈夫ですよ、みー様。私たちには護衛の皆さんもおりますし、危なかったら、私が守りますっ！」

フンスと鼻を鳴らして、闇夜が胸を張る。まだまだ幼い平坦《へいたん》な胸だ。クスリと俺は笑ってしまう。笑われたことに、不機嫌になり頬《ほお》を膨らますと、ぷぅと文句を言う闇夜。

「もう～、頼りにしていないのですね。酷《ひど》いです」

「ごめんごめん。私は闇夜ちゃんを頼りにしているよ～」

テヘへと小さく舌を出し、悪戯《いたずら》そうに返すと、仕方ないですわねと、頬を緩めて微笑んでくれる。親友同士のお茶目《ちゃめ》な会話だ。

「闇夜お嬢様。美羽お嬢様。そろそろ敵が襲ってきてもおかしくありません。ご注意を」

この三年間、俺に魔法や戦い方を教えてくれた先生が注意してくる。元Bランク冒険者の先生だ。魔法剣士で剣にも魔法にも長《た》けている。属性は無属性のために黒髪黒目は変わっていない。侯爵家の教官で、なかなか腕が良いという評判の中年のおっさんだ。

「わかりましたわ。では『起動』」

闇夜が『マナ』を身体《からだ》に纏《まと》わせて、ビッタリとしたレオタードのような服に力を送る。宝石の嵌《は》まった肩当てに胸当て、手甲に脚甲を着けているが、後はピチッとしたレオタード。

『マナ』の仄《ほの》かな光に覆われて、魔法の障壁が身体全体に張られて防御壁となる。肩当てや胸当てに仕込まれた魔法陣が発動して、身体を守る謎仕様だ。

金属音と共に、鎧《よろい》全体に光のラインが走っていく。完全に起動したことを示すように、鎧が僅かに装甲を展開するように変形した。

『魔導の夜』のエロティックな『魔導鎧《まどうがい》』である。女性用は全て同じ仕様だ。このエロティック装甲が『魔導の夜』が受けた理由の一つだ。わかりやすいよな。大人のファンを増やす必須条件だと言えよう。

ちなみに男は段々重装甲になっていく。セオリーと言うほかない。この世界の住人は疑問を持たないみたいだし。なぜか女性はその方が魔法が使いやすいとかなんとか理由はつけてあった気がするな。

問題は俺だ。

「『起動』、『起動』！」

ふんぬーと力んでも、まったく鎧は光らない。本日も起動失敗です。

「やっぱりだめだぁ～」

しょんぼりとする灰色の美少女である。

「みー様は変わってますわね？」

「う～ん、美羽お嬢様は切り替えが上手《うま》くいかないようですね」

闇夜が困ったように、眉をへにょんと下げて、教官はどうして上手くいかないのかと困惑した顔になる。美羽はしょんぼり顔になる。

俺、魔導鎧を起動できねーんだよ。うん、正しく言うと、起動はできるけど、できない。これはトンチじゃねーよ。

闇夜と俺、教官、そして護衛九人。合わせて十二人のパーティーだが、俺だけ起動できない。だが困った様子を見せても、護衛兼冒険者の内の何人かが周りに展開する。俺が起動できなくても、戦いは始めるのだ。冷たいのではない。それで問題ないからだ。

荒れ地と言っても、丘はあり枯れ木も生えており平坦ではない。ゲームではジャンプを何回かすれば、頂上に行ける丘も、現実では結構高い。

魔導鎧を光らせて、斥候をする冒険者たち。すぐに冒険者の一人が耳元に手を当てて報告してくる。教官がうんうんと頷いて、俺たちに顔を向ける。

「スケルトンを八体見つけたようです。十時の方向に三体。二時の方向に五体です」

インカムを通じて報告をしているのだ。前世のインカムと違い、魔導を利用した通信で、教官の瞳には相手の姿がホログラムとして映っているはず。俺も試したから知っている。

ぶっちゃけて言えば、相手の顔を見ての通信は小説的にかっこいいから。俺はそう思っている。

何はともあれ、敵を確認したらしい。今までたくさん訓練してきたが、九歳レベルだとお遊戯の域を超えていない。ドキドキと胸が高鳴る。恋じゃねえぜ。

丘を越えて、カシャカシャと骨を鳴らしてスケルトンが現れた。その手には棍棒《こんぼう》を持ち、叩《たた》かれたら痛いでは済みそうにない。武装したスケルトンはカシャカシャ近づいてくるが、それでもあまり怖くない。映画やゲームなどで慣れすぎているのかもな。

「参ります！」

タンと地を蹴ると、スタタタと九歳ではありえない速さでスケルトンに向かっていく闇夜。そうなんだ。魔導鎧に備わった身体補正と、魔法で身体能力を強化しているから、原付バイクよりも速い。

「はあっ！」

小柄な身体をめいいっぱい引き絞り、スケルトンの懐に入り込むと、闇の光を宿す刀を横薙《よこな》ぎに振るう闇夜。

サンッと音を立てて、スケルトンの胴体が真っ二つになる。他のスケルトンが棍棒を振り上げるが、軽く跳ねてスケルトンの懐に入ると、骨の脚を蹴る。パキリと音を立てて、脆《もろ》く折れるスケルトンの脚。体勢を崩すスケルトンの頭に柄《つか》を叩き込み砕くと、くるりと回転して別のスケルトンを斬り払う。

トントンとそのままジグザグに走り、残る二体を鋭い剣撃で斬り払っていった。走る闇夜のおさげがゆらゆらと揺れて、きりりと凛々《りり》しい表情が美しい。

あれで九歳なんだよ？　もう歴戦の戦士に見えちゃうんだけど。侯爵家の魔法使いって、強いのな。

俺が何もせずとも、五体のスケルトンはあっという間に倒された。だが、反対側からも三体現れる。

「私に任せて、闇夜ちゃん！」

闇夜が倒すと、俺に経験値が入らないのだ。戦闘回数としてもカウントされない。理由は予想できている。たぶんパーティーではなく、NPC扱いされているからだ。パーティーに入れることのできるメンバーって、冒険者ギルドの酒場からなんだよ。

酒場のカウンターで誰を仲間にすると聞かれて、闇夜ちゃんと答えるの怪しすぎるだろ。酒場に入れるのは成人してからだ。なので成人しないとパーティー編成は絶対にできないのが確定した瞬間だった。酒場のマスターもそんな会話はしてくれない可能性は高い。

カシャカシャと現れるスケルトン三体。俺は目を細めて頭の中でコントローラを使用する。

『調べる』

スケルトン　レベル一

敵のレベルが映し出される。弱点は解析できないが、こいつの弱点は調べなくても知っている。打、火、聖属性だ。

『戦う』

『逃げる』

続けて二つの選択肢が現れる。これこそが俺の弱点で、困ったゲーム仕様である。

『戦う』

その選択を選んだと同時に、着込んでいる白いレオタードと神官服が融合したような防具が輝き、ガシャンと装甲が展開した。

美少女鷹野美羽、バトルモードだ。幼いので少し背徳的なエロスを感じる姿である。紳士諸君、お触りも、見るのも、撮影だって禁止だからな。

そう、俺は『魔導鎧』を『起動』したのだ。『戦う』を選んだので、『起動』することができたのだ。

「たぁっ！」

可愛らしい声と共に俺はメイスで近づくスケルトンに攻撃を仕掛ける。スケルトンは棍棒を構えるが、その肩にメイスが当たると、あっさりとヒビが入り、攻撃を受けた箇所からヒビは広がり砕け散る。

残りの二体が接近してくるが、俺は後ろに下がると手を広げる。

『ターンアンデッド！』

聖なる光が神官の少女から放たれて、その神聖なる光を浴びるとスケルトンたちは『恐怖』となり、動きを止める。

「そやっ、てやっ！」

美羽はメイスをぶんぶんと振り、動きの止まったスケルトンたちに痛烈な打撃を与えると粉々にして砕いた。パラパラと骨が散らばり、ステータスボードに結果が表示された。

『魔物の群れを倒した。経験値三を手に入れた。魔石Fを三個手に入れた』

戦闘終了となり、俺の『魔導鎧』は光を失い元に戻った。

「美羽お嬢様。常に『マナ』を身体に巡らせるのです。何度も言うようですが、敵との戦闘の時だけでは駄目ですよ」

「はいっ、先生」

元気よく答えるが、何度練習しても駄目なのだよ。理由もわかっている。ゲームだと戦闘のたびに魔導鎧が展開されているエフェクト立ったからな！　戦闘終了で、装甲が納まるんだ。いらねーエフェクトだと今では思っているよ。

そう。俺は戦闘時にゲームみたいに『戦う』コマンドを選ばないと、魔導鎧を起動できない。即《すなわ》ち、力を出せないんだ。ゲーム仕様は無敵だと思ったが、思わぬ弱点が露呈した。

憑依《ひょうい》した闇夜を助ける時は、戦闘以外でも使用できる回復魔法とイベント用にも使う『ターンアンデッド』だから、それに気づかなかったんだよな。まいったね、こりゃ。

なので、生活魔法も使えない。ゲームではそういうのなかったからな。それにこの『戦う』コマンドもそうだが……手加減もできない。止めようとしたり、手加減をしようとしても、ゲームにはそんなのなかったからか、無意識に全力攻撃しちまうんだよな。スタミナも減りにくい感じがする。疲れて動けなくなる時は戦闘終了後だし。

『戦う』コマンドを使わなければ、手加減もできるが『マナ』を使用できないので、九歳の平均値の身体能力だ。困ったね、こりゃ。防御力はそのままだ。ゲームでも不意打ちとか受ける時があるからな。その場合、自動で『魔導鎧』は『起動』する。力が『戦う』コマンドを選ばないと適用されないんだよ。

なんとかして、『マナ』を『戦う』コマンドなしで使えるようにならないとなぁ。

「またスケルトンを発見しました！　四体です！」

「闇夜ちゃん、私に倒させて！　『マナ』を上手く使用できるようになりたいの！」

斥候の言葉に、俺はお願いをする。熟練度を上げたい。レベルも上げたいのだ。皆は倒しても変わらないだろ？　俺には必要なんだ。だって、パフェと戦っても、経験値も熟練度も手に入らなかったんだもん。美味《おい》しかったけどさ。

「わかりましたわ！」

スケルトンは神官にとってはカモだ。

「グワッグワッ」

可愛らしい鳴き声をあげながら、美羽はメイスを振り上げて戦闘するのであった。

十三話　ジョブについて、考証するんだぞっと

鷹野《たかの》　美羽《みう》

レベル三

神官Ⅰ：☆☆☆

HP：十八

MP：六

力：七

体力：七
素早さ：七
魔力：七
運：七
魔法：初級神聖魔法Ⅰ、初級神聖範囲魔法Ⅰ

しばらく戦闘をして三時間は経過しただろうか。俺のレベルは三になり、熟練度も三だ。ステータスは上がり、スキルも増えた。

今は荒れ地に座り、お昼休憩中だ。なかなかスパルタな感じだ。初の実戦で三時間とはな。

パクパクとお弁当を食べている。母親の作ったお弁当だ。タコさんウインナーに甘い卵焼き、別の容器にりんごも入っている。たぶん、このダンジョンで断トツにレアなアイテムに違いない。

「美味《おい》しいね、闇夜《やみよ》ちゃん！」

パクリと卵焼きを口に入れると、仄《ほの》かに甘い。甘すぎないのが、また美味しい。んん？　この唐揚げは冷凍食品ではないぞ！

お弁当の唐揚げの味に気づいて、驚き夢中になって頬張《ほおば》っちゃう。そんな美羽の微笑《ほほえ》ましい姿に闇夜は癒やされて、緩んだ顔をする。

「みー様はお母様のお弁当が大好きですわね」

「うん、ママのお弁当大好き！」

無邪気な笑顔で答える灰色髪の美少女に、ふふっと微笑むと闇夜は自分の重箱から分厚い肉を摘《つま》むと、差し出してくる。

「これはホーンベアーカウのステーキですわ。どうぞみー様、あーん」

「あーん」

牛なのか、熊なのかわからないネーミングだが、高そうだ。なので、パクリと食べる。

「美味しいっ！　はにこれ？」

多少噛《か》みながら、驚きの声をあげてしまう。食べられる魔物の肉は美味しいと聞くけど、脂がたっぷりと乗りながらも、あっさりとした赤身の味と相性が良く、今まで食べた中でも最高に美味しい。値段を聞くのが怖い美味《うま》さだ。

「美味しそうに食べてもらって、良かったですわ」

「私のタコさんウインナーもお返しにあーん」

「あーん」

美少女たちのほのぼのとした光景がお昼ご飯の最中に展開されて、皆は癒やされるのであった。

キャッキャとお昼ご飯を楽しく食べながら、俺は『魔道の夜』のゲームシステムについて、頭の中でもう一度おさらいをすることにした。

『魔導の夜』のゲーム版はゲーマーに人気のあったＲＰＧだ。このシステム、大手の有名ゲームの良いところを集めたという噂《うわさ》があったゲームだ。

基本レベル、ジョブ熟練度がある。戦闘回数が一定に達すると、熟練度はレベルアップする。格下の魔物との戦闘でも良い。ただし魔物に限るが。

奇数の熟練度レベルで魔法、偶数の熟練度レベルで身体能力をプラスできる。

例を挙げるとこんな感じだ。ちなみに神官の身体能力プラスはＭＰアップである。

☆　魔法Ⅰか武技Ⅰ
☆☆　身体能力＋
☆☆☆　範囲魔法Ⅰか特殊スキルⅠ
☆☆☆☆　身体能力＋
☆☆☆☆☆　魔法Ⅱか武技Ⅱ
☆☆☆☆☆☆　身体能力＋
☆☆☆☆☆☆☆　範囲魔法Ⅱか特殊スキルⅡ
☆☆☆☆☆☆☆☆　身体能力＋
☆☆☆☆☆☆☆☆☆　魔法Ⅲか武技Ⅲ

おわかりだろうか？　全てのジョブがこの規則に従っている。熟練度は☆九まで。これ、見たことあるぜとゲーマーなら言うかもしれない。魔法の名前もⅠ～Ⅲが普通だ。

これ、原作破壊だと、小説のヘビーなファンからは文句が出たらしい。たしかにⅠとかⅢ魔法なんてなかった。

でも俺はこういうゲームが好きなのでやり込んだ。面白ければ原作破壊でも構わないだろうと考えたのだ。そもそも小説のキャラが使用する魔法は、皆それぞれバラバラだしゲームにはできなかったんだろう。ゲームでも小説のキャラしか、そういう特殊な名前の魔法は使えなかった。

固有スキルはというとだ。神官Ⅰだとこんな感じだな。

神官Ⅰ　打撃武器五十%アップ、ターンアンデッド、聖、闇耐性、聖魔法百%アップ

即《すなわ》ち、装備品の攻撃力アップ、特殊固有スキル、属性だ。そして専用武技か魔法の威力アップ。

属性は十二種類。万能属性以外は無効、吸収、反射ができる。万能属性は耐性のみ。万能属性は魔法防御不可だ。

属性

斬打突　火風水雷土聖闇無　万能
十二種の基本戦闘ジョブ。
四種類の生産ジョブ。
五種類の複合ジョブ

三種類の隠しジョブ
一種類の課金ジョブ

後はジョブの上位アップか。基本ジョブだけはジョブの位階がある。熟練度がマスターになれば、さらに上位になれる。ⅠからⅣの四段階。

一度、魔法やスキルを手に入れれば、他に転職しても使用可能。使えなくなるのは固有スキルだけだ。

この仕様を第三者が見れば、皆思うだろう。手抜きだってな。うん、俺もそう思うよ。

だが、もっと酷《ひど》いのはだ。

そもそも『魔導の夜』は古典的ファンタジー。ジョブ制はまだ一般的ではなかった頃の作品だ。即ち、ジョブもレベルもない。最高の複合ジョブ『勇者』なんていないのだ。主人公は間違っても勇者なんかではなかった。十二歳で神殿に行って、ジョブを神から与えられる、なーんてことはないわけ。

闇夜で言うと、闇属性に目覚めた魔法使い。以上。

刀を使っているが、棍棒《こんぼう》だって槍《やり》だって使える。持つ武器によって攻撃力が変わるなんてこともない。小説にありがちな専用装備はあるが、装備できないものなんてないし、魔法だって強力なのが使える。

うん、わかるわかる。わかるぜ。

だからゲーム版は原作破壊って言われるんだわ。大破壊と言えよう。まったく小説に準拠していない。無理矢理《むりやり》既存のＲＰＧに合わせた感じ。これが合ってはいないが、間違ってはいなそうな設定だったから、尚《なお》のことたちが悪かった。グレーな感じの設定だったんだ。

しかも地味にオープンワールドや、様々なイベントに多種多様な武装があった。セカンドジョブが五十になってから手に入るとか、レベル九十九以上は課金でレベル制限をとっぱらったりな。

ゲーマーにも売ろうという考えで制作会社は恥も外聞もなく、小説のゲーム化だからという言い訳を大義名分にして、他のゲームからシステムをパクリまくって作りあげた。しかも、古いシステムだ。リアルタイム制って、何十年前のシステムだよって感じだ。

このことについては、流行《はや》りのソロで戦うアクションゲームにしていたら詰んでたので、制作会社を褒めてもいい。俺はレトロなＲＰＧが好きだったからな。当然やり込んだわけ。

当時は『ファイナルドラゴン転生』だろって、ゲーマーたちが揶揄《やゆ》してたのを覚えている。でも良いところをつまみ食いしたように作られていたゲームだったんで、ネーミングセンスに手抜きはあったが面白かったんだよ。

原作の大ファンは怒り狂ったらしいけどな。まぁ、無理もない。しかも原作よりも強力な武器やジョブも出してたし。ゲーム化あるあると言えよう。

という訳で、俺は『魔導の夜』の小説の世界に原作破壊のゲームプレイヤーとして生きることになったわけだ。

ゲームにない魔法は使用できず、戦闘も『戦う』コマンドを選ばなければ『マナ』も使えないパターンだ。この先、小説の魔法が使えるか頑張ってみるが絶望そうだなぁとも、心の片隅にある。

まぁ、強くなるデメリットと考えれば、許容しても良いかもしれないが残念だ。……いや、諦めねーぞ。同じ『マナ』だもんな。俺のはMP表記だけどな。

まさかと思うが、『マナポイント』だよな？　いや、『魔導鎧《まどうがい》』を起動できるから『マナ』のはずだ、うんうん。

小説準拠であるので色々とわかることもある。例えば、回復魔法。

神官なら使える『小治癒Ⅰ《マイナーヒール》』はHPを八〜十二ぐらい回復できる。これは一般人なら全快する効果だ。

ただ魔法使いにはほとんど通じない。それはなぜか？　魔法使いは魔法に耐性があるんだわ。それは攻撃魔法に限らないので、『小治癒Ⅰ《マイナーヒール》』はかすり傷程度しか治せない。

わかるか？　即ちHPの回復量がこういう形で表されているんだ。ゲームでは強い魔法使いのHPが百あるとする。でも現実になるとそんなの変だよな？　一般人と同じHPでもおかしくない。『小治癒Ⅰ《マイナーヒール》』で全快できてもおかしくないんだ。

でも、ここで耐性の考えが加わると、強力な魔法使いほど耐性があるから、強力な回復魔法を使わないと回復できないわけ。それによりゲームではHPの最大値が大きいと計算されているのだ。

よく考えられているよ、まったく。

なので、魔法使いである闇夜たちはかすり傷程度しか今は回復できない。これは以前に怪我《けが》をした闇夜を治そうとして判明した。訓練中にわかって良かったよ。実戦時に判明していたらパニックになっていただろう。

「みー様、疲れましたか？」

闇夜がぼんやりとジョブの考証をしていた俺の頬をつんつんとつつき、優しい笑顔で聞いてくる。

「ううん。まだ大丈夫！　私ももう小学三年生だしね」

ニコリと笑い、腕を曲げてサムズアップする。その可愛《かわい》らしい光景に、闇夜は楽しそうにクスクスと笑った。他の人たちも微笑ましそうに俺を見ていた。

「あと、三十五回は戦闘できると思うよ！」

「やけに具体的な数字ですわね？」

闇夜が不思議そうに首を傾《かし》げるが、敵の数ではなく、熟練度は戦闘回数なんだ。群れを倒しても一回。単体を倒しても一回。あと三十五回戦えるってのは、熟練度を五に上げておきたい。

「あと、みー様。なんであんなへんてこな戦闘をしますの？」

「へんてこ？」

なんのことだろう。いや、なんとなくわかるけどさ。

「敵を一体倒したら、離れることですわ。『魔導鎧』も停止させますし、ふざけていると、教官に怒られますわよ」

耳元で小声でこっそりと闇夜は注意をしてくれる。闇夜の吐く息がかかってこそばゆい。

「うんとね、『魔導鎧』をずっと起動状態にできるか練習してるんだ。教官には説明してあるよ」

「なるほどですわ。みー様は魔物が近くにいないと、本気になれないから『魔導鎧』を起動できませんものね」

「そうなの。だから、練習あるのみ！」

フンスと息を吐いて答えるが、嘘《うそ》である。

敵のヘイトが他の冒険者に向かうと、戦闘終了になるんだわ。その際に一匹でも魔物を倒しておけば、熟練度の回数に数えられる。現実世界だからこそ行える裏技だな。

三匹現れれば、できれば別の戦闘として三回とカウントされたいんだ。護衛の冒険者には悪いけど、効率的にやりたい。そんなに魔物も出てこないしな。

この裏技、戦闘中に護衛に敵が流れていったら、敵が逃げた扱いになり、戦闘終了となったから気づいたんだ。なので、熟練度をあっさりと三にできたわけ。

現実では、闇夜と敵を分けていることもあり、一時間に三回程度しか戦闘できないからな。この裏技に気づかなかったら十五回も戦うのは無理だったろうよ。

「たくさん戦って、護衛の皆のお礼にもするんだ！」

魔石やドロップ品というか、魔物の素材はお金になる。ここの素材は安いけど、せめてものお礼だ。俺は闇夜に便乗する形で、ダンジョンに来ているしな。

アイテムボックスの中身はあげないけどな。

不思議議仕様。敵を倒すと、死体から魔石や素材が採れます。でも、俺のアイテムボックスにも魔石や素材が自動的に入っているんだ。

即ち、俺は二倍のドロップ品があるということになる。まぁ、決められたドロップ品しかアイテムボックスには入らないようだけど。

アイテムボックスはあるのか、さり気なく皆に聞いたら、使用できる人はいないらしい。そりゃそうか。亜空間を作るって、どれほどの高位魔法使いかって話になるもんな。そういう魔道具もないらしい。

なので、秘密秘密、秘密秘密、秘密の美羽ちゃんなのだ。アイテムボックスは最高機密の一つとなりました。

装備品が亜空間に仕舞《しま》われており、腕輪状態とかから、光と共に現れて展開するというパターンはないのだ。

なぜならば、更衣室で女性キャラが着替えるシーンは大事だから。一瞬の変身シーンよりも女性キャラたちが下着姿で延々と会話をするシーンをとったらしい。

つくづく、『魔導の夜』の作者は人気をどう取れるのかをよく考えていたと思うよ、まったく。

「あと三十分で休憩を終えます。その後は三時間ほど戦闘をしますすよ」

「は～い」

「わかりましたわ」

教官がパンパンと手を打ち、俺たちは午後も戦闘をするのであった。

そして、俺の熟練度が五になった時に、そいつは現れたのだった。

十四話　勘違いをするんだなっと

熟練度が五になった。延々と戦闘を続けて、ようやくである。もう時間も十六時だ。そろそろおうちに帰る時間であろう。

初級神聖魔法Ⅱが使えるようになった。まぁ、威力はあんまり変わらんけど。こういうのは気分の問題だ。千里の道も一歩からだよな。でも、初級神聖魔法Ⅱのラインナップに、状態異常回復魔法Ⅰがあるんだよ。あまり効果はないが欲しかったんだよね。

ゲームでは、毒などの状態異常もⅠからⅣの表記があったんだよな。そのレベル以上の状態異常回復魔法でないと、治せない仕様だ。ちなみに状態異常には欠損も含まれる。腕が欠損したりすると封印扱いになる。『ファイナルドラゴン世界樹の転生』というゲーム名にしても良いと思う。

つくづく、このゲームを作った制作会社には感心してしまう。たぶんプライドとかよりも、金儲《もう》けが大事だったのだろう。微妙にシステムを変えているところが、またたちが悪かった。

ともあれ、熟練度五だ。一日の成果としては十分と言えよう。レベルは四で一上がっただけだけどな。アンデッドは経験値渋いんだよ。

九歳の美少女がダンジョンに毎日来られるわけではない。というか、月に一回来られれば良い方だろう。できるだけ稼いでおきたかったのだ。

むふーっと、美羽《みう》が満足そうに可愛《かわい》らしい顔に笑みを浮かべているので、闇夜《やみよ》はその笑顔に癒やされながら、腰のポシェットからハンカチを取り出す。

「みー様。汗を拭いて差し上げますわ」

「ありがとう、闇夜ちゃん」

ぷにぷにの頬《ほお》をむいむいと拭いてあげる。くすぐったいよと、美羽が笑い、ますます闇夜は癒やされて頬を緩めてしまう。

そんな癒やされる光景の中で、またもや冒険者が敵を釣ってきて、手をあげて合図を出してくる。

俺は闇夜のフキフキ攻撃から逃れると、メイスを握りしめる。時間的にそろそろ終わりだろう。

「スケルトンが四匹です！」

「そろそろ最後ですので、二人で倒しませんか？」

「うん、いいよ！」

予《あらかじ》め、『戦う』コマンドを選択しておけば、ＮＰＣが戦闘に加わっても横殴りとしてカウントされるので問題はない。ダメージを先に与えておかないといけないけどな。

ＭＰは残り五か。休憩とかで一時間に二ずつ回復したけど、ターンアンデッドや回復魔法を使っちゃったんだよね。今回もターンアンデットで良いかな？　ターンアンデッドは全体魔法だから問題はないが……範囲魔法を試してみるか。

「闇夜ちゃん、工夫した回復魔法を使ってみるね！」

「工夫？」

「うん、工夫したの！」

不思議そうに首を傾《かし》げる闇夜に笑顔で嘘《うそ》をつく。熟練度がアップしたから覚えたとか答えたら、ゲームのやりすぎと怒られるか、病院に連れていかれるかもだからな。仕方ねーんだ。

範囲回復魔法は本来は、パーティー全体にかかる。しかし、範囲魔法攻撃として敵に向けると、範囲の表示方法が変わった。これ、パーティーに闇夜たちも数えられていないから、同じ表示だが、有効範囲が表示された。

円形の範囲だ。十メートルぐらいの円形か？　なるほど、ゲームと同じ仕様だ。全体魔法は全体だが、範囲魔法は円形っと。メモメモ。

でも、魔法の威力で効果範囲は変わりそうだ。ゲームでも円形、扇状、直線と、範囲魔法は色々と効果範囲が違ったからな。たぶん準拠しているのだろう。

なにはともあれ、残りのＭＰで範囲回復魔法を使う。闇夜には漏れた敵を倒してほしい。範囲攻撃は普通は敵を支点にできないが、ロックすれば可能だ。ロック状態の方が便利な時もあるので使い分けていた。

今回は初なので、マニュアル操作で敵の足の速さを考えつつ範囲魔法を使おうと、俺はコマンドを選ぼうとする。丘の麓からガシャガシャと骨の足音を立てて、スケルトンたちが見えてきたが、
ドカン
と、スケルトンたちが轟音《ごうおん》と共に猛火に包まれた。荒れ地が炎に包まれて、俺の獲物が燃えてい

く。炎の余波を受けて、釣り役の冒険者が吹き飛んでいた。

「グワッグワッ」

混乱して俺はカモの鳴き真似《まね》をしちまう。グワッグワッ。俺の獲物がぁぁぁ。

幼い美少女が手をパタパタとする姿が炎に照らされる。グワッグワッ。

「悪いな。そのスケルトンたちは僕たちが追っていたんだよ」

幼い男の子の声音だが、やけに乱暴そうな感じを受ける声が炎の向こうから聞こえてきた。

斥候の冒険者たちはそのことに驚いている。近づいてきていたのに気づかないとか、護衛失格だからな。

「何者だ、貴様っ！」

怒気を纏《まと》わせて、護衛隊長が声を荒らげて誰何《すいか》する。そりゃ、そうだ。俺たちからそこまで離れていない。炎の魔法が少しずれていれば、俺たちもこんがりローストチキンになっていただろう。

炎が燃える荒れ地の中、灰になっていくスケルトンたちの後ろから、真っ赤な『魔導鎧《まどうがい》』を着込んだ小柄な男の子が現れた。何やら機械がゴテゴテ付いているマントを羽織っており、バサリとはためかせる。

「『姿隠しのマント』で、他家に接近するのは許されておりませんぞ！」

隊長は多少口調を改めるが、それでも怒気を隠さない。護衛の冒険者たちも武器を構えて警戒態勢を崩さない。

口調を改めたのは、明らかに高価そうな『魔導鎧』を着込んでおり、貴族、しかも高位だからだろう。燃えるような赤毛の男の子。生意気そうというか、幼いのに、下衆《げす》そうな醜悪な笑みで、顔を歪《ゆが》めている。教育が悪かったのだろうとわかる悪ガキだ。

『魔導鎧』が高価そうなのは、男の子の魔導鎧は身体《からだ》を覆っていたからだ。安い魔導鎧は胸当てだけとか、肌を覆っている部分が少ない。装甲が全身を覆うぐらいに使われているのは恐ろしい金額がかかる。男に限るんだけどな。

女性の場合は露出が高いほど高価ではないよ。そこまで作者も酷《ひど》くはなかった。なんか宝石とかたくさん付いていると高価だと判断されている。

「そりゃ、失礼。だけどなぁ、てめえらが僕が追っていた奴《やつ》を持ってっちまったんだよ。酷《ひで》えのはそっちだろ」

こいつはどこぞのチンピラかいなと、凄《すご》みを見せようと肩を切るようにして、顔を歪める男の子の姿に呆《あき》れちまう。九歳が凄んでも威圧されないから。………されないよな？　んん？

そう思っているのは俺だけらしい。隊長たちは冷汗をかき、執事さんとメイドさんは俺と闇夜を守るように位置を移動している。

闇夜の顔を見ると険しい顔だ。皆は威圧されている。学芸会でも選ばれることはなさそうな大根役者な男の子に、だ。

これはあれだ。たぶん『マナ』とかで威圧されているんだ。ゴゴゴとか言って。実は俺は相手の『マナ』をちっとも感じられない。可視化してくれないと困るんだけど。

とりあえず、空気を読んで俺も真剣な顔で杖《つえ》を握って男の子を見つめる。なんか間抜けな光景だ。俺をからかっていねぇか？　ドッキリとかじゃないよね？　俺はノリがいいから、皆に付き合うよ。

どうやら、ドッキリではないらしい。自分の力に威圧されているのがわかると男の子は満足そう

にして口を開く。

「僕の名前は栗国勝利《あぐにまさとし》。聞いたことがあるだろ？　栗国公爵家の嫡男さ。そちら様はどなたか

な？」

一応貴族風の半端に丁寧な言葉を吐きつつ、男の子は顎をしゃくる。なんとなくイラッとくる男

の子だ。勝利とか言ったっけか。

「こちらは帝城《ていじょう》家の長女、帝城闇夜様の部隊です」

「あぁ〜、帝城闇夜ね。どこにいるんだ？　物陰か？　肉盾にでもしてあるのか？　それとも荷物

持ちか？　おーい、根暗ワカメちゃん、どこにいるんだ〜、クハハハ」

勝利はキョロキョロと辺りを見回し笑う。だが、途中で俺と闇夜を見て、ギョッと驚きの顔とな

った。何だこいつ？　もしかして、小説のキャラか？

………ジーッと見つめると、なぜか顔を赤らめて逸《そ》らす。ふっ。美羽の可愛さにやられたか。鼻

で笑いつつ、勝利の顔を記憶と照らし合わせる。

小説のキャラ。主人公、相方の男、あとヒロイン。うん、誰にも合致しねぇな。敵キャラも何人

か顔は覚えているが、照合の結果、ゼロだった。うん、あいつは小説のキャラじゃないな。

いちいち主人公周りのキャラではと考えるのは悪い癖だ。ここは現実。多くの人間が生きてい

る。主人公と関わるキャラなんか、ロトくじで三等を当てるよりも難しいに違いない。

そ～っと、俺へと再び顔を向けてくる勝利だが、その視線を阻むように、闇夜が俺の前に立った。おさげをフワリとかきあげつつ、冷たい目で勝利を睨《にら》む。

「これは栗国家の方とは露知らず。私が帝城闇夜ですわ。お見知りおきを」

スカートはないが、まるでスカートがあるかのように裾を持つふりをして、カーテシーを闇夜は行う。九歳には見えない立派な淑女だ。親友にぱちぱち拍手を送っても良いか？

しかし、立派な挨拶をした闇夜に対して、なぜか勝利は驚きの表情へと変わった。なぜか焦ったような顔で闇夜を穴が開くほど、ジロジロと見つめてくる。

ここはあれだ。今度は俺が闇夜を勝利の視線から守る時……闇夜さん、ディフェンスしないでくれる？　闇夜が手を横に広げるので、俺は闇夜の前に出て庇《かば》うことができない。ちょっと闇夜さん？

グイグイと押し合いへし合いしている俺たちを前に、勝利は気を取り直したようでニヤニヤ笑いを再開した。

「あ～、そういうことかよ。ちくしょう。俺だけじゃなかったのか」

「なんのことでしょうか？」

なぜか悔しそうにする勝利に怪訝《けげん》そうに眉を顰《ひそ》めて、闇夜は尋ねる。だが勝利はかぶりを振るだけだった。

「聞かなくてもわかってんだろ」

「申し訳ありません。粟国様とお会いしたのは今日が初めてかと」

知り合いなのかと、闇夜の顔を見たが、不思議そうで、初対面っぽかった。なんだ？　あいつが一方的に知っているだけか？　まぁ、闇夜は美人だからな。勝手に知り合いと思っている男がいてもおかしくない。まだ九歳なのに、恐ろしい娘《こ》。

だが、闇夜の言葉に勝利は目を見開き驚くと、また闇夜をジロジロと見てくる。失礼な奴だな。俺が壁になって……闇夜さん、ディフェンスしないでくれる？

「そうか、そうなのか。あ～、そういうパターンありかよ。なるほどな」

何がなるほどなのかはわからないが、機嫌良さそうに勝利はなぜか余裕を取り戻して、ニヤリと厭《いや》らしい笑みを浮かべてきた。九歳で厭らしい笑みを浮かべるとは、こいつの将来が不安だぜ。

「まぁ、お互いに悪かったな。そこの屑《くず》魔石は恵んでやるよ。じゃあな」

突如として態度を変えると、勝利はマントを翻して去っていった。焦って公爵家の護衛が丘の向こうから走ってくるのが見えて、合流していった。なんぞ、あいつ？

「変な男の子だったね？」

「変態ですわ。みー様を舐《な》めるように見てましたもの」

プンスコと怒る闇夜だが、見つめられている時間は闇夜の方が長かったよ。

「もしかしたら、闇夜ちゃんに惚《ほ》れたのかも！」

「えっ？　何かおっしゃいました？」

無邪気な笑顔で推測を口にしたらギロリと睨まれて、なぜか圧を感じたのでお口チャック。この世界には鬼がいるかもしれないな。

魔物との戦いよりも怖かった。

それはともかく、魔物の取り合いか。なるほど、気をつけないとな。

美羽はモブキャラである勝利のことを覚えていなかった。チョイ役だったので仕方ない。それこそがモブだという証左であるし。

十五話　モブは仕掛ける

粟国勝利《あぐにまさとし》は、丘の上をゆっくりと歩きながら、爪をカリカリと噛《か》んでいた。その顔は機嫌が良さそうにも見えるが、逆に焦りも見てとれた。

「ありがちじゃねぇか。なるほどな。俺以外にも転生者がいたのかよ」

ブツブツと呟《つぶや》きながら、後ろをチラリと振り向く。そこには帝城《ていじょう》家の集団がおり、その中心に守られるように、見たこともないほど可愛《かわい》らしい娘と一緒に闇夜《やみよ》が見えた。

「おぼっちゃま！　勝手に動かれては困ります」

僕がいなくなったことに気づいて探し回っていた執事たちが、汗を滝のように流して、息を切らしながら駆け寄ってくる。

その阿呆《あほう》ヅラを鼻で嗤《わら》い、横を通り過ぎていく。

ふん、ここの魔物程度に僕がやられるもんかよ。傷一つ負うわけないだろ。

それよりも確認することがある。

「おい、帝城闇夜は幼稚園の時に、『死霊《レイス》』に襲われたんじゃないのかよ？」

そして、幼稚園児を殺戮《さつりく》し、分家に捨てられたはずだ。だが、あの様子を見るに、捨てられてはいない。ワカメのように不気味に広がる黒髪も、アイシャドウを塗っているかのようなパンダのような隈《くま》も、キヒヒと耳障りな口調もしていない。

ならば答えは一つだ。あいつは幼稚園の時に園児を殺していないのだ。

「あぁ、『死霊《レイス》』を退治した話は聞いております。あの隣にいる少女は聖属性の者でして、力を合わせて『死霊《レイス》』を退治したとか」

執事は帝城家がばら撒《ま》いた欺瞞《ぎまん》の噂話《うわさばなし》を耳にしており、それを真実だと思っていた。帝城家は美《み》羽《う》を守るために、傷つけた娘がいる帝城家で美羽を保護できるように欺瞞の噂を流していたのだ。

美羽を傷つけたのに、帝城家は取り込もうとするつもりか、なんと恥知らずなと、鷹野《たかの》伯爵家が噂を流そうとしたので、その噂を一掃するべく、真実とは近くて遠い噂を流したのである。

だが、勝利はその説明を聞いて確信した。小声で、誰にも聞こえないように呟く。

「なるほどな。本来はあの可愛らしい娘も殺していたのがストーリーだったのだろうな。だが、あいつはそれを防いだ」

確定だ。帝城闇夜は転生者だと、勝利は確信するのであった。

転生者のテンプレだ。デブに転生して、痩せて二枚目になったり、美しくなったり。元のキャラではありえないほどの努力をして、皆から天才だと褒められるぐらいに有能になったり。

共通するのは、今までのキャラとはまったく違う人間になることだ。闇夜はその条件にピッタリと当《あ》て嵌《は》まっていた。わかりやすい転生者だ。

丘の上にいる公爵家の集団に合流すると、考えをまとめるために、執事たちを蹴り飛ばし近づくなと厳命して、ひょろりと生えている細い木の下に座り込む。

「あいつが俺の障害になる可能性はあるのか？　………だが、あいつはここが『魔導の夜』だと知らないみたいだな………」

その小説のストーリーを知らずに、転生するパターンがある。あのキョトンとした顔は勝利の顔を見たことがないという顔だった。恐らく嘘《うそ》はついていないだろう。

稀《まれ》にあるパターンだ。その場合、ストーリーを知っている主人公が助けて仲良くなる。もしくは恋人になるパターンが考えられる。

「だが、あいつの元は気持ち悪いからな。俺もさすがにパスだ」

いくら綺麗《きれい》になっていても、勝利には闇夜の小説の不気味な容姿と性格が頭に残っており、まったく食指が動かなかった。

「ハーレムの一員にするなら、あの灰色の髪の少女だな」

ニヤニヤと笑い、あの灰色の少女を思い出す。銀色に似た艶やかな髪の毛を背中まで伸ばしており、アイスブルーの瞳は強烈な魅力を放っていた。可憐な花のような顔立ちに、小柄な身体《からだ》。成長するとどうなるか楽しみだった。

きっと、ストーリーを知らないで品行方正に努力をしつつ暮らしていたら、本来は幼稚園児の殺戮イベントで殺す相手と仲良くなったに違いない。そして、ストーリーは変化して、『死霊《レイス》』は他の人間に取《と》り憑《つ》いたに違いない。

本来は殺されていたキャラなのだろうことは間違いない。その考えを後押しするのは、闇夜の処遇だった。

この世界に転生して痛感したのが、高位貴族は横暴が通るといったところだ。なにせ、使用人を軽く火傷《やけど》させるつもりが、重傷を負わせても、簡単にもみ消すことができるのだ。闇夜だって、同じくもみ消すことができたはず。

小説でできなかった理由はあの灰色の娘のせいだろう。この世界で知ったのだが、灰色は聖属性に目覚めた証《あかし》。回復魔法使いとして覚醒した証なのだそうだ。

そして、回復魔法使いは希少だ。二十万人いる魔法使いの中で、たった三十人しかいないのである。さしもの侯爵家も、回復魔法使いを殺した娘の事件をもみ消すことができなかったのだろうと推測している。当たらずとも遠からずといったところだろう。

自身の推測は恐らくは当たっている。なにせ、この世界の設定は全て頭にあるのだ。勝利はこの世界では神と同義なのだから。

勝利は、己が天才的だと自画自賛して、これからの対応を考える。

この変化は自分の障害になる可能性はたしかにある。闇夜がまともなことで、この先のストーリーの変化はあるだろう。少なくとも、闇夜が敵組織の一員になって学院に潜入するイベントは発生しない。

「だが、あいつのイベントはなくとも問題はなかった。アニメで全カットされても、まったくストーリーは破綻しなかったからな。それどころか、ストーカー不気味イベントがなくなってスッキリしたぐらいだ」

帝城家は、その後にチラチラと出てくる。たしか闇夜を保護した主人公が帝城家に文句を言いに行くイベントだ。帝城家は武士の家門。厳格な親父《おやじ》がいたはず。

色々とお涙ちょうだいのストーリーがあり、後に帝城王牙《おうが》は反省して魔物のスタンピード時に、一族の武士を連れて参加してくれる。たったそれだけのキャラであり、後はまったく出番はなかった。アニメでは援軍の部分は他の家門に変わっており、いなくても違和感すらなかった。

なので、闇夜を排除しても問題はない。問題はないが、注意は必要だ。闇夜がストーリーを知っていたら迷わず殺すつもりだった。たとえ侯爵家の長女であり、殺すと色々とこちらもヤバくなる可能性は高くとも。それだけのリスクを負ってでも殺す価値がある。

なぜならば、ストーリーを知っていれば必ず絡んでくるはずだからだ。モブ転生者とは、そうするものなのだ。いらない正義感などを口にして、主人公の助けに入るのである。

だが、小説の中の世界と知らずストーリーも知らないのだ。アニメで全カットされた存在のキャラ。その程度の相手だ。手を出す方が危険かもしれない。いや、こういう場合、藪《やぶ》をつついて蛇を出す結果になる可能性がある。

自称オタクの元フリーターは、今までの知識から悲惨な結果となった小説などを思い出す。しかし、ここで手を出さないで破滅、といった展開も考えられるので爪をカリカリと噛んで、苛《いら》つく。

公爵家の集団は遠巻きに、動かない勝利を見て、黙り込む。こういう時に声をかけると酷《ひど》い目にあうと理解しているからである。

勝利は現実と小説の世界が違うことをしっかりと考慮に入れて、情報を集めて、しっかりとすり合わせを行っていた。

その中には貴族間の勢力などもあったのだ。小説ではまったく出てこなかった部分だが、看過すると破滅するだろうという情報であった。

仕掛けるならば今しかない。帝城侯爵家は武門の一族だ。アニメでは全カットされたが、その力は公爵家といえども侮れない。

今を逃せば手を出すことが難しくなるかもしれない。焦りを覚える中で、勝利はとりあえずの解決策を用いることにした。

「おい、肉盾用の召喚石があったろう？」

立ち上がると埃《ほこり》を払いながら、横に息を潜めて立つ執事へと声をかける。

「はい。もしもの時のために、おぼっちゃまに言われたとおり、用意をしております」

「持ってこい」

「？　何にお使いになられるので？」

「いいから持ってこいよ」

わかりましたと執事は頷《うなず》くと、荷物置き場に向かい、一つのトランクケースを手にして戻ってくる。ガチャリと開けると、中には小さな純金製の小箱が衝撃吸収材に包まれて入っていた。

勝利は無造作に小箱を手にすると、鍵を取り出して開く。中には大粒の宝石が入っていた、ルビー、エメラルド、トパーズの三種類だ。何カラットあるのだろうか。その金額は軽く億を超えるだろう。

そして、ただの宝石でも億を超える価値があると思われるのに、その宝石の中には燃える炎や暴風、砂塵《さじん》が内部で蠢《うごめ》いていた。魔法が宿っているのである。

勝利が万が一のために持ってきたアイテムである。勝利は自身が普通のモブ主人公だとは考えていなかった。ゲスな考えをしているために、もしかしたら酷い目に遭う可能性を常に考慮していた。

そのため、非道なことも公爵家の力でもみ消せる程度のレベルに抑えて、努力もしている。そして、何よりよくあるパターン、唐突な問題、即《すなわ》ち、強力な魔物や多くの魔物に襲われて、死んだりする可能性を考慮していた。

用心深い男だと、勝利自身は自分をそう評価している。

なので、そのような時に逃れることができるように、肉盾となる召喚石を用意していたのだ。この中には持ち主に絶対服従の召喚獣が封印されている。

なにせ自分は人望がない。強力な魔物に襲われたら、執事たちは自分を見捨てて逃げると信じている。それならば品行方正に、優しく付き合えば良いものを、そんなことをするくらいなら、金の力で解決しようと考えていた。

原作では、時折、召喚獣が封印されている宝石を敵が使うシーンがあった。色々な召喚獣がいて、主人公ですら苦戦する相手もいたのだ。

それを知っている勝利は、この宝石を買い求め用意した。莫大《ばくだい》な金がかかったが、父親に頼み込んで買ったのである。敵がこれを大量に使用して主人公を殺さない理由をその時初めて知った。数十億する宝石を気軽に使えるはずがない。

「炎は駄目だな。風と土か」

燃えるような輝きのルビーを横に置く。これは殺傷力が高すぎて、追及されたら誤魔化《ごまか》すことができない。

エメラルドの輝きを見ながら首肯する。そして、首を横に振るとルビーと同じく横に置いた。風の召喚獣は防御力が極めて低い。魔物は混乱させることができても、知性ある人間たちは混乱させることはできまい。

そもそも殺すつもりはないとアピールするためには、風の召喚獣も少し火力が高すぎた。とすると、残りはトパーズしかない。

動きが鈍く、されど耐久性と一撃の力は高い。正直、事故でしか死ぬことはあるまい。逃げることも可能だろう。

こちらも慌てるふりをして、遠巻きに見ていてもおかしくは思われまい。

「ストーンゴーレムよ、封印から解けよ」

『起動』

その言葉をコマンドワードとして、トパーズは煌《きら》めき、土色の魔法陣が宝石の上に浮く。トパーズの輝きが一層強くなり、皆が目を細めて腕で顔を覆う。

そして、光が収まったあとには、背丈が五メートルはある石で作られた人形、ストーンゴーレムが立っていた。柱のような手足に岩のような胴体の召喚獣はおとなしく立っていた。

勝利はその姿を確認すると、近づいて囁《ささや》くように命令を下した。

『散歩に行ってこい。障害物は破壊してな』

そうして、勝利はゆっくりと口元に笑みを浮かべるのであった。

十六話　小説の初陣って、必ず予想外が起こるよなっと

もう夕方になる。ダンジョンは常に一定の光量を天井が放っているために、時間の経過がわかりにくいが俺にはわかった。もう一時間以上経過しているはずだ。美少女シスター美羽《みう》ちゃんにはわかるのさ。

くぅ〜。

「みー様、お腹《なか》が空《す》きましたのね」

「うん、お腹空いちゃった。そろそろおうちに帰らない？」

美羽の可愛《かわい》らしいお腹から聞こえてきた夕飯の合図に、闇夜《やみよ》は微笑《ほほえ》み、周りの人たちも、その愛らしさに笑みが溢《あふ》れる。

ちょっと恥ずかしいので、お腹を押さえて赤くなる。この身体《からだ》のタイマーは正確なんだ。もう夕飯の時間だと思う。そろそろ帰る時間だよな。

俺は良い子だから、門限を守るんだ。母親から今日は十八時まで外出を許されている。気をつけるのよと言われているので、時間どおりに帰って安心させたいんだ。家族仲大事。良い子は時間どおりに帰宅して、ただいまと言うものなのさ。

「そうですわね。変な邪魔も入りましたし、もう帰りましょうか」

へんてこな奴《やつ》、粟国《あぐに》キャップとかいう名前のガキのことか。たしかに変な男の子だったな。特にあの歪《ゆが》んだ性格。九歳であれはねーよ。

「うん！　帰ろ～」

満面の笑みで、俺は片手をあげてぴょこんとジャンプする。皆がその無邪気な行動に癒やされる。俺の行動は完璧なんだと、ふふふと内心でほくそ笑み、それじゃあおしまいだねと、片付けを始める。狩場の拠点としていた場所には、色々な荷物が広げられている。片付けを手伝うぜ。

ちょこちょこと歩いて、俺でも持てそうな物を運ぼうとしていた時であった。

ズシンズシンと音が響き、地面が揺れる。トランクの上に置いてあるペットボトルが振動で震えて、ことりと倒れて水が零《こぼ》れる。タープを支えていたピッケルが外れて、タープが地面に落ちた。

「な、なんだろ？」

「なんでしょうか？」

俺と闇夜はキョロキョロと辺りを見渡す。地震ではなさそうだ。なにかやばい敵が近づいてきているのか？

見渡すと丘の向こうから、地響きをたてて何かが砂煙を纏《まと》いながら近づいてきていた。

「なんですの？」

闇夜が異常に気づき声をあげる。冒険者の何人かが魔法を使う。瞳が赤く輝き砂煙の正体を見ようとする。

『鷹《たか》の目《め》』

数キロ先を見通すスキルだ。ベタベタだけど便利そうだぜ。

ああいった魔法がゲームにはなかったんだよなぁと、思いながら俺も目を凝らす。エンカウント制だったからゲームでは周りを確認するスキルはなかったんだよ。隠れるスキルはあるんだけどな。

それにその隣のおっさんはメカニカルな双眼鏡を使っているしな。自動でターゲットとの距離測定や赤外線センサー、ナイトビジョンに切り替えられる『魔導の夜』の世界の最新型魔導双眼鏡だ。

……………やっぱりあのスキルいらんかもしれない。これが現代ファンタジーの悲哀か。隣で双眼鏡使うなよ、スキル使ってる奴らが可哀想《かわいそう》だろ。まぁ、双眼鏡がない時は使えるか。

俺は子供だから、双眼鏡の方を使ってみたい。浪漫《ろまん》だよな。ああいったかっこいい双眼鏡。

「ス、ストーンゴーレムです！　なんでこのダンジョンに？」

戸惑いの声と共に斥候が皆に注意を促す。護衛の冒険者たちは武器を構えて、迫るストーンゴーレムに対して身構える。

皆も戸惑いながら、それでも冷静に行動できる分、やはり侯爵家の御用達《ごようたし》の冒険者といったところなのだと感心してしまう。

「闇夜お嬢様、美羽お嬢様。避難の準備をしてください」

執事が俺たちに真剣な表情で言ってくる。その様子は念《ねん》の為《ため》という雰囲気ではない。ストーンゴーレムか、強いのか？　レベルはゲームで高かったかなぁ。でもあまり強くなかった覚えはあるが。

「ストーンゴーレムは強いんですか？」

コテリと首を傾《かし》げて、執事に尋ねると、執事は深刻そうな顔で頷《うなず》く。

「あれは物理攻撃がほとんど通用しないのです。しかも石の塊の腕はかなりの攻撃力を持ち、かつ巨体のためにリーチが長いのです。気をつけねば殺されてしまいます」

「それじゃあ、皆で逃げようよ！」

結構ヤバそうな魔物かよ。ならば、逃げるの一手だろ。……いや、違うのか。彼らは逃げられない。

俺はそのことにハッと気づく。執事は俺の予想どおりの返事をして、首を横に振る。

「彼らは護衛です。こういう時に盾となり、美羽お嬢様たちが安全な場所まで逃げる時間稼ぎをしなければいけません」

沈痛な表情で執事は告げてきた。だよなぁ。ここで俺たちと一緒に逃げたら護衛の意味がない。

異世界ファンタジーなら、護衛が護衛対象を放置して逃げることもできるだろう。だが、この現代ファンタジーでは違う。しっかりと護衛たちは登録されているのだ。

護衛の冒険者は高額で雇われている。それはSPと同じだ。護衛対象の代わりに銃弾に晒《さら》される覚悟を持つSPと同じ覚悟を持たないと信頼は失われて、もはや護衛の仕事は来ない。護衛の仕事をしている者は誇りを持っているし、逃げ出すことはしない。

たとえ、自分たちでは敵《かな》わない想定外の強敵が現れてもだ。

見ると、意外や意外。ストーンゴーレムの足の速さは時速にして……よくわからん。トラックが暴走している感じだ。これは普通に逃げたら逃げ切れんな。

護衛の冒険者って、闇夜より少し強いくらいなんだよな。これは護衛が弱いのではなく、闇夜が強いのだ。武家の名門帝城《ていじょう》侯爵家の長女ということだろう。

そんなそこそこの腕しか持ってない冒険者に接敵すると、ストーンゴーレムは石の腕を振り上げて先頭の冒険者へと攻撃する。

「全員、回避を主体に対抗するんだ！」

『転換攻防』

先頭の冒険者が盾を翳《かざ》して武技を使う。岩のような塊の拳をビームフィールドのような光を纏わせた盾で受けて、潰れるようにガクンと膝を落としそうになるが、ストーンゴーレムは押し潰す寸前で停止し弾《はじ》かれたように後ろに下がった。

ズズと足元を滑らせて、ストーンゴーレムが後退《あとずさ》る。五メートルほどの巨人はかなりの重量があるにもかかわらず、後ろに押し下げられたのだ。

「おぉ、凄《すご》いよ！　あれなら勝てるんじゃないかな？」

見たことのない技だ。物理攻撃を一度だけ防ぐ魔法がゲームにはあったけど、武技ではないからな。小説でも見たことが……、技名なんか覚えてねーや。

だって、原作では皆が違う技を使用するほど種類が多かったからな。一族の技とか言って。規格を同じにしねーから、ゲームでは無理矢理《むりやり》纏められたんだよ。小説では敵との戦闘時に見栄えを良くするために、必要だったんだろうけど、小説の世界に生きることになると違和感しかねーな。

だが、あの技を使えば有利に戦闘は運べるはず。と、思っていたら執事は首を横に振る。あ、わかっちゃった。

「あれは彼の奥義です。敵の攻撃を自らの防御力に転換する奥義。『マナ』を大きく消耗するのです」

「あ、そうですか」

なるほど、見てみるとかっこよく使った冒険者は、

「くっ。すまない。『マナ』が尽きてしまった」

と悔しそうに言いながら、『魔導鎧《まどうがい》』の装甲を元に戻している。だが、ストーンゴーレムの動きを止めるのが狙いだったのだろう。その隙を突いて、他の冒険者が動く。

「あとは任せろ！」

『疾風陣』

一人の冒険者が身体に風のオーラを纏わせると魔法を使う。ストーンゴーレムの足元に魔法陣が描かれ、竜巻が巻き起こりストーンゴーレムの足を止めて吹き飛ばそうとする。軋《きし》む音を立てて、

ストーンゴーレムは動きを止める。そこに周りの冒険者たちが光の鎖を手に生み出すと、一斉に投擲《とうてき》した。

『光鎖捕縛』

「おぉっ！　今度こそ動きを止めたね、闇夜ちゃん」

俺は手を握りしめて、連携の取れた冒険者たちの動きに感動する。やはりオンリーワンの技より、こういった連携の取れた冒険者たちの技の方がかっこよいよな。いぶし銀の戦いってやつだ。白い悪魔よりも、陸戦用雑魚《ざこ》の戦闘が好きなんだ。

「いえ、あれの発動中は『マナ』を恐ろしく消耗します。さぁ、今のうちにお逃げを！」

「私たちが残っていたら、あの人たちは逃げられないですわ」

執事の言葉に闇夜も声を揃《そろ》える。よく見ると、ストーンゴーレムは鎖を引きちぎろうと腕に力を込めている。ぎりぎりと光の鎖が引っ張られて、冒険者たちは懸命に押さえているが辛《つら》そうだ。

光の鎖は『マナ』を消耗することにより相手の動きを押さえている？

……最初に武技を使った冒険者はよろけて、もう一般人の動きしかできないようだ。疾風陣とかを使っている冒険者もそうだ。

これ、俺たちが安全な場所に逃げるまで耐えていたら、『マナ』が尽きて動けないパターンだよな。

「早く逃げましょう。今の私たちは素直に逃げるのがお仕事ですわ！」

俺の腕を掴《つか》み、険しい顔で闇夜は逃げましょうと勧めてくる。教官と執事、メイドは俺たちを守って逃げる準備をしている。………が、そうはいかねぇな。

「……闇夜、わりぃが、ここは逃げられない」

「みー様ではあのストーンゴーレムに傷もつけられないですわよ？」

真剣な顔の闇夜。俺は闇夜の腕をそっと離す。

「教育に悪い」

「教育に悪い？」

ボソリと呟《つぶや》く俺の言葉に不思議そうに首を傾げる闇夜だが、教育に悪いんだよ。

「九歳で、護衛を死なせたとかトラウマになっちまうだろうがっ！　わりぃが俺は健全で良い子なんでなっ！」

子供時代にそんなトラウマを作ると、将来に不安が残っちまう。両親が暗くなってしまった俺を見て、仲が悪くなったらどうするんだよ。家族仲は大事にしないといけないんだぜ。

八重歯を牙のように剝《む》き出《だ》し、俺は猛獣のように凶暴な笑みを浮かべる。闇夜たちは俺の変わりように驚き、目を見張る。

「それに、今が唯一のチャンスだ」

「チャンスですの？」

なぜか闇夜は頰《ほお》を赤らめて聞いてくるが、そのとおり。チャンスなんだ。

なぜならば、だ。

『調べる』

ストーンゴーレム　レベル三十三

かなりの強さだ。こっそりと以前に教官を調べたら、レベル二十一だった。闇夜は十八だ。これはゲーム基準で計算されているのだろうが、純粋な戦闘力を計算されているとすると、圧倒的な差だ。ゲームでも十レベル差は覆すのが難しかった。小説の世界ではわからんけどな。

そして、俺は今レベル四。一撃死余裕である。

だが、しかし、だ。

『戦う』

『採掘』

『逃げる』

このコマンドはなんだろうな？

「『採掘』ってのは、面白そうだぜ」

ゲームであったな、この展開。もしも、いや、確実にその展開が適用されている。

「おら、ぶっ倒してやるよ！　たっぷりと素材を落とせよっとな」

メイスを振り上げて、俺はストーンゴーレムに突撃する。

とてとてと走りながら、ストーンゴーレムに殴りかかりに行くのであった。

「待ってください、みー様！」

「美羽お嬢様、危険です！」

誰も俺を止められねーぜ。『魔導鎧』が『起動』できないから、九歳の身体能力だけどな。

俺を止めようとしたら、ギャン泣きしてやるよ？

十七話　完全にして万全なる作戦

粟国勝利《あぐにまさとし》はニヤニヤと醜悪な笑みで、双眼鏡越しにストーンゴーレムを眺めていた。最新型の魔導双眼鏡は、ストーンゴーレムがまるで目の前にいるかのように、はっきりとした解像度で現場を見せてくる。

必死になって魔法を使い、ストーンゴーレムを押さえようとする冒険者たち。その後方で何やら話している闇夜《やみよ》たちの姿。

「時間稼ぎか。やはり根暗ワカメはそれほど強くないんだな」

貴重な召喚石を使用してでも、勝利は闇夜の能力を確認したかった。トパーズ一つ三十億円したのだが躊躇《ためら》わなかった。元に戻せるということも理由の一つではあるが。

石の巨人である強力な召喚獣ストーンゴーレムを前に、闇夜たちは冒険者たちを囮《おとり》にして、逃げようとしている。

「ストーンゴーレムは硬いからな。傷つけることはできても、倒せないとは想像していたが、こんなもんか。ポテンシャルはあっても脅威はなさそうだな」

ストーンゴーレムはただの石の塊ではない。その素材は魔法宝石として作られたトパーズが素なのだ。石に見えても、その硬度はトパーズと同様。しかも魔力を纏《まと》わせた物理攻撃でなければ無効だ。防御力の高い召喚獣なのである。

クックと愉快そうに口元を歪《ゆが》めて、舌で唇をベロリと舐《な》める。九歳にして、他人を虐《いじ》めることに喜びを感じる醜悪な性格をしている勝利であった。

逃げる程度の腕しか持たないなら、勝利の相手ではない。ストーリーを知っている奴《やつ》なら、少なくとも、ストーンゴーレムの動きを止める程度はできたはずだ。

「この頃の主人公は公爵家を放逐されていない。つまり助けに入る者はいない。後はストーンゴーレムを暴れさせて、冒険者たちが殺される様を見て満足するか」

ストーンゴーレムにあの冒険者たちでは敵《かな》わない。そもそも勝利自身もストーンゴーレムには苦戦するだろう。今は魔法で動きを封じているが、じきに『マナ』が尽きて、あの冒険者たちはミンチになる。

「原作でも、あの魔法を凶悪な魔物に使った奴らがいたな。だが結局、『マナ』が尽きて皆殺しになったんだ。生で同じ光景を見られるなんて、僕ってラッキー」

たしか敵組織が喚《よ》び出した魔物を前にモブ冒険者たちが制止しようと懸命に抵抗するのだ。勝利は、はいはいご苦労さん、主人公の強さをアピールする踏み台だなと、懸命に頑張る冒険者たちの描写を嗤《わら》って見ていた。

日頃の行いが良いからだと、クククと嘲笑《あざわら》う。冒険者を殺したら召喚獣を石に戻して、侯爵家には適当に暴走とか指示を間違えたとか説明をして誤魔化《ごまか》す。長女ではなく、駒の冒険者程度が死んでも気にしないに違いない。

「三十億円に殺されるんだ。幸運なゴミ共たちだ。ありがたく思って……な、なんだ？」

呟《つぶや》きながら、双眼鏡を見直す。

とてとてと可愛《かわい》らしく走る小柄な幼い美少女がいた。メイスを振り上げて灰色の髪の美少女はストーンゴーレムに向かっていた。

『魔導鎧《まどうがい》』を起動させることなく、弱々しい九歳の身体能力で走っているのだろうが、あまりにも遅い速度で駆けていた。

「おいおい、あの僕のハーレム候補ちゃん。無理をするなよ。何もできないだろうが」

銀色に似た美しい灰色の髪を靡《なび》かせて、アイスブルーの瞳は眼光鋭く、威圧を感じさせる獣のような笑みを浮かべて走っていた。そんな姿も美しく気高い獅子《しし》のようで見惚《みと》れてしまう。

九歳にしても小柄な体躯《たいく》の少女は、ストーンゴーレムを前にしたら、マッチ棒のようなメイスを振り上げている。ゲームだとでも思っているのだろうか？

「あの程度の力じゃ傷もつけられない。あぁ、勿体《もったい》ない、あんなに可愛らしいのに」

後ろから、闇の剣を手にした闇夜たちも続いているが無駄なことだ。ストーンゴーレムの硬度はそんじょそこらの攻撃ではヒビも入れることはできない。

「闇夜は死ぬか？　そこまでいくと厄介だが……まぁ、良いか。………だが、回復魔法使いを殺すのはまずいな。闇夜を殺すよりもまずい」

日本に三十人しかいない回復魔法使いだ。殺すと公爵の息子といえど罪に問われるだろう。勝利は自分の立ち位置をしっかりと認識している。小説の勝利のように、考えなしに行動する小悪党ではない。

このまま回復魔法使いが殺されるとどうなるか？　メインストーリーにはいないキャラだが、ストーリーと関係なく、自分の立場が悪くなるのは間違いない。弟は自分よりも弱いが、才能にあまり差はない。メインストーリーが始まる前に嫡男の座を奪われて破滅する可能性すらある。

勝利のいる粟国公爵家は金も権力もある。しかし家族愛だけはなかった。容赦なく切り捨てられ分家に放逐され、ダンジョンでこき使われる奴隷のような生活になる可能性がある。

「仕方ない。ゴーレムにあの可愛こちゃんは殺さないように命令しておくか」

実のところ、勝利はあの子を気に入っている。なぜならばメインストーリーに関わらない、見たこともないほどの美少女だからだ。しかも銀髪に近い灰色髪だ。勝利は銀髪のキャラクターが好きであった。

原作の大ファンである勝利は、ヒロインたちを手に入れる際に邪魔となる、ストーリー補正とも言うべき、世界の運命があるのではないかと疑っていた。

自分の決闘イベントで、それは確認できるだろう。ストーリー補正が働けば自分は負ける。だが、なければ自分は勝利する。賭けでもあったが、逃れることはできない。まぁ、勝つとは思っている。なぜならば、修業して強くなっているからだ。戦闘に関してはストーリー補正があっても直接的に問題はあるまい。

しかし、ヒロインたちにストーリー補正、即《すなわ》ち好感度イベントがある場合は、自分を賭けの対象にする馬鹿なヒロイン以外は手に入れるのは難しいかもしれない。なぜならば、ヒロインの好感度が上がるイベントの積み重ねなどがあり、ヒロインは既に主人公を好きになっている可能性が高いからだ。その場合、邪魔をすることはさすがに不可能だ。

まだ学院入学まで時間はあるので確認はできないが、そういった好感度アップイベントを含むストーリー補正がある場合、主人公を倒せても好感度はそのままなのでヒロインを手に入れるのが難しい。単に勝利が嫌われるだけとなるだろう。しかし、あの子は原作にはいないキャラだ。主人公との好感度アップイベントはないはず。なので考えることなく、手に入れる行動が取れる。

無論、希少な回復魔法使いなので、手を出すと周りがうるさいだろうから、現実では難しいだろう。しかしストーリー補正があるのではと、疑いながらヒロインにアピールするより遥《はる》かにマシだ。

主人公たちのイベントは覚えているが、現実だとクソみたいな展開だ。都合よくヒロインを魔物から助ける。無自覚にヒロインの欲しい言葉を口にして惚れられる。女湯に間違えて入ったら、ヒロインとのエロイベントが始まるなど、現実では許されないものばかり。

それでヒロインたちは主人公への好感度がアップしていくのだ。

しかも、それがいつ始まるかもはっきりとはわからないために、防ぐのはほとんど不可能だろう。イベントが何日何時何分に起こるなどと、小説では描写がないのだから。

なので、ほかのヒロインを落とすことはほぼ諦めている。諦めているからこそ、ストーリーに関わりのない美少女は気になっていた。転生者である闇夜が取った行動で、生き延びた美少女を手に入れたい。

なので、思念でストーンゴーレムに、あの美少女だけは攻撃をしないように命令を下そうとした。どうせ、傷一つつけられないのだ。放置しても問題ない。

「いや、危機に陥っているところを助けるのも良いな。僕が主人公のような活躍をするんだ」

ストーンゴーレムの暴走。チラリと後ろを見て、恐れと困惑で立っている者たちを盗み見る。彼らは勝利を止めたいが、凶暴な性格を知っているために、諫言《かんげん》もできずに困り果てていた。

あの中の誰かをスケープゴートにすれば良い。召喚石を試そうとして、未熟な家臣が暴走させた。そして、それを公爵家の天才炎使いが解決するのだ。そうすれば闇夜を殺すこともなくなる。

自分の立場が悪くなることはない。

万事完璧だと、勝利は自画自賛してストーンゴーレムに命令を下した。

『ゴーレムよ。灰色の美少女及び黒髪の少女は攻撃するな。後は殺せ』

そのまま様子を見る。もう既に灰色髪の美少女はストーンゴーレムの目の前だ。だが、ストーンゴーレムは無視をするはず。そう思っていた。

だが、ストーンゴーレムは迫る灰色髪の美少女に反応して、攻撃しようと腕を振り上げようとし、光の鎖で動きを止められる。

「な!? おい、ゴーレム！ あの美少女は攻撃対象に入れるのではない！」

焦って、言葉を口にする。闇夜たちも接近してくると、同じように反応し動きを激しくし、ストーンゴーレムは暴れようとする。

「おぼっちゃま。……召喚獣は主《あるじ》以外の者は認識できません。全てが敵なのです。なので、使用する際には離れて使用するようにとお聞きしていると思いますが」

執事が恐る恐る近づくと、勝利に思わぬ情報を教えてくる。

「なんだと！　そんな話は聞いてないぞ！　いや、だから、使用する奴らは一匹ずつしか使わなかったのか」

原作を思い出す。主人公も苦戦する強力な召喚獣を敵組織は使うが、大量に使用しろよと考えたことはある。小説ならではのご都合主義だろうと、その時は納得していた。だが、現実となると、このような設定になるのかと驚愕《きょうがく》する。単に希少で高価だから、大量使用されないとばかり思っていた。

自分は原作を網羅しており、魔法などの設定も読み込んだ。この世界の神と同義だと考えていた勝利は使用説明をされていた時に聞き流した。『マナ』を送り込んで、自分の命令に従い行動をする。それだけで充分だったのだ。

「くっ！　どうするんだよ！　ストーンゴーレムを戻すか……」

仕方ないと勝利はストーンゴーレムを戻すことにする。冒険者たちが哀れにもミンチになる姿を見て楽しみたかったが、優先順位を間違えてはいけない。

自分の破滅を防ぐことが最優先なのだから。やられ役のモブに転生した者たちの宿命。お決まりのテンプレ。だが自分の命がかかっているのならば、テンプレなどと鼻で笑うことはできない。破滅を防ぐ。それが勝利の最優先だ。

なので、ストーンゴーレムに戦闘行動を停止して、戻ってくるように命じようとした。魔法の鎖はそう長くは続かないだろう。

「撤退を……ん？」

思念を送ろうとして、目を見張る。

なぜならば、想像を超えた光景が目に入ってきたからだ。

「とりゃアアア！」

灰色髪の美少女がここまで響く声で叫び、ストーンゴーレムにマッチ棒のようなメイスを全力で振り下ろす。

本来なら傷もつかないような攻撃であったのに、なぜかストーンゴーレムは揺らぎ、宝石と同じ硬度の身体《からだ》にヒビが入り始めていた。

「はぁ？　待て、待て待て待て！　あの子はもしかして石に強い武技を使えるのか？」

驚く勝利は双眼鏡から顔を離して驚愕する。再度、双眼鏡を覗《のぞ》くと、どんどん攻撃を仕掛けている。攻撃を受けるごとに、ストーンゴーレムのヒビは大きくなっていく。

「おい、三十億円だぞ！　やめろ、やめてくれぇ〜！」

三十億する召喚石。しかもめったに手に入らない希少な物だ。召喚獣が破壊されたら、宝石は勿《もち》論《ろん》砕け散り、ゴミとなってしまう。

不可思議なる光景を見て絶叫しながら慌てる勝利は、ストーンゴーレムを帰還させることを忘れていた。

そうして、壊れると思われたストーンゴーレムは光の鎖を引きちぎり、攻撃を開始してしまうのであった。

十八話　岩を見たら採掘だよなっと

美羽《みう》の前世の話だ。

というか、ゲームの記憶だ。

『グンマー鉱山にて、希少鉱石を採掘してくれませんか？』

『はい』

『ただし、グンマー鉱山の鉱石は魔力を持っているために、ゴーレムに変貌しています。攻撃をしないで採掘してください』

『はい？』

といった、サブストーリーがあった。錬金術の素材を採りに行ったら、開始されたストーリーだ。

コントローラーを持って首を傾《かし》げてしまった。戦闘で倒したら駄目なイベントだったのだ。

内容はというと、鉱山に現れるゴーレムを戦闘中にひたすら『採掘』コマンドで叩《たた》くだけ。ぼこぼこに殴られながら、ゴーレムの身体《からだ》を叩き採掘をするという、ふざけたストーリーだった。

自分がいかに強くとも関係なく、一定回数の『採掘』をして倒すしかなかったので、極めて辛《つら》いイベントだったのを覚えている。一番防御力の高い複合ジョブの『聖騎士』で突っ込んだ。

ボスの魔導ゴーレムはミサイルやらビームを放ってきて、恐ろしく苦戦したんだけどな。百回叩かないと破壊できないって、ありえねーだろ。『採掘』コマンドを選択する作業だったんだぜ、作業扱いだったんだ。採掘できた素材は良かったけど。果たしてゴーレムを叩いて手に入る鉱石は、採掘作業と言ってよいのかという疑問はあったが。

ちなみに、原作では採掘作業なんかなかった。ありがちな親が呪いにかかったために、呪いを解除するための希少なる魔法の花を採取しにダンジョンに行くイベントがあっただけだ。

ゲームではあった。なぜならば『錬金術師』というジョブがあったからだ。素材を採取して、錬金窯でアイテムを作るんだ。『ファイナルドラゴン世界樹の転生アトリエ』と題名を変えてもいいだろう。語呂がわりぃか。制作会社はマジに凄《すご》いと思っちまうぜ。

で、ゴーレムは鉱山にしか現れなかった。変に凝ってくれてありがとう、と今は言いたい。ゴーレムは現実では、鉱山以外にも出現するみたいなんでな。なら、『採掘』するしかないよな。岩を前に、採掘する。ゲームプレイヤーの本能だぜ。

「とりゃー！」

『採掘』

カキーンと音を立てて、俺の全力の一撃がストーンゴーレムに叩き込まれる。九歳の女の子の全力だ。弱々しい一撃。メイスを思い切り振り上げた時に、よろよろとよろけちゃったりする可愛《かわい》らしい姿も見せたりするが、それでも『採掘』アクションなのだ。

『採掘』

カキーン
『採掘』

カキーン
硬質な石ではありえない金属のような音を立てるストーンゴーレム。一見効いてはいないようだが、俺は信じている。

ゲームの力というやつを。

俺に宿りしゲームの仕様を。

あんまりかっこよくないけどな。

誰も死なせはしないぜ。子供の教育にわりぃからな！

「ウォぉぉ！」

可愛らしい鈴の音のようなコロコロとした声音で、灰色髪の美少女はカキンカキンとメイスを叩きつける。その小さい身体をめいいっぱいに使い、細い腕を使って全力でメイスを叩きつける。

闇夜《やみよ》たちは、美羽の行動を制止せずに見守っている。その鬼気迫る猛獣の申し子のような姿を見守っている。

十回ほど叩きつけると、宝石と同様の硬度を持つストーンゴーレムの身体全体にヒビが入った。

高さ五メートルはあるストーンゴーレム。俺のリーチは一メートルもない。メイスを入れても二メートル弱のリーチ。その攻撃はストーンゴーレムの足に命中していた。

なのに、ストーンゴーレムの身体全体にヒビが入った。ピシリピシリと音を立てて、ヒビから石片がパラパラと落ちる。

俺はニヤリと八重歯を剝《む》いて、その様子に笑う。やはり予想どおりだ。ゲームのエフェクトどおり。小説準拠のこの世界。だが、ゲームの仕様が打ち勝つことが多々ある。それは、完結後にゲームが作られたためだ。原作設定を上書きするゲーム設定が影響していると思われる。

何度もいうが制作会社は、原作を破壊しても気にしなかったからな。しかも大雑把《おおざっぱ》だった原作設定を、ゲームでは事細かに決めていた。まるで新たに世界を作るかの如くに、細かい設定がされていたんだ。

だから、ストーンゴーレムは『採掘』で全体にヒビが走ると思っていたんだぜ。

「おおっ！　あの硬いストーンゴーレムが！」

「さすがはみー様！」

教官たちが驚きの表情となり闇夜が目を輝かせて感動する。

俺はさらにガンガンメイスを叩きつけて、破壊しようと試みる。だが、振りかぶる速度は遅く、一回一回全力での攻撃。時間がかかる。

ヒビが大きくなっていく。あと数回で破壊できそうだと考えていた。光の鎖に捕縛されて動けないゴーレム。

「グォォォ！」

声をあげるはずのないゴーレムなのに、その岩の顔に亀裂が入ると口となり大きく開くと、雄叫《おたけ》びをあげる。

「ぐわっ！」

「『マナ』が尽きたっ！」

護衛たちの『マナ』が尽きて、光の鎖が解けた。ストーンゴーレムは拘束から解放された。

ズシンと岩の脚が地面に穴を開けて、強く踏み込むと俺を睨《にら》んでくる。

「そうなると思っていたぜ！」

完封して倒せるとは思っていなかった。どう考えてもテンプレだ。イベント開始時は封印されているが最後には解放されて、戦闘になる。あるあるの展開だぜ。

ストーンゴーレムが腕を振り上げて、俺へと轟音《ごうおん》を立てて迫ってくる。命中したら、美羽のハンバーグとなるだろう。そんな展開にはするわけにはいかねぇな。

ブンと音を立てて、パンチが迫ってくる。岩が眼前に落ちてくるようだ。当たればただではすまない攻撃だ。九歳の少女は岩に潰されて、ゲームオーバー。

「とは、いかねぇんだよ！」

『逃げる』

もう一つのコマンドを選択する。キュインと音を立てて、俺の着る『魔導鎧《まどうがい》』が『起動』する。白い神官服とレオタードを組み合わせたような『魔導鎧』の各所の装甲が展開して、『マナ』が身体を巡っていく。

漲《みなぎ》る力を感じて、俺は横っ飛びした。それまでいた場所にゴーレムのパンチがめり込み、大きく地面に埋没する。

砂煙が舞い、砕けた小石の破片がピシピシと俺に当たる。コロリンコロリンと俺はでんぐり返しで後ろに下がり、すぐに身体を起こす。やってて良かったでんぐり返しの練習。幼稚園の頃から練習しているから、もう達人だぜ。

『逃げる』

このコマンドは、素早さを大幅に上げて、敵から逃げることができる。『逃げる』コマンドはどんな素早い敵からも逃げることができるコマンドだ。ボス以外に限るけどな。

こっそりとスケルトン相手に試したところ、敵よりも少しだけ速くなる。少しだけ。これは敵に回り込まれるパターンがあるためにそうなっているのだろう。しかし、逃げ切ることも可能になるための仕様だ。

即《すなわ》ち、俺はストーンゴーレムよりも少しだけ速く行動できた。弱点は攻撃態勢を取るだけで、『逃げる』は解除されて、『魔導鎧』は停止する。致命的な弱点なので、攻撃に使えないところだが、今回のような状況では問題はあんまりない。あんまりない。あると思うけど、あんまりない。

ストーンゴーレムが俺へと肉薄して、拳を次々と繰り出してくる。その攻撃速度は速い。『逃げる』コマンドを選択していなければ、俺は反応することもできないだろう。

だが、今の俺には見える。新人類にはなっちゃいないが、モブ美少女になった俺には見えるんだぜ。

「よっと」

ドカンドカンと大穴を地面に開けて、杭打《くいう》ち機のように、ストーンゴーレムが攻撃をしてくるが、その攻撃は単純だ。振りかぶって叩きつけてくるのみ。それでも拳速がレベル二十の冒険者でも躱《かわ》せないほどに速いが、少しだけその速度を上回る俺には丸見えだ。

「へいへい、ピッチャーびびってる〜」

軽口を叩きながら、俺はジグザグにステップを踏むように走る。中型バイクでも俺には追いつけないだろう速さだ。

だが『逃げる』コマンドにはもちろんデメリットもある。

「ぐっ」

ストーンゴーレムの攻撃で砕けた石の欠片《かけら》が俺の身体に弾丸のように当たる。魔法障壁が攻撃を緩和するが、それでも息が止まるほどの衝撃だ。

『逃げる』コマンドは、防御態勢で逃げる設定らしく、ダメージも軽減される。だが、レベル差がありすぎて、掠《かす》っただけでも俺は大ダメージを受けちまう。

ストーンゴーレムが後ろに迫り、俺を攻撃してくる。砂煙と共に飛んでくる石の散弾は俺のＨＰを地味に削っていく。

欠片がヘルメットを弾《はじ》き、頭から血が流れる。背中を中心に身体中が痛い。こりゃ、青痣《あおあざ》ができまくりだな、美少女なのに酷《ひど》い魔物だ。

ステータスボードを確認すると、真っ赤な文字でＨＰ三と表示されている。瀕死《ひんし》状態になったようだな。

『小治癒Ⅱ《マイナーヒール》』

自分に回復魔法を使う。少し強力になったⅡの魔法だ。効果は覿面《てきめん》で、俺の身体を淡い光が覆うと、すぐに血が止まり、身体の痛みがなくなった。

だが、もうMPは一しか残っていない。俺はくるりと振り返ると両手を翳《かざ》す。

『ターンアンデッド！』

強烈な光に、ストーンゴーレムが怯《ひる》むように体を揺らす。よし、フラッシュの効果も『ターンアンデッド』はあるな。

『採掘』を選ぶと、すぐに『魔導鎧』の装甲は格納されてしまう。『逃げる』をやめたと判断されたのだ。回復魔法とターンアンデッドは、戦闘以外でも使用可能だから、ルールに抵触しなかったようだ。

「とりゃあー」

メイスを振り上げて、渾身《こんしん》の力で叩きつける。さらにストーンゴーレムの胴体にヒビが入り、パラパラと崩れていく。

「トドメだ、もういっちょー！」

さらにメイスを振り上げて、ストーンゴーレムに攻撃する。ついにヒビだらけとなり、ストーンゴーレムは倒れるかと思いきや、顔の奥に光る幽鬼のような眼《め》で俺をギロリと睨んできた。

「げっ！　数え間違えたか」

三十回叩いたはずだが、数え間違えたらしい。触れれば壊れるだろうボロボロの姿なのに、尚《なお》も怯まずに拳を振り上げてくる。

「やべぇ、死んだか」

メイスを盾に防ごうとする。だが、俺のレベルではストーンゴーレムのパンチは防げない。

すぐに『逃げる』コマンドを選択するが、『魔導鎧』の展開が遅い。これを恐れていたが、それでも怯まない。闇夜の時とは違うのだ。

『闇剣一式　巨骸剣』

闇夜が鋭い叫びと共に、刀を振り上げていた。刀に骸骨が大量に現れて、組み合わさり、みるみるうちに巨大化し、骨が組み合わさった不気味な十メートルは刀身がある刀へと変わる。

「ハァァァ！」

おさげを振って、黒髪の美少女はストーンゴーレムに突進すると、苛烈なる光を瞳に宿らせて、骨の巨大剣を振り下ろす。

メキメキと音を立てて、ストーンゴーレムは吹き飛び、地面に転がって砂煙を舞い散らす。

「ナイスだ、闇夜！」

俺には仲間がいるんだよ。きっと助けに入ってくれると信じていた。親指を立てて、ニカッと笑うと、闇夜は全『マナ』を使い切ったのか、ヨロリと座り込み、それでも不敵に笑い返してくれた。

俺は再びメイスを振り上げて、とてちたとストーンゴーレムに駆け寄る。攻撃態勢を取ったので、『魔導鎧』が停止したから仕方ねぇんだ。

「もらったぁー！」

メイスを倒れているストーンゴーレムに叩き込もうとすると、ストーンゴーレムが起き上がり拳を繰り出す。しかし、既に『採掘』は選択済だぜ。

岩山のような拳が俺に肉薄するが、気にせずにメイスで『採掘』する。

ストーンゴーレムの拳と俺のメイスがぶつかり合い、『マナ』の衝撃波が巻き起こる。

「グォォォ」

勝ったのは俺であった。ストーンゴーレムはその拳から細かな石片となって砕け散っていき、断末魔の声と共に倒れ伏すのであった。

「あいたっ」

俺も衝撃を受けて吹き飛ばされてしまうが、やってて良かった後ろでんぐり返しの練習。

とは、いかずに大地に放り出されて傷だらけになってしまうのだった。今度は受け身の練習もしなくてはいけねぇな。

『石ころ十、魔鉄三、大地のトパーズを手に入れた！』

結果が俺の目の前に表示される。

『採掘』だから、もちろん経験値はない。繰り返そう。経験値は貰《もら》えない。

「だから、このイベントだいっきらい」

カクリと俺は首を倒して、気絶するのであった。

十九話　謝罪とは利益を得るものである

帝城《ていじょう》侯爵家は武門の一族であり、質実剛健、魔物から人々を守る剣と言われている。武士のイメージそのままに、帝城侯爵家の邸宅は和風の建築だ。立ち並ぶ屋敷は武家屋敷だった、どこかの大名屋敷と言われてもおかしくない広さと見事な宮造り建築の屋敷であった。

さすがに現代の世で、平屋であるのは土地が勿体《もったい》ないために、鉄筋コンクリートのビルや、三階建ての建物が敷地内には存在するが、それでも本家の一族は中心にある平屋の屋敷に住んでいる。その無駄遣いともいえる土地の使い方が帝城侯爵家の裕福さと力を見た人に与えるようになっていた。

無論、今の世は科学と魔導両方で厳重なセキュリティが必要なために、見えない所で監視カメラや赤外線センサー、魔法感知などの装置が設置されているのは言うまでもない。

そして、質実剛健と言われながらも、その裏では侯爵家の力を保つために、権謀術数に長《た》けていることも、高位貴族なら知っている。

建前は必要だが、武門一辺倒で政治にかかわらない家門などないのだ。武門一辺倒などと嘯《うそぶ》く家門は食い尽くされて骨も残らない。

現実は厳しい世界なのである。権力を持ち、財力を保ち、武力を抱えるのは綺麗事《きれいごと》だけではできないのだった。

政治の世界は魑魅魍魎《ちみもうりょう》が跋扈《ばっこ》する闇の世界。質実剛健の裏には狡猾《こうかつ》な政治力も持っている。それが帝城侯爵家であった。

そんな帝城侯爵家には、今、大勢の人間が本邸の一つの広間に集まっていた。何十畳もの畳が敷かれ、なにか重要な話し合いを行う際に集まる、めったに使われない広間だ。

上座には帝城王牙《おうが》があぐらをかいて座っており、その隣に鷹野芳烈《たかのほうれつ》。壁際には刀を腰にさした一族の精鋭が厳しい顔で座っている。

対面にはスーツ姿の男と小さな子供が座っており、その後ろにも剣を腰にさした男たちが並ぶ。

「この、馬鹿者がっ！」

スーツ姿の男の顔は憤怒で真っ赤であり、その燃えるような赤毛と同じくらいであった。隣に座る子供に激昂《げきこう》して怒鳴っていた。

その体格は百九十センチはあり、鍛えられているために筋肉の鎧《よろい》でスーツが弾《はじ》けんばかりだ。顔つきは粗暴にして乱暴で燃えるようであり、触れただけで喧嘩《けんか》を挑んできそうなイメージを与えてくる男だった。

「よくも帝城侯爵家のお嬢さんと、鷹野伯爵家のお嬢さんを危険に晒《さら》しやがったな、このドアホウがっ！」

「グゥッ」

怒りをそのままに、小さな男の子の頬《ほお》を強く殴る。男の子は思い切り殴られたために、吹き飛び畳を擦《こす》って倒れる。

だが、男の激昂した表情が収まらないのを見てか、よろよろと立ち上がると頭を深く下げる。

「も、申し訳ありません父上」

涙混じりに謝るのは勝利《まさとし》であった。頬は腫れて、畳で擦ったために、肌は内出血を起こし、血が滲《にじ》み出て痛々しい。

父上と呼ばれた男は粟国《あぐに》当主の粟国燕楽《えんらく》だ。粗暴な粗忽者《そこつもの》に見えるが、これでも粟国公爵家のトップであり、炎を操らせたら、ナンバーワンとの声も高い凄腕《すごうで》魔法使いでもある。

その炎を宿した赤毛が性格にも宿っているのか、怒りの表情は消えずさらに怒鳴る。

「てめえが謝るのは俺じゃねぇだろ！　帝城さんと、鷹野さんだ！」

「は、はい。も、申し訳ありませんでした」

勝利は震えながら、畳に這《は》いつくばり、土下座をする。まだ九歳の幼い子供の謝罪だ。しかも土下座をして涙を流している。

もう良いですとの謝罪を受け入れる言葉があがってもおかしくなかったが、帝城王牙は平然としており顔色一つ変えていない。芳烈の方は気の毒そうな沈痛な顔になるが、それでも口を強く結んで、赦《ゆる》しの言葉を口にしなかった。

その様子を見て、燕楽は座り直すと深く頭を下げる。

「すまねぇ。俺の教育不足だった。まさか召喚獣を遊びで使ってみようなどと、この馬鹿息子が思うなんて考えてもいなかったんだ」

公爵家当主自らの謝罪に、後ろに控える公爵家の護衛たちは僅かに驚く。めったなことでは頭を下げない当主自らの謝罪。その謝罪を受けて、ようやく王牙は口を開いた。

「今回の件。なぁなぁで済ますことはできないのは理解しているでしょう。どのような落とし前をつけるつもりで？」

「本当なら、この馬鹿息子は嫡男から外して、放逐し、謝罪の言葉としたい」

燕楽の言葉に、顔を青褪《あおざ》め、体を震わす勝利。だが、燕楽は話を続ける。

「が、こいつはまだ九歳。しかも召喚獣を暴走させたのは、こいつの部下だ。まだ、幼いことと、召喚獣を見たいと言っただけで、部下の失敗を押し付けるのは、幼いこいつにはちと酷《こく》だ。そう思いませんか、芳烈さん？」

「ええ。たしかにそうですね。ですが、ここで注意するだけとは、私共も納得できません」

ストーンゴーレム事件から三日が経過していた。ストーンゴーレムの暴走事件は勝利が召喚獣を見たいと強請《ねだ》り、部下が召喚石から召喚獣を喚《よ》び出したが、召喚獣を操った経験がなかったために暴走させてしまい、そのような痛ましい事件となったのだった。怪我人《けがにん》は出たが、幸い死者はなし。怪我人も美羽《みう》が癒やしたために問題はなかった。しかし被害に遭ったのは、帝城侯爵家の長女と鷹野伯爵家の回復魔法使いの娘なので、燕楽は急遽《きゅうきょ》全てのスケジュールをキャンセルし、謝罪に訪れたのだった。

闇夜《やみよ》と美羽は同席させなかった。優しい二人、特に美羽は勝利の謝罪に絆《ほだ》されて赦すかもしれないからである。しかし、死人が出てもおかしくない事件。簡単に赦すわけにはいかないために、王牙と芳烈の二人で、対応することにしたのであった。

「そう言って頂けてありがたいっ！　俺も実の息子を放逐するなんざ……したくなかったんだ」

男泣きするように顔を手で覆うと、再度燕楽は深く頭を下げて感謝の意を示す。鷹野家を放逐された芳烈は他人事《ひとごと》ではないと、顔を緩める。なんと言ってもまだ九歳なのだから、きちんと謝罪をしてくれれば良いと仏心を出して優しい顔になった。

美羽は無事であったし、実のところ、逃げることができたのに、娘はストーンゴーレムを倒しに突進していったということもあった。相変わらず、正義感の強い娘で誇りに思うが、その半面、自分をもっと大事にしてほしいとも考えていた。

だが帝城王牙は冷酷な瞳で見据えており、一言も口を開くこともせずにいた。その様子を見て、顔から手を離すと、燕楽は後ろの部下に目線で合図をする。

部下は頑丈そうなジュラルミンケースを運んできて、三人の間に置くと、パカリと開いた。

「粟国さん、これは？」

片眉をピクリと動かして、中身を見た王牙は、燕楽に問いただす。燕楽はピシャリと太腿《ふともも》を叩《たた》くと、豪放磊落《らいらく》な笑みをして、ジュラルミンケースを王牙たちに差し出す。

「今回の件の謝罪だ。こちらで勝手に決めて悪いが、今回のようなことがあっても、防げるようにとの思いもあって、これを渡そうと思う」

開けられたジュラルミンケース。その中身は衝撃吸収材に覆われた桐《きり》の箱。いや、桐の箱の中にあるルビーとエメラルドであった。

魔法を宿している証明に、ルビーの中には炎が宿り、エメラルドの中には風が宿っている。

「炎の召喚獣が宿るサラマンダーのルビーは帝城さんに。風の召喚獣が宿るグリフォンのエメラルドは鷹野さんにお詫《わ》びとして受け取って頂きたい」

「召喚石をですか！　その、これは、恐ろしい金額がするはずです！　受け取れません！」

魔導省に勤める芳烈は、この宝石がどれほどの価値があるか、希少な品物なのかを知っているために、驚きの声をあげてしまう。少なくとも三十億はするだろう魔法の宝石だ。

美羽の命が危なかったとはいえ、これは貰《もら》いすぎである。返そうとする芳烈だが、燕楽はグローブのような広い手を突き出して、芳烈を押し止《おとど》める。

「貰ってくれ。それだけ、あんたたちの子供は大事なんだ。こんな物じゃ、正直釣り合わないぐらいだ」

世が世ならば、猛将と呼ばれても良い燕楽は、きっぷの良さを見せて、ニカリと笑った。

「今回みたいな危険な時に、その召喚石は役に立つ。謝罪の品だから、売っても気にはしないが、鷹野さんの娘さんに持たせれば、危険は少なくなると思いますぜ？」

これからも美羽は無茶《むちゃ》をするかもしれない。その時にこの宝石を持っていれば、命が助かる時もあるかもしれないと芳烈は押し黙り、迷いを見せる。普段持たせたら逆に美羽は誘拐されてもおかしくないが。

「ダンジョンに入る時だけ持たせれば良いぜ。護衛として安心できるだろ？　芳烈さん」

芳烈の心を読んだかのように、燕楽は笑みを深めて宝石を勧めてくる。正直、心が揺らいで躊躇《ためら》ってしまう。可愛《かわい》い美羽にとって、この宝石はまたとない護衛となるだろう。何よりも妻と子が芳烈は大事だ。

その迷う様子を見て、王牙は微《かす》かに息を吐くと、芳烈に声をかける。

「芳烈殿、貰ってしまって問題ないかと。あぁ、私はルビーは結構。この宝石の相場の二倍を現金で支払ってもらおう。無論、譲渡税抜きだ」

王牙と燕楽の視線がぶつかり合い、火花が散ったように見えた。緊迫した空気が満ちて、ピリピリと肌に感じたが、すぐに燕楽は口元を緩めると息を吐く。

「ふぃ〜。そうかい、わかったぜ。それなら百億を用意しておこうじゃねえか。一週間くれ」

「良いだろう、不本意だが、それで手を打とう」

百億、平民が見るのも手を触れることも不可能な金額を、二人はポンとキャッチボールのような軽い扱いでやり取りを平然としていた。

その態度が高位貴族なんだと嫌でも思い知らされ、芳烈は冷や汗をかく。

「それじゃあ、まぁ、ここで手打ちだ。良かった良かった。勝利、てめぇは反省しろ！」

燕楽は豪快に笑いながら、勝利の頬を殴る。バキリと音がして、勝利は再び殴り飛ばされ畳を転がるのであった。

「ひゃ、ひゃい、も、申し訳ありませんでしたっ！」

鼻血を流し、乳歯とはいえ、歯が折れて、口元からは血を流し、勝利は謝罪の言葉を口にする。

栗国燕楽。凄腕の炎使いであり、公爵家の当主は豪放磊落のきっぷの良い男として有名であった。

こうして、ストーンゴーレム事件は、栗国家に多大な損害を与えて終わりを告げたのだった。

質実剛健の武門の名門、帝城王牙と対となる豪放磊落なきっぷの良い男、栗国燕楽。その人の性格がわかる光景であった。

無論、表向きの話である。

なんとなれば、燕楽の顔は帰宅時には笑みを深めて上機嫌であったのだから。その顔は先程までの豪快さは影もなく、狡猾そうな笑みを浮かべていた。

二十話　描写されない一場面

勝利《まさとし》はガクガクと足を震わせて、帰りのリムジンに乗ろうとしていた。容赦のない父親の強烈な拳の一撃で、九歳の身体《からだ》は脚にきている。震えを止めることができない。身体も震えているのは、怒った燕楽《えんら》が恐ろしかったせいもあった。

栗国《あぐに》公爵家は愛のない家庭だ。だが、この父親が非情ではないことを勝利は小説で知っていた。

燕楽は豪放磊落《らいらく》な武人。力のある熱血漢を好む。そのため勝利のような努力もせずに、公爵家の権力を背景に召使いを痛めつけて取り巻きを作り遊んで暮らしている人間を嫌っていた。

事実、小説では勝利の弟と共に、火の試練を受けに来た主人公が力を示した時に、気に入っている。その後は何くれとなく主人公のサポートをしたり頼りになる男なのだ。

しかしながら、勝利は嫡男であり、その能力も優秀であったために目を瞑《つぶ》っていたと、主人公に謝罪するのだ。

勝利はそのことを知ってはいたが、それならば嫡男の座を追い落とされないように、致命的なミスをしなければ良いと考えて、小説どおりの性格で暮らしていた。

なにせ、やってみてわかったが、召使いたちを殴る蹴るすると、こちらの顔色を常に窺《うかが》うような顔をしてくるのが、素晴らしく快感だったのだ。

前世と違う。親は蔑みの表情を浮かべて、そろそろ職につきなさいと、ふざけたことを言ってきていた。金がないとケチり大学に行かせなかったのは、両親のせいではないか。なぜ蔑みの表情で見てくるのか。内心で不満は常に燻《くすぶ》っていた。

だからこそ、この人生は好きに生きようと決めていた。殴った時の快感。炎の魔法を前にして、逃げ惑う姿。素晴らしかったのだ。

これだけ酷《ひど》いことをやっても主人公に負けるまでは嫡男の立場だったのだ。燕楽は古い考えなんだろうと思っていた。

だからこそ、今回の失敗が怖かった。嫡男の座を追われる可能性があったからである。

また、殴られる可能性もあると、対面に座り腕組みをする親父《おやじ》を盗み見る。親父は勝利の視線に気づくと睨《にら》むように顔を近づけてきて、髪の毛をグイと乱暴に引っ張ってきた。

痛さに震える勝利に、親父は口を開き、告げてくる。

「もう少し上手《うま》くやるんだな」

「は？」

予想外の親父の言葉に、勝利はぽかんと口を開けて尋ね返す。乱暴に勝利を投げ捨て、椅子に深く座り直すと、ニヤリと燕楽は威圧感のある笑みを見せる。

「なにをしたかった？　侯爵家の力が見たかったか？　からかうためだったか？　どちらにしても、馬鹿なことをした。まぁ、ストーンゴーレムが破壊されるのは予想外だったし、帝城《ていじょう》の娘と鷹《たか》野《の》の娘が逃げないで立ち向かうのは俺にも予想できねぇ。普通は逃げるからな」

「は、えと、その、お、女、回復魔法使いの女の子に、その、縁を持ちたくて………。助けに入れば、仲良くなるかと、その……」

口籠りながら、勝利は思惑と別のことを口にした。まさか転生者の力を測りたかったとは言えない。それに真実も混ざっており、嘘《うそ》は言っていない。

「白馬の王子様ごっこかよ。ガキだな。まぁ、良い。これで縁はできただろ。粟国家にとっても良い話だ。よくやった」

「よ、よくやった？」

あまりにも予想外の言葉に、オウムのように繰り返す勝利だが、面白そうに燕楽は説明を始めてきた。

「僅か九歳の少女がストーンゴーレムを破壊した。戦闘を見ていた者によると、どうやら『魔導《まどう》鎧《がい》』にもマナを送らずに、全マナをメイスに注ぎ込んで倒したらしいな」

「は、はい。そのとおりです父上」

勝利もストーンゴーレムが破壊される様子は見ていた。信じられないことだが、メイス一本でストーンゴーレムを砕いたのだ。しかも『魔導鎧』を起動させることなく。逃げる際は起動させていたことから、攻撃時は全マナをメイスに注ぎ込む荒業を使っていたのは明らかだった。

「とするとだ。美羽《みう》って少女はストーンゴーレムを倒せるマナ量を持っている。莫大《ばくだい》な量だ。うちのお抱えの回復魔法使いなど比べ物にならないだろう」

粟国家には回復魔法使いが二人いる。二人共に、欠損は治せないが、深い傷も治せる力の持ち主だ。ただ、マナはそれほど持っておらず、一日に二回使うとマナは枯渇してしまっていた。

「そんな少女と縁ができた。悪縁も縁の内だ。後はお詫《わ》びと称して、贈り物を送り、パーティーに招待したり、旅行に誘うのも良いだろう。家で囲いたい。そのために高額で希少な魔法宝石を侘びの品として渡したんだ。鷹野芳烈《ほうれつ》は人のよさそうな男だから、貰《もら》った魔法宝石のことが記憶に残り、断りにくいと思うだろうよ」

「は、はぁ……でも、あの子は帝城侯爵家が囲っていますよ父上」

「だな。できりゃあ、ルビーを受け取ってもらえれば良かったんだがな。そうしたら、炎の象徴であるサラマンダーのルビーを帝城侯爵家は受け取り、うちの派閥に入った、傘下になったとの噂《うわさ》を流すことができたんだが……あの野郎、読んでやがった。本当はエメラルドも受け取るなと言いたかったんだろうが、娘のために受け取ろうとする鷹野の姿を見て止めたんだろうよ。悪印象を与えちまうからな」

「そこ、そこまで考えて父上はルビーを渡したのですか？」

勝利はあの時の様子を思い返すが、そんな思惑が混ざっているなど、さっぱりわからなかった。

あの場で親父の思惑に気づき、現金として謝礼を受け取ると答えた帝城王牙《おうが》の思考に怖《おそ》れを抱いてしまう。

もちろん、目の前の親父のことは言うまでもない。

「高位貴族ってのはな、単なる一挙動にも意味を持たせるんだ。お前はまだ九歳だが、公爵家の跡取りだ。覚えておけよ。お前の弟はどうも素直すぎて不安を覚えるからな」

そうなのかと、勝利は驚きと共に、背中に冷たいなにかが通っていった感じがしてゾクリと震える。高位貴族の恐ろしさを垣間見《かいまみ》てしまったのだ。

弟はたしかに、絵に描いたような、豪快な男だった。複雑なことは考えずに、正義感を持った熱い男である。なにくれと主人公と一緒に猪突猛進《ちょとつもうしん》という表現が相応《ふさわ》しい男。それが勝利の弟だからだ。

親父の眼鏡に適《かな》うとは到底思えなかった。そして、自分が嫡男の地位を追われなかった理由を今更ながらに理解した。

「まぁ、帝城は怪しんでこちらのお詫びの品は受け取らないとは思っていたがな。上手くいけばラッキー程度だった」

上手くいかないと思っていたらしい。自分が帝城の立場なら喜んでルビーを受け取ってしまったに違いない。

「策はまだある。こちらが本命と言っていい」

「策ですか？」

「そうだ。噂を流す。帝城家は希少なる回復魔法使いの護衛を引き受けて預かっていたにもかかわらず、危険に晒《さら》した。護衛としては不十分なために、粟国家から貰った召喚石を常に鷹野の娘は懐に入れているとな」

悪辣な考えであった。エメラルドを渡したのにも意味があったのだ。勝利は驚きと共に、自分が主人公に対して、ざまぁ返しなどという、しょぼいことを考えていたのが、急に恥ずかしくなってしまう。

だが、すぐにその考えを捨てる。逆にざまぁをして主人公とヒロインが絶望する顔を見たいのだ。馬鹿なことを考えてしまったと、記憶から勝利は羞恥の気持ちを捨てようとかぶりを振る。

自分は神なのだ。『魔導の夜』のストーリーは最終回まで知っているし、設定集も読み込んだ。キャラの性格も読み込んだから知っている。神の存在なのだから好きなようにやって良いのだ。

気を取り直すと、親父との話に意識を向ける。

「その程度の噂で、どうにかなるのでしょうか？」

「もちろん、無理だろうな」

あっさりと答える親父。それならば、無駄なことをするだけだと勝利は考えるが、その表情で何を考えているのか読まれたらしく、親父は鼻で笑う。

「鷹野伯爵家と組むんだ。俺が謝罪する時に、鷹野伯爵家のお嬢さんと口にしたのを覚えているか？　そうだ、俺は回復魔法使いのお嬢さんを伯爵家の一族と考えていると、あの一言で表したわけだ」

「は、はぁ……」

それの何がまずいのか勝利にはわからず、ぼんやりとした相槌《あいづち》を打ってしまう。

「まぁ、お前はまだ九歳だからな。知らなくても無理はねぇ。鷹野美羽ってのはな、鷹野伯爵家から放逐された芳烈の娘なんだ。平民落ちした芳烈の娘が、回復魔法使いとして覚醒したから鷹野伯爵家は大騒ぎだった」

「そうなんですか？　たしかに回復魔法使いは希少ですが、平民落ちした娘なんでしょう？」

もはや何を言っているのか、理解できずに、またもやオウムのように燕楽の言葉を繰り返した。

「平民落ちさせちまったから、慌てて鷹野伯爵家当主はその娘を迎え入れようとした。だがなぁ、そこで何があったかは知らんが、帝城家が横からかっさらっていったんだ。帝城家は回復魔法使いがいない家門だからな。是非とも欲しかったんだろう」

リムジンのドア脇にある小さなチェストから、ウイスキーの瓶を取り出すと、燕楽は蓋を開けて直飲《じかの》みをする。ごくごくとウイスキーを嚥下《えんげ》して、口元から垂れたウイスキーを手で拭き取る。

「もちろん、鷹野伯爵は抗議した。だが、あそこは最近落ち目でな。馬鹿な嫡男の会社経営は赤字続き。嫡男の家族は浪費癖もあり、人脈作りにもその尊大な態度から嫌われて失敗している。力をなくした伯爵家の抗議なんざ、帝城家には痛くも痒《かゆ》くもないだろうよ」

輿に乗ってきたのか、自分の作戦を話したいのか、機嫌よく燕楽はもう一度ウイスキーをグイグイと呷《あお》ると瓶を空《から》にして、テーブルに乱暴に置いた。

「だがよぉ、鷹野伯爵の言っていることは表向きは至極まともなんだ。放逐した息子と仲を戻したい。可愛《かわい》い孫と暮らしたいってな。哀れな老人の同情心を誘う物語ってわけだ。それを帝城侯爵家が邪魔をしている。いかに侯爵家といえども酷すぎるとな」

「なるほど……貴族に戻すんですよね？　平民から貴族の暮らしに戻れるなんて良い話はめったにないと思います」

シンデレラストーリーだ。あの灰色髪の美少女に相応しいと、勝利は頷《うなず》き同意する。

我が意を得たりと、狡猾《こうかつ》そうな目で燕楽は嗤《わら》う。

「だよな。だから、少しばかりどこかの公爵家が可哀想《かわいそう》な回復魔法使いの少女を取り返す手伝いをしても良い訳だ。幸い、謝罪としてのお詫び、縁を俺らは作ることもできた。すぐにとはいかないが、数年後には上手く伯爵家は孫を取り返すことができるかもな、そして、公爵家の者と婚約するかもしれねぇぞ」

クックックと含み笑いをする燕楽を見て、そこまで長期計画を練っているのかと、驚きを隠せない。

小説ではこんなことはなかった。前半で謀略が練られて、後半で主人公がその謀略を暴き、活躍する。一週間程度の謀略だった。それと比較して、なんと迂遠《うえん》で、そして狡猾なのだろうか。

そういえば、原作でも燕楽はガハハと大笑いをして、気に入ったと主人公を助けていたが、その心情は描写されていなかった。その行動から、豪放磊落で単純な――正義漢《せいぎかん》なのだろうと思っていた。

だが、本当は何かしらの謀略を裏では考えていたとしたら？　主人公の影響力やその力を利用していたら？

原作と燕楽は違いすぎると思っていたが、本来はこのような性格だったのかもしれない。

ふと、他の人も原作のイメージと違うのではとゾクリとする。ヒロインたちはちょろそうであったが、もしもそれは見かけだけだったら？

「いや、そんなわけない……そんなわけはない」

僕は全てを知っている神なのだと勝利は思い込もうとするが、どうしても、その心のしこりは消えることはなかった。

三章　美羽《みう》の小学校生活

二十一話　学校の風景だぞっと

キンコンカンコーンと、終業のベルが鳴り響き、俺は仕事を終えた。違った、授業を終えた。

美羽は机に突っ伏して、ふぇぇと疲れた声を出す。美少女美羽ちゃんは、疲れた声も可愛《かわい》らしく、子猫が甘えるかのような声音だ。その声を聞いた周りのクラスメイトがクスクスと微笑《ほほえ》ましそうに笑う。

小学三年生の、美少女美羽ちゃんだ。撮影会をするなら、男は立入禁止でよろしく。

「エンちゃん、おつかれだね～」

銀色に近い髪がサラリと机から流れて、物憂げな笑みが似合う絵画のような俺に、気楽そうに声をかけてくる少女の声。

俺はムクリと頭を持ち上げると、声をかけてきた少女へと眠そうに答える。答えようとして、あくびをしてしまう。ふわぁ～、眠いぜ。

「おぉ～、とっても眠そ～。昨日は夜ふかしさん？」

「ん～、久しぶりに夜ふかしをしたんだ」

「何時？　十時ぐらい？」

「おしい、九時でした～」

『ごっつぁんです』という、料理の値段を当てて、外れた人が支払いするというグルメ番組の特番を見ていたんだ。母親に怒られちゃったよ。もう寝なさいって。あのフォアグラのテリーヌ食べてみたいなぁ。フォアグラって、食べたことないんだ。

なので俺はとても眠い。まだまだ夜ふかしできる身体《からだ》じゃないんだ。幼いんだよ。

残念無念、おやすみなさいと俺は目を閉じようとする。夢の世界への切符はおいくらですか？

美少女割引でよろしく。夢はフォアグラのテリーヌを食べる夢を注文します。

「寝ちゃだめ～。コンちゃん、エンちゃんを起こしてあげて！」

少女は手のひらを上に翳《かざ》すと、『マナ』を使う。ふわりと風が巻き起こると、魔法陣が描かれて、ぴょこんと手のひらサイズの子狐《こぎつね》が現れる。

「キャン」

可愛らしい鳴き声をあげると、シタタと俺の肩に登り、そのまま頭を突っ込んできて、俺の額をペロペロと舐《な》め始める。

「わわわわ、やめてやめて、すとっぷ、すとーっぷ」

きゃあきゃあと叫んで、頬《ほお》をベトベトに舐められた俺はコンちゃんを掴《つか》もうとするが、ちょろちょろと逃げてしまい捕まえることができない。

「起きて起きて～」

むふふと悪戯《いたずら》な笑みで、脇腹をつついてくるので、ついにギブアップしてしまう。カンカンカンカーン。

「も～。お迎えがくるまで、お昼寝したかったのに」

ぷっくりと頬を膨らませて、ご不満美羽ちゃんだ。たいしたことのない用件なら怒っちゃうぜ。

「どうしたの、玉藻《たまも》ちゃん」

俺の目の前にはフンスと鼻息荒く幼い少女が立っていた。金髪金目で元気で活発そうな顔立ちの少女だ。髪の毛をちょこんとサイドテールにしており、可愛らしい。

彼女はリスの大きさぐらいの子狐を手のひらに乗せている。先程、彼女が召喚した子狐だ。エヘへと小動物のように笑う姿が可愛らしい少女の名前は、油気《あぶらげ》玉藻ちゃんだ。俺と同じ小学三年生。元気な『妖狐《ようこ》使い』である。

『妖狐使い』は『マナ』を使用して、妖狐を召喚し使役する。多彩な魔法を妖狐を経由して使用できるらしい。『召喚士』の特殊バージョンと言えよう。

玉藻は去年『マナ』に覚醒した。両親も魔法使いのエリートさんだ。

さてさて、おわかりになったであろうか。『属性使い』ではないのだ。そう、『属性』や『ジョブ』はゲームで枠を作られただけ。原作はこのように様々な魔法使いがいるのである。『属性』持ちは高位貴族に多いが、『固有魔法』持ちもいるのである。実に小説に使いやすい素材と言えよう。

金髪なのは『マナ』に覚醒した証《あかし》だが、光や雷に覚醒したわけではないのである。

『妖狐使い』は『召喚士』に似ている。ゲーム化において、無理矢理《むりやり》作ったジョブの概念が遠くて近いので、グレーと言われた理由がわかるというものであろう。

そんな玉藻ちゃんは、『マナ』で作った手乗り子狐と遊んでいる。ちょろちょろとリスのように、玉藻の身体を駆け巡るコンちゃん。可愛らしいので、俺にも一匹くれないかなぁ。美少女と子狐。撮れ高が多いと思うんだがどうだろう。きっとバズると思うんだ。

クスクスとくすぐったそうに、玉藻は笑いながら身体をくるくると回転させる。小説にありがちなアイドルグループが着るような可愛らしい制服のスカートがひらひらと舞う。

なんの用だろうなぁと、玉藻の可愛らしいダンスを楽しんでいると、僅かに目を見開く。

くるくるとダンスを踊る玉藻の姿が消えていったのだ。空気に溶けるように、その身体が泡に包まれて消えていった。

「おぉぉ？」

明らかに魔法だ。姿が消えていったぞ。凄《すご》いぞ、この少女。

「えへへ～。見えてる？　ん～、見えていない？　って聞くのが正しいのかな」

「見えないよ。凄いよ、玉藻ちゃん！　魔法を覚えたんだね！」

何もない空間。宇宙からの訪問者のように、よく見れば空間が蜃気楼《しんきろう》のように歪《ゆが》んでわかるといったことはない。まったくどこにいるかわからない。声が聞こえてくるだけだ。

まぁ、俺には見えているんだけどな。どうやって見えているかというと、『調べる』と念じると三角のカーソルが玉藻の頭の上らしき場所に見えるんだ。でも『調べる』と念じなければ、見えないので、たしかに素晴らしい。

ぱちぱちと拍手をすると、周りの友だちもびっくりした顔になり、ぱちぱちと拍手をする。教室に少女たちの拍手音が広がり、ほんわかとした空気となる。

うん、少女たちだけだ。少女たちの花園。ここは女子校なのだ。少女たちしかいない恐ろしい所である。なんで恐ろしいかって？　男の目がない学校はな、アニメの女子校とは違うらしいぞ。まだ小学三年生だから、今のところ大丈夫だけどな。

「えへへ。『蜃気楼』の術だよ、こーがくめーさい？　っていうんだよ」

「光学迷彩よりも強力だと思うよ。見えないもん。それを見せたかったの？」

空気が揺らがないのだ。しかし俺は甘かった。魔法の力を甘く見ていたのである。レベルのない世界というものを、まだまだ理解していなかったのだ。

「とやぁ」

可愛らしい掛け声と共に、ポンと空間から現れたのは……灰色髪の美少女だった。タップをテンと踏んでぐるりと回転して、ビシッとポーズをとる。

「世界一の美少女が現れたよ！」

「あはは、さすがはエンちゃん」

なぜか俺のセリフを聞いて、可笑《おか》しそうに玉藻は笑う。どこかで見たことがあるような美少女だが、どこの誰に化けているんだろうな？

毛先も整えられており、滑らかな銀色にも見える髪を背中まで伸ばし、微笑むその愛らしい顔に見惚《みと》れてしまう。うん、世界一の美少女だ。アイスブルーの瞳が気に入ったよ。

「も～、エンちゃんに化けているんだよ。『変化《へんげ》』～」

「全然気づかなかったよ！　私なんだ。照れちゃうな～」

悪戯な笑みで、えへへと俺の顔を覗《のぞ》くように見てくる玉藻だが、な、なんと美羽に変化していたらしい。全然気づかなかったよ。世界一の美少女にしか見えなかった。

ちなみにエンちゃんとは美羽のあだ名だ。玉藻とは幼稚園時代からのお友だちなんだ。エンプレスが本当のあだ名だ。プレス機の仲間だと思われる。

照れ照れと照れちゃう美羽に、あははと笑ってぺしぺしと肩を叩《たた》いてくる玉藻。そして、また身体をくるりと回転させると、ぽふんと煙に包まれた。

「ジャジャーン！　狐《きつね》っ娘《こ》、油気玉藻ちゃん、参上コンッ」

最後は素晴らしい最終形態だった。パチリとウインクをして、後ろ手に腰を少し屈《かが》めて微笑む玉藻。その頭には狐耳。お尻からもふもふな尻尾《しっぽ》を生やして、フリフリと振ってきた。

「わぁ！　玉藻ちゃん、凄いね！　狐っ娘になっちゃった」

狼男《おおかみおとこ》とかいたけど、狐っ娘は原作ではいなかった。……狐っ娘は目立つから、俺の朧《おぼろ》げな記憶でも存在してたら覚えているはず。うん、たしかいなかった。

即《すなわ》ち、玉藻はモブだ。安心してお友だちになれる娘だ。ヒロインだと面倒くさいストーリーとかに巻き込まれるかもだからな。依然として俺は弱い。もっと強くならないと、怖くてヒロインには関われないぜ。

「昨日覚えたんだ！　コンちゃんと『同化』するとと『変化』できるんだよ」

「その歳《とし》で、そこまで魔法が使えるのは素晴らしいですよ、玉藻さん」

丁寧な口調で声をかけられたので、振り向くと闇夜《やみよ》が来ていた。俺と闇夜は違うクラスなのだ。

迎えに来てくれたのかな？　ピシリと背筋を伸ばし隙のない姿だ。相変わらずかっこよく決まっている美少女である。

「えへへ～、照れちゃうな～。玉藻はそんなに凄いかな？」

くるくると照れて、玉藻は回転する。もふもふそうな尻尾がフリフリと動くので、俺の手はウズウズしちゃう。

「『変化』は高等魔法とお聞きしています。それをその歳で使用できるのは、玉藻さんくらいですわ」

闇夜が優しく微笑んで、玉藻のことを褒《ほ》め称《たた》える。周りの子供たちも玉藻ちゃん凄いね、とはやしたてるので、玉藻は頬を興奮で赤くしてくるくると回転し続けた。目が回らないか、心配になるぞ。

「エンちゃんも、闇夜ちゃんも魔法使えるから、玉藻も頑張ったの～」

ふふふと笑う玉藻は、どうやら俺たちに触発されたらしい。わかるわかる。友だちが魔法を使えるなら、自分も使えるようになりたいよな。魔法使いでなくても気にしないけどね。

「ねぇねぇ、玉藻ちゃん。その耳と尻尾を触っても良い？」

「ふふふ、パパとママも同じことを言ってたよ、もちろん良いよ！」

玉藻、なんて良い子。俺は遠慮なく触るぜ。

金色のもふもふの狐耳にそ〜っと手を伸ばして触ってみる。おぉ、もふもふだ。ふにふにしているのが気持ち良い。尻尾にも手を伸ばすが、まさに狐のマフラーみたいだ。あってるか。

「もふもふ〜」

「それでは私も」

「あ〜、私も〜」

「ふわふわだ〜」

「ふにふにだ〜」

闇夜たちも加わり、もふもふする。その感触の良さに目を瞑《つぶ》り触り心地を堪能する。灰色髪の美少女と黒髪の美少女、そして、幼い少女たちは、玉藻の狐耳と尻尾を堪能し、玉藻はくすぐったさそうにキャハハと笑って、涙目になるのであった。

ひとしきり堪能して、満足すると席に戻る。大満足だ。狐っ娘って、現実でも最高の存在だと確信したぜ。

「ありがとうね、玉藻ちゃん」

ニコリと美羽は満足げに幸せな顔でお礼を言う。堪能しました。

「うん、別にいいよ〜」

にっこりと笑う玉藻。人のいい優しい娘だ。一家に一人、玉藻ちゃんが欲しいなぁ。その子狐だけでも分けてくれないかな。

まぁ、それはともかくとして、眠気は完全に消えちゃったね。帰るかな。

「さて、帰る？」

家に帰って、おやつを食べようかな。今日のおやつはなんだろう。

「あ、これだけじゃないの！　帰りに遊ばないって、お誘いに来たんだ」

だが、玉藻は狐っ娘変化を見せに来ただけではなかったらしい。あわわと小さいおててをぶんぶん振ってきた。どうやら一緒に遊びに行こうとお誘いに来てくれたらしい。

「なるほどねっ。何して遊ぶ？」

『浮遊板《フライングボード》』なんてどうかな？」

「行くっ！」

キランと目を輝かせて、俺はすぐさま賛成して小さい手をあげる。

この世界、現代ファンタジーなだけあって色々と前世と違うものがあるんだ。遊び道具もその一つ。

『浮遊板《フライングボード》』、遊びに行こうぜ。楽しみだ。母親には寄り道して帰るって、連絡しておこうかな。

二十二話　現代ファンタジーの遊び道具だぞっと

現代ファンタジー。科学と魔法と学園モノ。そんなゲームが一本作れそうな名前だが、実際に現実となるとどうなるかって話だ。

これが中世ファンタジーなら、科学の力は凄《すご》いよと、ドヤ顔知識で元素周期表など見せたりして、酸素を混ぜると炎の威力が上がるんだ、とか知識無双ができるよな？　正直、魔法がある時点で物理法則は違うのではと俺は考えているが、そんな感じ。

だが、現代ファンタジーに転生したらどうなる？　科学の知識を持つ魔法使いが、魔導機械を作るんだ。テレビを作ることが転生者にできるか？　知識無双できるか？　青色の炎の方が温度は高いぜ、なーんて子供でも知っていることをドヤ顔で説明しても、誰も感心してくれない。

と、なると転生者はどうするか？

簡単な話だ。

テレビはリモコンのボタンを押せば使えるのさ。前世ではリモコンもゴテゴテボタンが増えて、使いこなすことはできなかったが。

まぁ、何が言いたいかというとだ。

「『浮遊板《フライングボード》』楽しみだね、玉藻《たまも》ちゃん！」

何も考えずに遊ぶことにするんだ。現代ファンタジーのこの世界。小説の世界に存在する魔導技術は、前世の科学技術を超えている。なにせ、物理法則を飛び越えることができるんだからな。

遊び道具も、それはまぁ面白い物があるわけ。デンドロなんちゃらに乗って未来に行った主人公が見た遊び道具のような物があるんだぜ。タイムマシンの車の名前、なんちゃらビウムだったよな？

下校して、てくてくと歩くこと暫《しば》し。灰色の髪を靡《なび》かせて、美羽《みう》はニコニコとご機嫌で目的地まで歩いていた。

一緒に歩いているのは、玉藻と他三名の少女たちだ。闇夜《やみよ》は訓練があるからと、帰っちゃった。最近、付き合い悪いんだよな。子供時代にたくさん遊ばないと、大人になってから反動が来るから、今度は無理にでも誘うつもりだ。

「とうちゃーく」

子狐《こぎつね》を胸に抱えた玉藻が笑顔で言う。俺たちの目の前には、魔導児童アミューズメントパーク『神無《かんな》』と看板がドテンと飾られている巨大な施設があった。

ゲームセンターじゃないぜ。まぁ、同じようなもんだけどな。

「玉藻がいちばーん」

玉藻が子狐を肩に乗せて、楽しげに笑いながら中に入っていく。他の子供たちも、きゃあきゃあと声をあげて後に続く。もちろん、精神的に大人な俺は、そんな友だちを温かい目で見守りながらゆっくりと入る。

「負けないもん！　待ってー！」

そう思ってたんだが、身体《からだ》に引きずられて、美羽も灰色髪を靡かせて、皆を走って追いかけてしまうのだった。

◇

ビル内はエアコン完備で、冷気が肌を撫《な》でてくる。少し汗をかいていたが、すぐに引っ込む。風邪を引くかもしれないから、気をつけないとな。

天井は高く、吹き抜けの五階建てだ。内部はかなり広くサッカーグラウンドが二面は取れるだろう。

ワイワイと多くの子供たちで賑《にぎ》わっている。近隣にある学校の子供たちが集まっているのだ。自動ゲートがあって、ランドセルから年間パスポートを取り出すと、皆はピッと通して中に入る。本来は五百円の入場料が必要だが、皆は年間パスポートを所持していた。年間パスポート二万円なり。ゲームを遊ぶのに、別途お金がかかるのにパスポート代だけでこの金額である。

うちの学校は良家の息女ばかりで、皆の親はこの程度の金額ならポンと買ってくれるのだ。運動系アミューズメントパークで、子供たちが遊ぶのにはちょうど良いとの考えもある。

前世の俺の親なら絶対に無駄だと買ってくれなかっただろう。だが、うちはそこそこ裕福だ。この学校は闇夜に強く勧められたんだけどな。

俺も実は稼いでいる。と思う。時折、怪我人《けがにん》を治してほしいと、帝城《ていじょう》家からお願いされて、回復魔法を使っているのだよ。

この歳《とし》で働いているのだから、偉いねと褒めてくれても良いんだぜ。両親は褒めて頭を撫でてくれる。いくら稼いだかは聞かない。両親に育てられているんだ。生活費の足しにしてくれ。どうせ、十二歳を超えたら冒険者になって、ぶいぶい稼ぐしな。

というか、俺に怪我人を回してくるのは、回復魔法の練習をさせようとの思惑もあるんだろう。まさかのゲーム仕様なので、失敗はしませんとは言えないしな。失敗する時はスタン攻撃を受けるか、魔法封印を受けた時だけだ。

周りが教えないので、美羽は未《いま》だに回復魔法使いはそこらにゴロゴロいると考えていたため、そう思っていた。

というわけで、俺もランドセルから年間パスポートを取り出すと自動ゲートを通して、皆に追いつくのであった。

中に入ると、カウンターがいくつもあって、魔道具を使った様々なゲームの受付となっていた。柱にはホログラムで、今日の予約状況や空いているゲームが表示され、イベント開催の案内もある。

基本的にお金持ちの子息女をターゲットにしているために、軽食を売っているフードコーナーも設置されている。

「わかりやすいほどの格差だよなぁ」

貴族なのだろう子供たちは身なりが良いし、メイドや執事を伴っている子もいる。俺の友だちは貴族も平民もいるが、やはり上流階級だ。

「たしか、ここの区画の反対側にスラム街もあって明日の飯も食えない奴《やつ》らや裏の組織、たちの悪い集団がいたりするんだよな」

貴族、平民、貧民と身分があるのがこの世界だ。身分があった方が、ストーリー作りに困らないと『魔導の夜』の作者は考えたに違いない。光の暮らしあるところに、闇の暮らしがあるとかな。

まぁ、考えても仕方ない。俺は小学三年生で、できることはない。やることは家族仲を守るのと強くなることだけだ。闇夜たちも守るのは当然だぜ。

玉藻は『浮遊板《フライングボード》』のカウンターで既に手続きをしている。手慣れているので、ポチポチとタッチモニターに必要なことを入力していた。

「エンちゃん、とーろく完了！」

コンッと肩に乗っているコンちゃんも胸をそらし、玉藻がえへへと自慢げに伝えてくる。

「わーい、楽しみ！」

「うん、今日は玉藻ちゃんに勝つよ」

「後でフードコーナーに行こうね」

友だちたちも、わぁいと無邪気に手を掲げて喜ぶ。ちなみに、ナンちゃん、セイちゃん、ホクちゃんという可愛《かわい》らしい少女ズだ。

「ありがとう、玉藻ちゃん！　それじゃあ、レッツゴー！」

玉藻が俺たちに使用カードを渡してくれるので笑顔で受け取ると、てててと更衣室に走るのであった。

更衣室では、特に照れることはない。もう俺も女の子になって九年。慣れたもんだ。少し罪悪感と背徳感を感じるけどな。心は男なので、妙齢の女性には照れちゃうけど。

皆、ぴっちりとしたメカニカルなレオタードのような衝撃を吸収するマイスーツに着替えると、『浮遊板《フライングボード》』の幼年部コーナーに移動した。ぴっちりとしすぎて、この服を着るのは恥ずかしいが仕方ない。なんというか、もう少し歳を重ねたら、目のやり場に困っちゃうだろう。

『浮遊板《フライングボード》』はその名のとおり、浮遊するボードに乗って楽しむ遊びだ。前世よりも遥《はる》かに技術が優れていることが、子供の玩具《おもちゃ》でわかると思う。

広々とした体育館のようなホールと、レース用の空中に設置されたチューブがある。床はスライムのようにぷにぷにで、落ちても怪我をすることはない。チューブは透明で、シャボンチューブと呼ばれており、やはり激突しても、泡に当たったった感触で怪我をしない。

時速二十キロ程度ならという注釈はつくけどな。

「玉藻は小回りが利くこのボードにする〜」

壁に立て掛けられている『浮遊板《フライングボード》』。まぁ、タイヤのないスケボーなんだが、その一つを掴《つか》んで、玉藻はぴょんぴょんと飛び跳ねて、ホールに向かう。

『浮遊板《フライングボード》』を選ぶのは性格が出るよな。他の友だちもそれぞれ選んで、きゃあきゃあと笑いながらホールに向かう。

俺は立て掛けられているボードを見て、どれにしようか迷う。加速、旋回速度が平均的なボードは一番人気らしく、一つもない。代わりに一つも減ってないボードもある。

「これにしよっと！」

ちっこい手で、人気のないボードを手に取って、とてちたと友だちに駆け寄って合流する。他の子供は板が薄くてカラフルな絵が描いてあり可愛らしいが、俺のだけ板が分厚く、そっけない地味なボードだ。

「あ～、また魔王ボードにしてる～」

「これ、お気に入りなんだ！」

不満そうに、プクッと頬《ほお》を膨らませる玉藻。他の友だちたちからもまたへんてこなボードを選んでいると笑っているので、ニパッと快活な笑みを返す。

「それじゃあ、遊ぼ！」

ヘルメットの横のボタンを押すと、シャボンが俺の顔を包む。これで完璧、怪我を負うことはない。『浮遊板《フライングボード》』は低空を飛ぶ遊びなので、最大限の安全に配慮されているのだ。

「おっけー。それじゃあ、『浮遊板《フライングボード》 百五十二起動』」

ホクちゃんの『浮遊板《フライングボード》』が青く不思議な光を宿し、ふわりと浮く。魔導の板の力だ。

スケボーと違う所は、地上から一メートルほど宙に浮くこと。そして、ボードに乗って念じるとまるでエンジンがついているかのように動き出すことだ。

幼年用のは時速二十キロまで出せるが、ホールは練習用なので、のろのろ徐行運転。『浮遊板《フライングボード》』に慣れたら、チューブに入ってレースをするのだ。

「てや～」

早速セイちゃんがボードに乗ってホールを走る。俺たちは何度も遊んでいるので慣れたものだ。

他の友だちも乗って、ホールに滑るように入っていく。宙を飛行して遊ぶなんてファンタジー、俺はこの遊びをすぐに気に入った。前世の記憶がある分、興奮しちゃうのは仕方ないよな。

「私も〜」

俺も『浮遊板《フライングボード》』を起動させて、ホールに入ろうとするが、皆が滑るように入っていく中で、俺だけのろのろ運転だ。このボードは加速性能が極めて低いんだ。

セイちゃんたち一般人が『浮遊板《フライングボード》』を起動できたように、これは魔法使いでなくとも使用できる。魔法使いが危険な存在だと排斥の声があがらないのはここにある。いや、『浮遊板《フライングボード》』のことだけじゃねぇよ？

魔石をエネルギー源として、一般人でも起動できるんだよ。なので、この世界に魔導は浸透している。なら、魔法使いでなくても、戦えるじゃんと言われそうだが、魔石を使用すると、魔石の持つ魔力値しか使用できない。

例えると魔力値十で固定したとして魔法使いの魔力値は遥かに高い。なので、消耗する魔石よりも、遥かに魔法使いの方が戦闘向きである。もちろん例外はあるぜ？　高ランクの魔石をドカドカと装備した機動兵器とかな。

だが生活では低い魔力値の魔石でも、こんな楽しいことができる。他にも重量軽減のタレットとか、浮遊できるベルトとかな。前者は運搬に、後者は工事現場などに使えるので便利極まりない。

なので、魔法を使えなくとも、人々は身近に魔導があるので、魔法使いに忌避感を抱かない。もちろん例外はいるぜ？　それは前世でも同じだろ？　全員が賛同するようなシステムは無理だ。

ようは大多数の人間に魔法を身近なものとして受け入れているということと、魔物を倒してくれるため魔法使いは社会の一員として、普通の職業として認められているということだ。

魔導システムって、常に俺にワクワクを与えてくれるから大好きだ。

のろのろとホールを飛んでいく。あんまり爽快感はないが楽しい。スライムの床にわざと落ちて、ぷにぷにの感触を楽しんでいる子もいる。

「ぷーっ、見ろよあいつ。赤ん坊が歩くよりも遅いぞ」

「初めてなんだろ、あんな遅いボード選ぶなよな」

「もう少し別のボードを選んだ方が良いぜ～」

おっとっとと、俺が落ちないように頑張りながら計測不能ののろのろ運転で飛んでいると、それを見た悪ガキたちがからかってくる。まぁ、のろのろ運転だからな。美少女だから、からかいたいんだろ？

アイスブルーの瞳を悪ガキたちに向けて、にっこりと優しく微笑《ほほえ》むと、うぅと悪ガキたちは顔を赤くして照れ始めた。わかるわかる。美羽は美少女だからね。

俺はそれだけで黙り込む悪ガキたちに満足して、またのろのろと飛ぼうとしたが、シュインと音を立てて、玉藻が俺に横付けしてきた。

「ねぇ、エンちゃん、レースしよっか？」

可愛らしい狐《きつね》っ娘《こ》の玉藻だが、その性格は結構好戦的だ。馬鹿にされた俺を思って、悪ガキたちを見返したいのだろう。友だち思いなんだ玉藻は。

その瞳が肉食動物のような危険な光を見せるので、俺もニカリと笑う。

「良いよ。レースしよっか」

レースは俺も大好きだ。その話、乗ったぜ。

二十三話　レースをするんだぞっと

俺たち五人はレースをするために、幼年用シャボンチューブへと移動した。幼年用なので、一階周りに作られているだけだが、くねくねとS字になっていたり、凹凸があったりと、結構凝っている。

高学年用だと、三階にまでチューブは伸びており、複雑なコースを描いている。大人たちが遊ぶ浮遊レース専用のセンターが、このパークから少し離れたところにあるが、宙返りは当たり前。チューブが途切れていて、ジャンプするコースもあり面白そうだが、まだ九歳には遊ばせてくれない。残念だ、チェッ。

『浮遊レース』は、レギュレーションが決まっており、決められた魔力値を加速性能、最高速度、旋回性能に割り振った『浮遊板《フライングボード》』を使う。割り振りは自由なのだが、これまでの蓄積された経験からだいたいいくつかのパターンに分かれる。

魔法使いも一般人も一緒になって遊べるゲームだ。まぁ、魔法使いは身体強化があり、反応速度が速いからどうしても強いけどな。

プロでは、魔法による妨害ありのド派手な魔法使いのレースと一般人のレースがある。レースも森林まるごとレース場にしたりとか、かなり派手だ。プロ用は数十メートル浮遊できるから、コースを作る必要がない。なので、どこでも開催できるんだよ。

レースの種類も豊富で、決められた場所に設置してあるターゲットを手に入れたり、洞窟を進んだりな。もちろんそれだけ激しければ、防御壁が壊れて怪我《けが》をする危険もあるが、それは前世でも同じだろう。速度を出して事故ったら簡単にひっくり返る車に乗ってレースをするもんな。レースに懸ける熱い想《おも》いは常に危険を伴うもんだ。

俺は遊ぶのは好きでも観戦は好みじゃないが、かなりこのスポーツは人気がある。他のスポーツに比べても、道具は『浮遊板《フライングボード》』だけで、ルールも簡単だからだろう。

やはり簡単なルールと、少ない道具で遊べるというのは重要だ。そのため、サッカーとかも宙を飛んだりしていて面白いけど、それ以上に人気がある。

「今日は負けないぞ～、お～！」

「コンッ」

玉藻《たまも》が片手をあげて、肩に乗るコンちゃんもそうだねと鳴く。玉藻はフンスと強く息を吐き、やる気充分らしい。勝つ気でもあるらしい。ふふん、そう簡単には負けないぜ。

「うちらも負けないから！」

セイちゃんたちが、負けじと手をあげて気合を入れる。

「ふふ〜ん、私も負けないから！」

美羽《みう》ももちろんふんふんふんと興奮して鼻をならすと、てってけとスタートラインにつく。幼い少女たちは遊びでも本気なのだ。

なので、俺も本気を出す。

『浮遊レース　選手タイプを選んでください』

『勇者』

『魔王』

『姫』

『竜騎士』

『道化師』

なぜか俺にしか見えないステータスボードが目の前にあった。

『魔王』

俺は『魔王』を選択する。そうすると身体《からだ》にマナが漲《みなぎ》り、『魔王ボード』に相応《ふさわ》しい、重心が下半身に偏りどっしりとした身体になる。いや、見た目は変わらないよ？　たぶん重力とか、そんなんだろうな。美少女美羽ちゃんは常に可愛《かわい》らしい。魔法物理法則が変わったのだろう。

ナニコレと最初は思ったものだ。でも、すぐにゲーム内のサブゲームだと気づいたよ。あのゲームの題名は『ファイナルドラゴン世界樹……』どこまでも長くなるから、もう題名はいらんよな。

オープンワールドで凝っているというのは伊達《だて》ではない。サブゲームもぎっしりと詰まっている。原作にはこういう遊戯は小物として、背景のニュースとかに扱われるだけだったが、ゲームでは設定されていた。

『勇者』が加速、最高速度、旋回性能が平均的、『姫』が旋回性能特化、『魔王』が最高速度特化、『竜騎士』が加速性能特化、『道化師』が初期から妨害魔法を使える。もはや、ツッコミはなしでよろしく。さすがに、ルートに妨害アイテムの入った箱はないからな。走行中にゲージが溜《た》まると妨害魔法が使えるようになるんだ。

ちょっと卑怯《ひきょう》だが、俺はゲーム仕様のモブ主人公だ。この身体に相応しい本気を出すぞ。

五人でスタートラインに立つと、ホログラムの信号が現れる。チューブでレースをする人たちの映像をパークのモニターに映し出すので、紳士や子供たちが癒やされようと観戦を始める。おい、あの紳士諸君は子供の付添いだよな？

ピッピッピッ、スタート！

信号が青になり、一斉にボードを発進させて飛び出す。

「負けないよ～」

竜騎士ボードに乗ったホクちゃんが、真っ先に先頭に出る。

「あとに続く～」

「うりゃー」

「待て待て～」

ナンちゃん、セイちゃんも同じく竜騎士ボードなので、加速して突っ走る。あっという間に、差がついちゃうが、仕方ない。四番手が玉藻ちゃん、最後にのろのろ運転の俺だ。『魔王』ボードは最高速度特化だからな。しかもピーキーで加速性能、旋回性能は最低だ。

このサブゲーム、スタートダッシュする裏技がないんだわ。なので、俺は遅れてしまう。まぁ、ゲームの時もスタートダッシュできるのは三回に一回だったので使わないと思うけど。

「追いかけちゃうぞ～」

不利なのは最初だけだ。俺にはまだ秘策がある。

加速させている間に、ボードを停止。すぐに起動。それを繰り返す。慣性の法則で流れていくボードに何度も起動がかかり、そのたびに俺のボードは加速する。たいした違いではないと思うだろうが、この少しの時間が後から効いてくるのさ。

名付けて、ＲＴＡ階段走法。由来はゾンビゲームのＲＴＡチャレンジ時に階段を、銃を構える、構えを解くというアクションで進むと普通に登るより速く登れるからだ。名前なんか、どうでもいいよな。

ブルン、ガタン、ブルン、ガタンとボードが音を立てて、激しく上下する。だが、ボードから俺が落ちることはない。壁に激突して落ちることはあってもこの程度では天才的な運転で……嘘《うそ》だ。ゲームでは落ちなかったからだ。

「へいへい、追いついちゃうぞ～」

最高速度に達すればこちらのものだ。追い抜いちゃうぜ。

灰色髪の美少女はキラリとアイスブルーの瞳を輝かせて、美しい髪を靡《なび》かせながら、シャボンチューブのシャボンを舞き散らし、走行するのであった。

◇

モニターで見ている観衆たちは幼年部のレースに注目していた。店員も子供たちも注目している。

「おぉ～。あの娘《こ》速いな！」

シャボンチューブのシャボンを波しぶきのように散らしながら進む少女たち。少女たちは幼いのに、ボードから落ちることも壁に当たることもなく走行していた。

トップは肩に子狐《こぎつね》を乗せたサイドテールの女の子だ。金髪がキラキラとシャボンの中で靡いて、その顔はやんちゃそうで可愛らしい。先程から他の友だちを追い抜いてトップになっていた。

「S字のところとか、抜けるの上手《うま》いんだよ。アウトインを繰り返して、最短ルートで進んでいるんだ」

「あの歳《とし》でかなりのもんだよ。ほとんど減速しないから、最高速度で進めるんだ」

「あの歳でねぇ」

見ている大人たちがプロレースのベテラン観戦者だとばかりに熱心に話し合う。彼らは休みなので子供を連れてきた男たちだ。

子供がチャンスとばかりに目を光らせて、パパ、アイス買ってとお強請《ねだ》りして、観戦を邪魔しないようにとパパはお小遣いを渡す。確実に夕食を子供が食べられなくなるのは間違いない。アイスと称して、ハンバーガー屋へと駆けていったからだ。奥さんから男が怒られるのも間違いないだろう。

「なんだよ、あの娘、やっぱり遅いじゃん」

「だよなぁ、魔王ボードなんか使えないんだよ」

先程美羽をからかった悪ガキたちが、最後方の美羽を笑うが、それもS字ルートに入るまでであった。

灰色髪の美少女は、フンスと猛禽《もうきん》のように目を光らせてS字ルートに入ると、最初のスラロームの壁に激突しそうになる。最高速度なので、操作し切れなかったのだろうと思われたが、ガスッと壁に掠《かす》りジャンプ、その先のスラロームに飛んでいき、またもやガスッと壁に当たり踏み台にすると先に進む。

「おぉ～！　凄《すげ》え！」

悪ガキたちはその強引な運転を見て、驚きと感嘆の声をあげる。口を大きく開けて、ダイナミックな運転に拳を握りしめて注目する。

「ふむ、あの娘はなかなか。防護用シャボンが発動しないギリギリを狙っていますな」

「あの荒い運転でよくボードから落ちないものだ」

「先行している娘たちを抜いていきますぞ」

「パパ、ジュース欲しいの」

自称識者の紳士たちはうんうんとそれらしく頷《うなず》き、またお小遣いを貰《もら》った子供はたこ焼き屋に駆けていった。もはや夕食は一口も入らないことが確定した。

トップを走るサイドテールの少女へと灰色髪の少女はニヤリと笑って迫っていく。その様子を固《かた》唾《ず》を呑《の》んで、皆は観戦するのであった。

◇

あっさりとセイちゃんたちを追い抜いて、美羽はどんどん先頭の玉藻に接近していく。

「やられた〜」

「てへへ、ごめんね」

セイちゃんたちの横を通り抜けて、テヘッと小さな舌を出すと、直線を突っ走る。最高速度特化の魔王ボードに、俺の身体は今は魔王特化。どんどんと玉藻に迫っていく。

シャボンがふわふわと辺りを舞い、幻想的な光景の中で距離を詰めていく。玉藻は追いつきそうな美羽をちらりと見て、むむむと口を尖《とが》らせる。

「旋回性能特化じゃ、最高速度特化に敵《かな》わないよ！」

「そうかな？　玉藻は負けないからねっ！　『変化《へんげ》』っ！」

不敵な笑みを浮かべると、玉藻は魔法を使う。ぽふと狐《きつね》っ娘《こ》に変身すると、尻尾《しっぽ》を悪戯《いたずら》そうに揺らす。身体強化系統だから、ルール違反じゃないなと俺は警戒する。

「これが狐っ娘となった玉藻の力だよ！」

そして、次のS字ルートに減速しないで入っていく。身体を傾けて、壁へと突っ込む。

「あ〜、玉藻ちゃん、危ない！」

「ふふふ、これが新技だよっ！」

しかし、玉藻は壁にボードを貼り付けるように進み、倒れそうなほどに身体を傾ける。そのまま壁を滑って天井まで登り、螺旋状《らせんじょう》にS字ルートを突き進んだ。玉藻が飛ばしたシャボンが、ザバァとシャボンチューブを埋め尽くす。

普通は天井を滑っていくのは不可能だ。類稀《たぐいまれ》なるバランス感覚がないとできない。狐っ娘に変化したことで身体強化され、その走法を可能にしたのだろう。

「勝った！」

俺も壁をジャンプ台にするガスガス走行をするが、距離はほとんど詰まらなかった。

しかし、俺も負けるわけにはいかない。最後のL字ルートがチャンスだ。

どんどん進み、直線で詰めるものの、あと一歩追いつけない。だが、最後のL字ルートに入る。

玉藻はさすがに減速して進む。

だが、俺は減速しない。

「うおぉぉ！」

そのままL字の壁にボードでガツンとぶつかると、パチンコ玉のようにガツンガツンとジグザグに壁に当たって、飛んでいく。

ぐるぐると身体を回転させながら、飛んでいき、

「え～っ！」

玉藻を追い抜き、ゴールに辿《たど》り着《つ》くのであった。

「ウィーン！　うっしっし」

くるくると回転しながら、俺は指を立てるのであった。これぞ禁断のガツンガツン走法だ。壁にぶつかり反動で突き進むんだ。すぐに体勢を立て直せば、減速しないですむ奥義だ。

灰色髪の美少女は、にこやかな笑みを浮かべて、くるくると回転し続けるのであった。回転するごとにシャボンがその身体にまとわりつき、美しい幻想的な姿だった。

「魔王すげー！」

「俺もあれにするぜ！」

「ファンになっちゃった」

悪ガキたちはそのダイナミックな走法に憧れて、魔王ボードを我も我もと取りに行く。

「なかなかやりますなぁ」

「いやはや、良いものを見せてもらいました」

「妻に怒られる………」

自称識者のおっさんたちも感心して、今のレースの批評をするのであった。

魔王ボード。そのポテンシャルを美羽は魅せたのである。

後日、ガツンガツン走法は禁止と規則に加わっていた。解せぬ。

二十四話　ストーリーは突然にだぞっと

レースを終えて、なぜか俺だけ係員にしこたま怒られた。

「なんで怒られたんだろ」

休憩しようという話となって、ウォーターサーバーのお水をコクコクと飲みながら、美羽《みう》はコテンと首を傾《かし》げる。規則に従ってたよ？

「あはは、さすがはエンちゃんだよね。でも、次からは禁止って言われちゃったね」

「あれは見ていて危ないよ〜」

「そうそう、ヒヤヒヤした」

「ジュース買わない？」

面白そうに笑う玉藻《たまも》と、ホクちゃんたち。ウォーターサーバーの水はキンキンに冷えていて美味《おい》しいじゃん。これも魔導の力だよな。保冷の効き目が強すぎる。

レースを終えたあとも、色々なゲームを楽しんで、そろそろ夕方だ。俺は空中に浮きながら飛んでいるホログラムの風船を撃ち落とすゲームが一番面白かった。

「そろそろ帰ろっか。明日も遊ぶ？」

明日は土曜日。休日だ。この世界も、土日は休みなんだ。玉藻は明日も遊びたいらしい。う〜ん、闇夜《やみよ》はダンジョンに行かないのかなぁ。この間のストーンゴーレム事件で、ダンジョンはしばらく禁止にされちゃったからなぁ。

「明日はパパと演劇〜」

「私は歌舞伎観に行くの」

「ピアノの発表会」

なんだかセレブっぽい用事をホクちゃんたちは答える。玉藻は残念と顔を悲しくさせるが、エンちゃんはと、俺を見てくる。

俺の用事か。朝はでんぐり返しと受け身の練習。その後は、授業の予習復習。お昼寝、おやつ、夕ご飯、以上。

「用事ないんだね！　それじゃあ、お泊まりしない？　ホーンベアカウのお肉がたくさんあるから、今日はすき焼きらしいんだけど」

「ママに電話するね！」

キラキラと目を輝かせちゃうぜ。謎肉のすき焼き楽しみだ。すき焼きは俺の好物のベストスリーに入るんだ。ちなみに前世では焼肉用の和牛カルビをすき焼き肉に使っていた。近所のスーパーは在庫が溢《あふ》れるのか、ちょくちょく半額シールを貼るんだ。分厚い焼肉用の肉をすき焼きにするの美味しいんだよ。

玉藻ちゃんちにご迷惑をかけないように楽しんでねと母親はクスクス笑って、お泊まりを許してくれた。すき焼きをアピールしたのが許可のポイントだろう。一旦帰ってくるようにと言われたけどね。お泊まりセットを持っていかなければならないのだ。

あと、母親は手土産《てみやげ》持たせて送ってくれるらしい。友だちの家に泊まるって、子供の頃は大変なのな。前世で俺は幼い頃に友だちの家に泊まるって経験したことがなかったんだ。

というわけで、皆とバイバイをして帰る。玉藻ちゃんはエンちゃんのことがよくわかってるねと、ホクちゃんたちには笑われたけど、謎肉食べたいんだ。この少女の身体が叫ぶんだ。本当だぜ？

◇

帰宅して着替えてから、母親に車で送られる車内で、灰色髪の少女はウキウキと身体を揺らす。

「ママ、ホーン……なんとかがたくさんあるんだって！」

「もぉ、ちゃんとお行儀良くするのよ？」

「うん！　肉、野菜、野菜、豆腐、肉の順番で食べるね！」

お呼ばれしたんだ。遠慮は大切だよな。俺がフンスと答えると、母親はクスクス笑う。相変わらずの優しげな笑みだ。うちの家族仲は良いままなんだぜ。

「お土産は何にしたの？」

「駅前の和菓子屋の羊羹《ようかん》よ」

「あそこの羊羹美味しいよね！」

食べ物のお土産って、持ってきたお客様に出すことがあるよねと、灰色髪の美少女はそわそわしちゃう。羊羹好きなんだ。ププッと吹き出すように笑って、母親は車を運転する。

そうして、玉藻の家が見えてきた時であった。玉藻の家は魔法使いの家だ。魔道具作りをしているらしい家門らしい。腕が良いので裕福で家は高級住宅街にある。

高級住宅街に立ち並ぶ大きな豪邸が通り過ぎていくのを見ながら、そろそろ着くかなと思って前を見たら、奇妙な光景が目に入ってきた。奇妙なというか、困っているだろう光景だ。

「誰か玉藻ちゃんのおうちの前にいるよ、ママ？」

玉藻の家には何度か遊びに行ったことがある。なので、玉藻の家もよく知っている。瀟洒《しょうしゃ》な豪邸だ。景観を崩さないように、綺麗《きれい》だがしっかりとした塀で、門だってある。

門の前で執事さんだろう人が三人の人物となにやら話していた。だんだんと俺らはその集団に近寄っていき、キィと車を停止させた。

「みーちゃん、お外に出ないで、中で待っているのよ」

「うん！　私待ってるね」

なにか剣呑《けんのん》な空気を感じたのだろう。母親は眉を顰《ひそ》めて、その口調は堅い。話し声が聞こえるように窓をウィーンと開けておく。

まぁ、そりゃそうだ。なんというか……。怪しさしか感じないからね！

執事と話している奴《やつ》ら、白いローブを着込んでいるんだもの！　しかも頭の先端は尖《とが》っているタイプのフードだぜ。あいつら、よく職質受けねーよな。

しかも背中には大木の刺繍《ししゅう》がされている。かなり凝っており、枝葉が一枚一枚見てとれる。

俺は窓を開けながら観察して、彼らの正体を知っていた。

「『ユグドラシル』……」

「みーちゃん、知ってるのかな？　たしかにあれは『ユグドラシル』ね」

母親が嫌悪の表情で、三人を見つめる。母親はいつもほんわかしており、めったに嫌悪を表わさないから、これは珍しい。それだけ、あの三人が怪しいんだけどな。お巡りさんをそろそろ呼ばない？

小説ならではの光景だ。顔を包帯で巻いて現れる殺人鬼、道化師の格好をして道路の角からふらりと通りすがる魔術師、怪しげな格好のローブの男たちとかな。あいつら、目立ってしょうがないだろ。現実なら、お巡りさんこちらですルートは確実だ。

だが、ここは小説の中の世界。しかも現代ファンタジーの世界だからローブ姿の奴は結構いるんだよな。ほら、冒険者の後衛とか。普通に杖《つえ》にローブ姿で歩いているんだ。悔しいが、世界の背景がそんな感じだから、怪しまれないんだろう。………本当かぁ？　一度お巡りさん呼んでみない？

『ユグドラシル』。敵組織のメインとなる団体だ。他にも敵組織はあるが、最終的に残ったのは『ユグドラシル』だ。

彼らは表向きには人々の救済を行うため、トップである聖女の力で難病の人々を治している。もちろん法外な金額でだ。宗教団体『ユグドラシル』。それが彼らの団体の名前だ。

裏では世界の再構築を目指すため、『魔神アシュタロト』を復活させようとしている。本当の名前は『ニーズヘッグ』。ニーズヘッグというヘビに世界を滅ぼさせて、再構築した理想の世界で暮らすつもりだ。もちろん、その際には『ニーズヘッグ』に乗って、世界崩壊を免れるつもりらしい。『ニーズヘッグ』って、ラグナロクを生き残れる力があるんだと。

主人公は学園生活をしつつ生徒会などとバトルをしたりする一方、『ニーズヘッグ』の使役を妨害し、復活した『アシュタロト』を倒す。それがこの『魔導の夜』のメインストーリーだ。ベッタベタな王道ファンタジーというわけ。

ゲームだと隠しルートがあるんだけどな。あいつらの拠点がランダムに現れるから、襲うと良い稼ぎになったんだ。世界を破滅させる悪人に人権はないと昔の小説であったよな。盗賊だっけ？

ゲームの内容だから覚えている。特に『ニーズヘッグ』の幹部は激レアアイテムを落とすから何度もロードして倒したんだ。いちいちイベントを聞くのが辛《つら》かった。あのゲーム、スキップ機能がなかったからボタン連打するしかなかったんだよ。

こっそりと覗《のぞ》いて、さてどうなっているのか様子を窺《うかが》う。たしか、わかりやすい敵を見分ける基準があったような……何だったかなぁ。サブストーリーをしまくって、レベル上げしまくったから、メインストーリーの敵は一律雑魚《ざこ》だったんだよな。

オープンワールドのゲームあるあるといえよう。寄り道しまくるとレベルが上がりすぎちゃうんだ。小説でも書いてあった気がしたような……。

ふわりと灰色髪を靡《なび》かせて、コテリと可愛《かわい》らしく首を傾げて、記憶を探す美羽。なかなか思い出せないなぁと、可愛らしい顔が困り顔になっていたが、彼らの会話は進んでいた。

「『魔力症』を治すには、このポーションが一番ですよ。今なら一ダースを無料で差し上げます」

「この肌を綺麗にする石鹸《せっけん》も差し上げます」

「『ユグドラシル』に入教頂ければ、全てが無料です」

ちらりと聞こえてくる内容だが、物凄《ものすご》い詐欺っぽいことを言っていた。なんか、誰も引っかからなそうな話し方である。こういうテキトーな会話を聞くと、小説の世界にいるんだなぁと思っちまう。雑魚悪役とか、セリフ単純だもんな。

「なにあれ?」

もう少しまともな勧誘かと思えば、極めてしょうもないトークスキルだ。あれでは誰も入らないに違いない。なにあれ? 美羽ちゃんはジト目になっちゃうぜ?

敵対組織で最後のボスもあの宗教の裏教祖だったはず。あれじゃ、マルチ商法とかの詐欺集団にしか見えないぜ。黒幕が急にしょぼくなるじゃねーか。

執事さんはもちろん嫌そうな顔で断って……あれぇ? なにか様子が変だ。俺なら無言で睨《にら》みを利かせて、ドアを荒々しく閉めて終わりだ。それかスマフォでお巡りさんルートだ。

しかし困っているが断る様子がない。こういうのははっきりと断らないと駄目だぜ。俺が断ってやろう。

ふんすふんすと鼻息荒く正義の美少女美羽ちゃん参上だ。シートベルトを外して、外に出ようとするが、この金具なかなか外れないんだよ。小さい手でカチャカチャやるが外れない。

「ママ、シートベルト外して？」

速攻、先程の約束を忘れる美羽の頭をコツンと叩《たた》いて、母親は小声で教えてくれる。

「あれは足元を見てるんだわ。油気《あぶらげ》さんのおうちには、『魔力症』のお子さんがいるのよ。玉藻ちゃんの弟ね」

「『魔力症』ってなぁに？」

聞いたことのない名前だ。名前から魔法関係の病気に聞こえるな。ゲームにはなかったぞ。小説でも、た、たぶんなかった。俺、十巻までしか読んだことないけど。

「『魔力症』は、魔法使いの子供が稀《まれ》にかかるの。喘息《ぜんそく》みたいなものかしら。命に関わる病気ではないけど、体内の『マナ』が暴走して、病弱になり大人になるまで何度も高熱を出すわ。その際に顔は酷い症状だと火傷《やけど》跡のように爛《ただ》れて、軽くてもニキビ跡みたいに顔にぼつぼつが残るのよ」

それは気の毒だ。死にはしないが、そうなると大人になった時に可哀想《かわいそう》だ。

「あのポーションが効くのかな？」

「わからないわ。医薬品認定されていないようだし……だからこそ困っているのね。『ユグドラシル』はある程度効力のあるポーションを本当に持っているようだし」

この世界、ポーションは医薬品認定していないと販売不可なのか。だが、それなら薬屋で買えば良いのに。なんで、あんな怪しげなポーションに躊躇《ためら》いを見せるんだ？

ポーションはたしかに高い。ゲームでも一本一万円からだったからな。そういや、この世界ではいくらなんだろ？

今度聞いてみようと俺が思っている間も、詐欺師みたいな語り口で男たちは執事が困っていても強気な態度でポーションを勧めている。

「どうです？　我が『ユグドラシル』は、貴方《あなた》の主《あるじ》と縁を作りたいと思っています。それに魔道具も買いたいと言ってます」

「大変申し訳ありませんが、お引き取りを。貴方がたの態度はどうも頂けません」

執事は耐えきれなくなり、突っぱねることに決めたらしい。ため息を一つつくと、男たちを睨む。だが『ユグドラシル』の信者たちはヘラヘラと笑っていた。断られることを前提にしていたようだ。どうりでマニュアルどおりな行動なはずだ。

「まぁ、おふざけはここまでにして、前回ご連絡したとおり、油気さんの秘蔵品の魔道具と『エレキシール』を交換致しませんか？　我が主は旋風の斧《おの》と、雷鳴の槍《やり》、土塊の額冠がコレクションとして欲しいのです」

「何度も言いましたが、お断りするとお伝えしたはずです」

スーツ姿の執事はピシッと断りの言葉を口にするが、男たちは諦めなかった。先頭の男はニヤニヤと笑いながら腕を組む。

「では、どれか一つではどうですか？　必要ではないものをいただけないでしょうか？　遺物を主は集めておりまして。一つぐらいなら良いでしょう。主に聞いてみてください。また明日来ますので」

丁寧に頭を下げると、男たちはくるりと身体を翻して去っていった。執事は男たちを苦々しい表情で見送る。

なんとなくわかったぜ。これは相手に選んでもらうふりをして、自分が欲しいものを選ばせる手品師の技だ。心理学的な誘導だ。名前忘れたけどな。

あいつら土塊の額冠が欲しいんだな。俺も欲しいぜ。わかりやすい。通称は錆《さ》びた額冠という名前の魔道具だ。

……でも、変だな？　あれは違うところにあったような？

俺が疑問で頭をいっぱいにしていると、埒があかないと考えたのだろうか、信者が去る中で一人だけ残っていた一際大柄な信者が執事さんに近づく。

威嚇するつもりだろう。ローブの陰からちらりと見えたその顔はゴツくて威圧感がある。宗教団体の勧誘員より、裏で荒事を解決する秘密部隊の人間という感じだ。ゴツゴツと角ばった顔で角刈りだ。目つきは鋭いというより、凶暴なという名札を付けて良いと思う。体格もローブで隠されているが、ゴツゴツしていそうな筋肉ダルマだと思われる。極めつきに、ガムを噛《か》んでいれば完璧なチンピラだったけど、残念ながらガムは噛んでいなかった。噛んでいれば完璧だったのにな。残念。

「執事さんよぉ、あんた自分の主人の息子さんが可哀想だと思わねぇのか？　ここは主人の意を酌《く》んで俺たちを追い返すところじゃない。苦渋の表情で俺たちを通すところだ。忠臣ってのは、そんなもんだろう？」

岩みたいな胸がローブ越しでもわかる大男は、セリフと表情が合っていなかった。ニヤニヤとした顔で、執事さんを上から威圧するように睨みつけている。

だが、執事さんは恐れることもなく、平静とした表情で大男へと視線を向けて口を開く。

「『ユグドラシル』。貴方方は良い噂《うわさ》は聞きません。常に相手の弱みにつけ込み、法外な金や、貴重な魔道具をむしり取ると聞いています。忠臣なら、通すわけにはいきませんね」

「ほう……お前さん、なかなか胆力があるな」

「チンピラを恐れない程度にはあると存じます」

二人の間で、火花がバチバチ音を立てていそうな雰囲気だ。なにあれ、かっこいい。俺も交ざりたい。みーちゃんもかっこいいシーンに交ざりたい。

「ママ、私のシート……なんでもないです」

外を覗くママの真剣な顔を見て、お口チャック。怒られそうな雰囲気なので、幼い少女は空気を読むのだ。少しだけ怖かったし。あのママがこんなに怖い顔をするなんて、よっぽどのことがあるに違いない。

なので疑問を口にすることなく、背伸びをして続きを眺めることにする。これもモブの宿命か。ストーリーには関われないんだね。

がっかりしながら外を見ると、二人の間はヒートアップしていた。剣呑な空気を『ユグドラシル』の大男は醸し出し、執事さんは片足を僅かに引いて、戦う姿勢を取る。

あの執事さん、戦闘もできるのか。さすがは小説の世界。戦える執事さんや、メイドさんはテンプレだよね。

ちょっとワクワクしながら眺めると、クイと右腕を突き出すように大男が動く。牽制《けんせい》のつもりだろうが、その動きにはたしかに危険な香りを感じた。そのため、執事さんは大男の牽制と醸し出す空気に当てられてしまい、袖に捲《まく》り付けていた腕輪を使う。

『雷壁《サンダーウォール》 起動』

腕輪は輝きバチリと音を立てると、執事さんと大男の間に雷の壁が現れた。可視化できる雷の壁だ。雷なんか落ちて一瞬光る時にしか見えない。少なくとも、前世ではそうだった。

その雷が消えることなく、壁として展開されていることに、感動しちゃう。魔法って本当に凄いよね。

触ったら感電死することは間違いないのに、容赦のない執事さんだと思いながら、様子を見ていると大男は意外にも怯《ひる》む様子を見せなかった。それどころか、やる気になったのか、岩のような拳を血管が浮くほどに握り締めて、『雷壁《サンダーウォール》』を殴ろうとしていた。感電死しない自信があるのだろう。

明らかにヤバそうな相手だと、執事さんも理解したのか、目を細めて不穏な空気を醸し出す。このまま戦闘に入るのかと思いながら見ていると、大男の肩を戻ってきた信者たちの一人が掴《つか》み制止した。まともな人間もいたらしい。

「おい、まだまずい」

「……そうか、そうだな。残念だがやめておくか」

意外にも大男は素直に頷《うなず》くと顎をしゃくる。

「家門の者なら、これを見れば気が変わるのではないか？」

信者たちの中から一人が進み出てくると、パサリとフードを取り去り、その顔を執事に見せる。

「むっ、そ、その姿は……」

その者の顔を見て、息を呑《の》み言葉を失う執事さん。こっそりと覗いていた俺も驚いてしまう。なぜならば、その者の顔が問題だったからだ。母親もハッと息を呑み、その顔をますます険しく変える。

執事さんたちが驚くのを見て、鼻で笑うと大男はわざとらしい手ぶりで顔を見せた者の肩を叩いた。

「これが『魔力症』にかかった者の末路だ。この女は特に酷《ひど》くてな。まぁ、お前さんの主の息子がこうなるとは限らないが、なる可能性はあるよな」

「むっ……わざわざ『魔力症』だった者を連れてくるとは、しかも女性を。恥を知りなさい」

怒りの混ざった声で非難する執事さんだが、当たり前だ。その者は女性だったのだから。まだ二十歳《はたち》になったかもわからないくらいの女性だった。

そして、歳《とし》がよくわからない理由はその顔であった。ケロイド状に半分爛れていたのだ。思わず顔を背けてしまう人もいるだろう酷い火傷のような痕であった。爛れた皮膚が瞼《まぶた》にかかり、片目を覆っているし、鼻は半分崩れて、唇は歪《ゆが》んでいた。

あれが『魔力症』の結果だとしたら、酷いものだ。母親が教えてくれた症状よりも遥《はる》かに酷い。今のうちに治せるのならば、治しておきたい症状だ。『ユグドラシル』は頭良いけど、そのやり方が頭にくるね。

酷い。これは脅しでしかない。あの姿を玉藻の弟が見たらどうするつもりだ。泣くなんてもんじゃないぞ。怖くて怖くてトラウマになるだろう。

『ユグドラシル』は特に症状が酷い女性を連れてきたに違いない。イベントめいたシーンに少しだけ心が躍っていたが一気に冷めた。ああいったやり方は大嫌いだ。みーちゃんのお胸がメラメラ燃えちゃうぜ。

「ママ！　シートベルトを外して！」

正義のみーちゃん参上だ。今度こそ参上だ。ふんすふんすと鼻息荒くシートベルトをぺしぺし叩く。なんで、シートベルトが外れないわけ？　緊急時はすぐに外せないと意味ないよね？

あんなのは回復魔法を使えば、すぐに治ると思う。女性を見せしめにする姿に反吐《へど》が出そうだ。ああいったやり方は大嫌いだ。

「ここで待っていてね、みーちゃん」

だが、予想外に、母親が厳しい表情で車から降りてしまう。傍観するのはやめたようだ。

「ママ！　私のシートベルト外して！」

みーちゃんのお願いの声は、母親には届かなかったようで、車から降りて、ツカツカと母親は『ユグドラシル』の信者たちに近寄っていった。義憤に耐えかねての介入なのだろう。

さすがはみーちゃんの母親と喜んで良い場面かなぁ？　俺的には、危ないので近寄ってほしくはないが。まぁ、『ユグドラシル』も住宅街で暴れるつもりはないと思うけど、それでも危ないよ。

ママ、このシートベルト外してよぅ。

小さい手足をジダバタと振り回して、みーちゃんは泣きたくなる。慌てる娘には気づかずに、母親は毅然《きぜん》とした態度で『ユグドラシル』の信者たちに強い口調で話しかけていた。

「その方は『魔力症』ではありません。騙《だま》されてはいけませんよ」

「……なんだ、お前？」

「貴方たちのやり方を少しだけ知っている者です。『ユグドラシル』は、人の弱みにつけ込むのを得意とするようですね。そこのあなた、本当に『魔力症』なら、なぜこのような詐欺行為に付き合っているのですか？　『ユグドラシル』を信じているにしては、随分と酷い行為だと思います」

「う、わ、私は本当に『魔力症』で……」

きつい口調で詰問する母親。かっこいいと美少女の娘は目をキラキラとさせて、その凛々《りり》しい姿を見守っちゃう。シートベルト外れてくれないかな。

「私は『魔力症』のことを少し調べていました。皮膚が爛れ落ちるような酷い『魔力症』は存在しません。なぜならば、そこまで強力な『魔力』を体内に宿しているなら、そうなる前に『マナ』を絶対に覚醒するからです！」

犯人はお前だ！　と告げる名探偵のような母親。助手が今行きますよと、シートベルトのボタンを連打するけど外れない。

母親の鋭い指摘にオロオロと女性はうろたえると、フードを被《かぶ》り大男の背中に隠れてしまった。罪悪感があったようだ。即《すなわ》ち、『魔力症』というのは真っ赤な嘘《うそ》だということだろう。

「私は知っています。『マナ』に覚醒すると、魔法使いの家系に産まれて覚醒しない人を騙そうと

したり、こうやって『魔力症』などの病気を治すと、人の弱みにつけ込むやり口を！　それを救済と口にする貴方たちは、ただの詐欺師です！」

「……この女は『魔力症』だ。しかし、そう言っても信じなそうなので、一旦引くとしよう」

大男たちは、そう言って去っていった。母親は険しい顔でその様子を見送り、執事さんと二言三言話すと車に戻ってきたのであった。

母親があんなに怒るとは、なにか俺らの家も騙されそうになった経験がありそうだなぁ。『ユグドラシル』か……。

二十五話　錆《さ》びたアイテムってわかりやすいよなっと

男たちが去っていくのを車から眺める。去っていく先頭の男の顔がチラリと見えた。濁った茶色に近い金の目と髪。大柄な体格。ニヤニヤと馬鹿にしたような尊大そうな笑みでドスドスと去っていくが、……あいつ見たことあるな。ゲームとアニメの中で。もっと歳《とし》をとっていたが。

錆びた額冠にあいつか……。なるほどな。

完全に去っていったのを確認する。窓越しに目が合って、記憶されるというパターンは回避しておく。俺はモブな主人公だ。もしかしたら、いらん縁ができるかもしれないしね。シートベルト外せなかったたし、今更顔合わせをしても仕方ない。

ぶるるんと、戻ってきた母親が車を発進させて、今度こそ門の前に到着する。待っていた執事さんは先程とは違って、にこやかに笑みを浮かべると頭を下げてくる。

「こんにちは！　鷹野美羽《たかのみう》です！」

窓越しに元気にご挨拶だ。

「これは美羽様。お待ちしておりました」

「玉藻《たまも》ちゃんと遊びにきました！」

テヘへと舌をペロッと出して、魅惑の美少女美羽ちゃんだぜ。

「お世話になります」

母親も窓越しに頭を下げる。先程の言い争いのことはまったく口にしない。どうやらお子様に聞かせる話ではないらしい。聞こえていたけど、みーちゃんも聞いていないふりをしておく。聞かざるウキー。

ではこちらへと、執事に案内されて駐車場に駐車する。玉藻の家も金持ちで、八台の車が駐車できるスペースがある。もちろん、駐車場は車庫だぜ。

車から降りると、てこてこと豪邸の中に案内される。豪邸だよ、豪邸。その証拠にプールもあって、泳いでみたい。そろそろ梅雨になるから無理だけど。今度夏になったらお願いしてみよう。

「エンちゃん、いらっしゃいませ〜！」

玄関を執事が開くと、ぴょんと跳ねるように玉藻が飛び出てきて、俺に抱きついてくる。スキンシップ大好きな狐《きつね》っ娘《こ》なのだ。

「あはは、待ってたよ～」

「お待たせ、玉藻ちゃん」

「待ったよ～」

きゃあきゃあと手を繋《つな》いで、くるくると回る。幼い少女たちがダンスでも踊るようにくるくると回転する姿は微笑《ほほえ》ましく可愛《かわい》らしいので、母親も執事も目元を緩ませる。

玉藻母も迎えに来てくれて、後ろから玉藻の弟もついてきていた。おとなしい子で、玉藻母の背中に隠れるように、ちらりと見てきたので、フリフリと手を振って応える。

「みーねーちゃん、こんにちは」

「こんにちは、春ちゃん！」

おずおずと俺に近づいてきた春をじっと見つめる。油気春《あぶらげはる》、七歳の男の子だ。こうして見ても、普通の子にしか見えない。頬《ほお》が少し赤いか。なるほどな、これが『魔力症』の症状か。

春の頭を撫《な》でながら、玉藻母へと顔を向ける。

「なんか変な人たちがお外にいました！」

大人は気遣い、子供は無邪気に、だ。あぁ、と気まずげに玉藻母は答えてくれる。誤魔化《ごまか》すと思ったけど、教えてくれるようだ。

「あれは『ユグドラシル』なの。どこで聞いたのか、うちの魔道具を欲しがって、息子の『魔力症』を治癒する代わりに魔道具を渡すように言ってきているの」

母親にも教えるつもりなのだろう。なるほどな。まぁ、話が聞こえていたから知っているんだけどさ。

「奥様。彼らは『エレキシール』の代わりに、この間提案された三つの魔道具のうちの一つを交換するようにと提案を変えてきました」

執事が苦々しい顔で伝えてくる。

たしか台風の斧《おの》と、雷鳴の剣と、錆びた額冠だったかな。それらの一つを『エレキシール』と交換するように、と言ってたな。僅かな会話でも美羽の明晰《めいせき》なる記憶にしっかりと記されたんだ。ふふ。

「そう……そこまで譲ってきましたか……旋風の斧に雷鳴の槍《やり》、土塊の額冠……。『エレキシール』を前に随分譲ったものね」

全然違った。まぁ、似てたからセーフだよな？　美羽ちゃんは九歳だからな。

しかし、わかるぜ。これは誘導だ。巧妙な誘導。きっと玉藻母は錆びた額冠を渡そうとするはず。

「どう考えても、斧か槍が目的ね。わかったわ、相手がそこまで譲るなら、夫と相談します」

「えぇぇぇぇ！　そこは土塊の額冠じゃないの？　あれ、錆びてるよ！」

どう考えても、一択じゃないか？　錆びた魔道具は価値ないじゃん。なんで、斧か槍？　口を大きく開けて驚くと、玉藻母は苦笑いで答えてくる。

「美羽ちゃんは物知りなのね。土塊の額冠は、もうほとんど魔力が残っていないのよ。土の魔法を一日に数回使えるぐらい。修復しようとしても無理なの。相手は修復しようと考えているかもしれないけど、不可能だと知ったら、怒ってなにをされるかわからないわ」

どうやら風聞を気にしているようだ。そうか、役たたずに見える額冠を渡して『エレキシール』を得る。そのようなことをすれば、一時的に得にはなるが、将来的にまずいと。たしかに『エレキシール』はお店でも一億円したしなぁ。もちろんゲームの話だけどな。現実も変わらんだろ。

俺の予想、外したわ。たぶん『ユグドラシル』の奴《やつ》らもそう思うはず。錆びた額冠欲しさにダミーとして、旋風の斧と雷鳴の槍を欲しがったふりをしたはず。原作でも錆びた額冠を『ユグドラシル』は求めていたからな。

まさか、後の評判を考えて、まともな武器を渡そうとするなんて、考えてもいないだろうなぁ。

策士策に溺れるというやつだ。………本当にそうか？

よく考えるんだ。この世界はフィクションの小説の世界だが、暮らしている人は本物だ。考え方も単純ではないと思う。だが、だからこそストーリーに絡むとしたらどうなるか？　本物の人間がフィクションの動きを絡めて動く。これはメインストーリーじゃないから……。

「どうしたの、エンちゃん？　お腹空《なかす》いた？」

俺が凛々《りり》しい表情で考え込んでいたのに玉藻は酷《ひど》い。そんなに食いしん坊じゃないぜ。おとなしくて良い子。それが美少女美羽ちゃんなんだ。

「お部屋におやつ用意したよ」

「すぐに行こ～」

わぁいと顔を輝かせる。この身体《からだ》はまだまだ幼いから仕方ないんだ。ぴょんぴょんと飛び跳ねな

がら玉藻と手を繋いで、部屋へと案内されようとするが、

「ちょっと待ってね」

やることがあるんだよ。春へと視線を向けてじっと見つめる。なるほど、どんどん頬が赤くなる。これが『魔力症』というやつか。

『調べる』

油気春　レベル二　状態：病気Ⅰ
なんだ、死なない病だというから、たいしたことはないと思っていたが、本当に大したことなかった。

春に『調べる』を使うと、その状態がわかる。解析できなくても状態異常はわかるんだ。

錬金術師の館で、『病気癒薬Ⅰ《ディジーズポーション》』を買えばよいのではと思ったが、あれも一個百万円ぐらいするしな。金持ちならたいしたことはない金額だと思うんだが……どうも様子が変だ。買えるなら買っているはず。

と、すると買えない理由があるんだろう。高位貴族の紹介がないと買えないとかな。

ならば、俺がとる手段は決まっている。新魔法を覚えたことだしな。新魔法を使いたいのが理由じゃないぜ？

貴重な魔道具と交換に『ユグドラシル』が提案してくるぐらいだ。恐らくはもしかしなくても、この病気はなかなか治りにくいのではなかろうか？　ストーリーではこんな病気なかったけど、俺が知らないだけかもしれないし。

ここで俺が治すと美羽の立場は少し厄介になるかもしれない。

春の頭にぽすんと手を置くと、ニコリと微笑む。

「な、なに？　みーおねーちゃん？」

でも、子供が苦しむ姿は見たくない。『ユグドラシル』に絡まれてる玉藻ちゃんの家族を見て見ぬふりなんかできない。だから、癒やそう。ゲームの回復魔法の力を見せてやるぜ。

「ちょっとした魔法を使ってあげるね」

不思議そうに見上げる春の頭に乗せている手に僅かに力を入れて魔法を使う。

『快癒《キュア》Ⅰ』

春の足元に金色の魔法陣が描かれてくるくると回る。

「なに？」

「この光は？」

「綺麗《きれい》……」

皆が驚く中で、美羽は優しい微笑みを浮かべて両手を胸の前で組み、状態異常回復の魔法を発動させた。魔法陣の光が春の顔を照らし出し、小さな星がチラチラと光の欠片《かけら》を撒《ま》き散らしながら春の身体に吸い込まれていく。

光の欠片が吸い込まれていくたびに、春の顔にポツポツとあった少し赤くなっているニキビ跡のようなものが消えていく。上手《うま》く魔法は効果があったようだ。

『油気春の病気Ⅰを治した』

光が収まると、完全に春の身体は癒やされて、ステータスも正常に戻った。

なんの病気か、毒だって呪いだって関係ない。欠損だって治してしまう。デバフでない状態異常は全て等しく治すのが『快癒《キュア》』だ。もちろんⅠからⅣまで効果には違いはあるけどな。ゲームでは状態異常は色々あったけど、状態異常回復魔法は纏《まと》められていたんだよ。薬は別々に分けられていたから、やっぱり魔法は凄《すご》い。

「え、え？　なに？」

春が戸惑うが治った感覚はなさそうだ。しかし再度『調べる』で確認すると、状態異常の記載は消えている。まぁ、この程度の状態異常なら簡単だよ。ふふふ。

突如として使われた魔法に、皆が驚きの表情となっている。

「おぉ〜。何をしたのエンちゃん？」

好奇心の塊の玉藻が、キラキラとした目で見てくるので、ふふふと微笑んで返す。

「『魔力症』？　っていうのを治したんだよ！　たぶん治っていると思う……」

余裕そうに答えるが、よくよく考えると、本当に治ったのかよくわからん。ゲーム仕様の回復魔法だからな。ステータス表示から病気項目は消えているから、治っていると思うけど。

「………みーちゃん、『魔力症』を治したの？」

驚いた顔で母親が肩を掴《つか》んで揺さぶってくる。ガクンガクンと揺さぶってくるので、少し気持ち悪いよ。

「たぶん？　でもたいしたことのない病気だから、回復魔法使いなら治せると思うんだけど違うの？」

こんな病気はチョチョイのチョイのはず。でも、簡単に治せないのはさっきの『ユグドラシル』の態度からわかる。小説設定の回復魔法では治せないんだろうなぁ。わかるわかる。これ一つでイベント作れそうだしね。回復魔法で治せない特殊な病気とかさ。あるあるだよね。

俺の疑問の顔に気づいて、母親は困った顔になる。なにか問題があったらしい。

だが、ふぅと息を吐くと母親は落ち着いて、真剣な顔へと変わる。

本当に『魔力症』が治ったのだと娘の様子から理解したのだろう。

「みーちゃんに今度お話ししないといけないことがあるわ。予想以上にみーちゃんの成長が早いから。でも、今日は玉藻ちゃんと遊んできなさい」

「？　うん！　玉藻ちゃん、行こ～」

「みーちゃん！　ありがとうね。春を治してくれて」

玉藻母が感激に涙して、春を抱きしめる。ううん……なんかやっちゃったらしい。まずいことだ。ゲームでは簡単な魔法なのに変だな。

だが、それならばお願いがある。予想が正しいとしたら、極めてまずいことだ。

「んとね～、それじゃあ、後で扇風機と来々軒と錆びた額冠を見せて！　魔道具見てみたいな」

「それぐらいたいしたことじゃないわ。もちろん良いわよ。良かったら差し上げるわよ？　旋風の斧と、雷鳴の槍と土塊の額冠で良いのね？」

なんか間違ってたらしいが、九歳だから甘く見てくれ。

「ううん。見るだけで良いよ！」

それにアイテムはいらん。ジョーカーは持ちたくないんでね。

「玉藻ちゃん、案内して」

「うん、行こうっ！　案内するね！　出来立てのチョコのクッキーあるんだ」

てってこと玉藻と手を繋ぎ部屋に向かう。チョコのクッキーか。出来立てとか、額冠よりレアだよな。

「あ、玉藻ちゃん。後でちょっとお願いがあるんだ」

「お願い？」

「うん。少しだけ一人にしてほしいんだ。でんぐり返しの奥義の練習をするの。一日に一回は練習しないといけないんだ」

雑な内容だが玉藻は、おぉと目を輝かせちゃう。でんぐり返しの奥義を後で見せてねとお願いしながら、俺を部屋に案内するのであった。

さて、『ユグドラシル』が出てくるなら、少し真面目に鍛えないといけないが、まずはこのサブイベントをこなしておくか。

メインストーリーにはない話だが、俺はサブストーリーの方が得意なんだ。だって空気扱いされないからな。

何しろ俺はモブな主人公なんだぜ。

二十六話　マイルームの定義とはっと

玉藻《たまも》の部屋は広かった。さすがは豪邸だ。俺の部屋の数倍はある。毛足の長い絨毯《じゅうたん》が敷き詰められて、ドデンとキングサイズのベッド、学習机と椅子が隅に置かれ、部屋の中心にはテーブルとクッション。隣の部屋がクローゼット。本棚もある。そして、たくさんのぬいぐるみがそこかしこに置いてあり、内装はファンシーな感じだ。実に玉藻らしい。

子供らしいと、大人な俺は温かい目で部屋を眺める。俺にも無邪気な頃があったな。

「エンちゃん、ぬいぐるみ気に入ったね〜」

「このライオンさん可愛《かわい》いね！」

身体《からだ》が勝手にぬいぐるみを抱きしめちゃうんだ。ムギュウってな。だって、このぬいぐるみもふもふな上に大きい。二メートルはあるぜ。こんなぬいぐるみを見たら抱きしめないとだろ？

灰色髪の美少女はライオンのぬいぐるみの懐に入って抱きしめちゃう。ライオンの手を抱きしめてくれるように後ろに回し、もふもふだよと顔をぐりぐりと押し付けて、目を瞑《つぶ》り、ぎゅうと抱きしめる。このぬいぐるみ最高だ。俺の部屋には大きすぎて置けないなぁ。

玉藻も玉藻もと、楽しそうに隣に玉藻も入ってきて、二人でぬいぐるみを堪能すること暫《しば》し。ほんわか空気の中で、出来立てのチョコクッキーを食べて、ミルクをコクコクと飲む。もちろん夕飯は食べられるように、クッキーは二枚程度にしておいたぜ。

しばらくテレビの話とか、友だちの話をしてから、やるべきことを思い出した。面倒くさいことは先にしておこうかな。

「玉藻ちゃん、私、でんぐり返しの奥義のれんしゅーをしようと思うんだ。十分ぐらい一人にしてくれる？」

お願いと両手を合わせてお願いする。一子相伝の奥義なんだ。見られたら、こちょこちょの刑にしないといけないんだ。

「おぉ………。一子相伝！　うん、わかった！　それじゃあ玉藻はお部屋から出て待ってるね！」

目を輝かせて、鼻をふんふんと鳴らしながら、とてとてと玉藻は部屋から出ていってくれた。ありがとう、玉藻。でも、ドアを細く開けて覗《のぞ》き見《み》しようとしてもバレバレだぞ。

「さて、そんじゃあ、サブイベントやっとくか」

錆《さ》びた額冠に連なるイベントを記憶の中からほじくり返す。たしかスラム街にこのアイテムはあったはず。どのような経緯でスラム街に渡ったかはわからないがだいたい想像できる。それを防ぐのが、俺のモブな主人公の役目だろう。

本来はスラム街で回収するんだが、それを守っていた奴《やつ》は盗賊の親分で名前もなかったから、全カットでも問題ないだろ。

俺はスッと目を閉じると、ぽそりと呟《つぶや》く。

『マイルーム』

その言葉に従い、空間がふわりと波立つ。そして、目を開くと俺は別の部屋にいた。玉藻のファンシーな部屋はどこにもなく、吹き抜けの二階建ての家の中にいた。

こぢんまりとしており、キッチン、居間、リビングルーム、寝室が全て一つの部屋に纏《まと》められている。二階は吹き抜けのために、壁際に申し訳程度のロフトが付いている感じだ。天井は日本の家とは違い、かなり高い。窓からは小さい庭と家庭菜園が見えた。外にはもう一つ倉庫のような納屋があり、ドアは開いてて中には機械工具が並んでいるのが見える。

『マイルーム』だ。ジョブチェンジやアイテム製作が可能な別次元の部屋。ここに来られる条件は、ホテルや自宅に限る。ゲームでは便利な『マイルーム』だ。よくあるパターンだよな。

ちなみに『マイルーム』に移動している時は姿が消えている。以前『マイルーム』のベッドで寝ていたら、両親が誘拐されたのかと焦っていたことで判明している。使うタイミングには気をつけないといけないぜ。

「さて、急がないとなっと」

ステータスボードを開いて、ポチポチと画面を遷移させる。と、ジョブチェンジの項目に移る。

「今回は生産ジョブだな」

生産ジョブ。名前のとおりにアイテムをクラフトできるジョブだ。

『機工師』固有スキル　兵器生産可能
『錬金術師』固有スキル　アイテム生産可能

『料理人』固有スキル　料理生産可能
『鑑定士』固有スキル　鑑定可能
この四つが生産ジョブ。熟練度は全てレシピ解放となっている。鑑定士だけは少し特殊で、採掘、採取時に取得アイテム量やレアアイテム取得率アップとなっている。

「それじゃあ『機工師』っとな」

ポチリと押すと、銀のフラフープが現れる。俺の身体を頭から足元まで銀のフラフープがスキャンするように降りていき、シュワンと音がすると、神官Iから機工師にジョブチェンジされた。ステータスが再計算されて、ステータスが低下したために身体が重く感じる。いつものことだが、へんてこな感覚だ。

「ジョブチェンジしても髪の色は変わらないんだよな」

毛先をツンとつつくが、灰色髪の色は変わっていない。髪の色は固定らしい。キャラメイクで灰色の髪にした覚えはないけど、コロコロ色が変わるのは困るからこれで良かったと思う。

手をわきわきと動かす。あんまりよく違いはわからないが、ジョブチェンジ完了だ。

『機工師』は武具生産のジョブだ。武器から『魔導鎧《まどうがい》』、アクセサリーまでを網羅している。今の熟練度は一だ。レベル十以下の装備のレシピが解放されており、今回欲しい装備は、そのレシピの中にあるので問題ない。

まぁ、イベント用のアイテムだから、熟練度一で作れるように救済されていたんだけどな。

ポチポチとクラフトする装備を一覧から選ぶ。今回はこれだ。

『魔石十五、鉱石二、宝石一』

製作に必要な素材が表示される。宝石……宝石かぁ………。

「大地のトパーズを使うのは惜しいが……仕方ねぇな」

ゲームではどんな物でも良かった。魔石は最低ランク、鉱石も宝石も屑《くず》アイテムでも良かった。

救済措置だったのは明らかだ。しかし、屑アイテムを持っていない俺は困る。……困るが仕方ないか。

「男はきっぷの良さ！　女もきっぷの良さだ！」

度胸や愛嬌《あいきょう》はいらん。ポチッとな。

美羽《みう》が製作ボタンを押すと、ぽてんと腰を降ろす。そのまま小さな手を前ならえの格好にし、クラフトを開始する。

目の前に光の球体が浮かび上がり、少女の顔を照らしていく。八重歯を口元からチロッと出して、美羽はクラフトを続ける。

光の球体はスライムのように蠢《うごめ》き、三十秒ほど経《た》つと、球体は弾《はじ》けて、キラキラと金粉のように宙に舞った。

そうして、アイテムボックスにクラフトを終えたアイテムが入った。

作ったアイテムはこれだ。

『錆びた額冠（偽）：一日に三回、『防壁《プロテクション》Ⅰ』を使える。『マナ』を注ぐと反応して光り輝く』

予定どおりだ。イベント用のアイテム『錆びた額冠（偽）』。

「上手《うま》くいったな。あとは予定どおりに行動しようかな」

『マイルーム』から退室するため目を瞑ると、空間がふわりと波立ち、元の玉藻の部屋に戻っていた。

「あ〜。エンちゃんが消えていたよ？」

カチャリとドアを開けて、玉藻が飛び込んでくる。やはり覗いていたらしい。金色のサイドテールをふりふりと振って、好奇心に満《み》ち溢《あふ》れた瞳で、俺に聞いてくる。やはり、他人がいる所では使えないな。今回は緊急事態だったから仕方ないけどさ。

肩に乗っている子狐《こぎつね》も首をコテンと傾《かし》げて不思議そうだ。だが、この展開は想定済みだ。天才美少女美羽は常に完璧な行動を取るんだぜ。

俺はまだまだ発展途上の胸を張って、えっへんと答える。

「でんぐり返しの奥義だよ」

完全なる理論であった。最初から奥義を使うと言ってただろ。

「玉藻も、玉藻も奥義使いたい！　ねぇ、教えてー！」

「一子相伝の技なの。だから、この技は秘密〜」

「教えてよ〜」

九歳ならではの誤魔化《ごまか》し方をするが、暫《しばら》く俺は玉藻にお強請《ねだ》りされて、コンちゃんに顔をペロペロと舐《な》められるのであった。

暫く遊んだ後に、玉藻母がご飯ですよと呼んでくれたので、わーいとリビングルームに向かう。

良い子な美羽は、可愛らしい演技が必要なんだ。玉藻と二人、手を繋《つな》いでリビングルームに到着するとカセットコンロの上に、グツグツ煮えているすき焼き鍋。

関東風で煮ながら食べる方式らしい。意外なことに母親もいた。どうやら話し込んでいたらしい。春と玉藻の父もいた。帰ってきたようだ。

離れの工房で魔道具を作っている玉藻父は、いつでも帰れるホワイトな職人だ。通勤時間一分とか羨ましい。弟子たちもいるが、他の食堂で食べているとのこと。

魔道具の製作の練習とかどうやってやるんだろうな。俺、生活魔法以外に習ったことないしなぁ。

「今度、病院で検査を受けてみないとわからないが、春は美羽ちゃんの回復魔法を受けたあと、身体の調子が良いらしい。ありがとう」

「本当にありがとう、美羽ちゃん」

玉藻の両親がニコニコとお礼を言ってくる。母親もニコニコと笑みを浮かべているが、少し影がある。どうも俺が使った魔法はまずかったらしい。

よく考えると『エレキシール』が必要と言われる病気だもんな。でも病気Ⅰと表示されていたから完治させるのは簡単なはずなんだよな。

……………そういえば、小説では主人公が風邪を引いた際に、ヒロインたちが看病を争って行うベタベタテンプレイベントがあった。

だが、これって少し変だよな？　ヒロインの中には回復魔法使いもいたんだ。回復魔法で治癒してもおかしくない。小説だからといえば、そのとおりだが……。もしかして状態異常を治す魔法はレアなのか？

俺ってば、なんかやっちゃった？　いや、ふざけている場合じゃないな。だが、この話は少し置いておこう。

満面の笑みで、玉藻の両親は感謝してくる。

「何でも言ってね。お礼は何でもするから」

「そうだね。なんでも言ってくれ」

「えーと、それなら魔道具見せてください！　それと『エレキシール』が欲しいんです！」

『エレキシール』。興味があるが、それ以上に必要なイベントがある。

「たしか、魔道具と交換に貰《もら》えるんですよね？　錆びた額冠と交換しませんか？」

もじもじと指を絡めてお願いをする。

「うーん、『エレキシール』か。……『ユグドラシル』に隙を見せたくないんだが……もう必要はないし、以前から怪しいとは思っていたんだ。証拠として、回収しておこうか」

顎に手を添えて、躊躇《ためら》う玉藻父だが頷《うなず》く。まぁ、今まで断ってきたんだもんな、無理もない。ここで交換したら、俺が治した意味がないように見える。でも、別の使い道を考えたらしい。

良かった、意味はあるんだよ。錆びた額冠は手放さないといけない。

ゲームでは未来においてスラム街の盗賊が持っていたんだ。なにやら、嫌な予感するよな？

だから、ジョーカーは手放さないといけない。

過去において、未来のイベントは改変といこうじゃないか。

二十七話　お互いさまなんだなっと

ホーンベアカウのすき焼きを食べる。なんだろう、このお肉。霜降り肉なのは確かだ。しかし、口の中で溶けるような感触もするが、しっかりとした赤身の味わいが口に残る。どんな魔物かは考えないでおこうかな。

改めて思い返しても前世ではこんなお肉食べたことがない。霜降りと赤身が絶妙のバランスで存在するのだ。前世では、俺は百グラム千五百円とかの牛肉よりも、六百円ぐらいの牛肉が好きだった。高価な牛肉だと口の中が脂っこくなって、たくさん食べられねーんだ。六百円の肉だって、極稀《まれ》に食べていた感じで、金持ちだったたってわけじゃないけどな？

「みーねーちゃん、どーぞ」

おずおずとおとなしい顔を笑みに変えて、春が俺の小皿に肉を大量に入れようとするが、幼いので箸から落としそうだ。高級肉なのに落としたらもったいない。

仕方ないので小皿に入れてもらう。落としたらもったいないからな。肉、野菜、野菜、豆腐、肉のローテーションが変わるけど、これは仕方ないと言えるだろう。

「エンちゃん、これも食べて食べて～」

玉藻《たまも》も肉を俺の小皿に入れてくる。小皿に入れられたら食べるしかない。マナーとして当然のことだ。お残しは許されない。俺は良い子だからな。

アチアチ、ハフハフと、俺は肉を食べる。頬張《ほおば》りたいが、美羽《みう》のお口は小さいので、ちまちま食べなくてはいけないのが恨めしい。あっ、ローテーションに白米を入れるのを忘れてた！　一大事だ。白米のお代わりください。

「デザートにメロンもあるわ」

やっぱりお代わりはいらないや。女の子のデザートは別腹理論。嘘《うそ》だと俺は知っているからな。女に生まれ変わって驚愕《きょうがく》したよ。いくらでも食べられると思っていたからな。学会で発表しなくちゃ。それともこれは女性だけの秘密なのかな。

そうして美羽はたっぷりと謎肉を食べて、デザートのメロンをお腹《なか》に入れて、夕食を終えるのであった。大満足である。

ポンポコリンのお腹になった美羽は、執事さんに案内されて、てこてこと魔道具の保管倉庫に案内されていた。途中で父親も玉藻の家を訪問してきて、どうもこんばんはとお酒をお土産《みやげ》に持ってきたよ。ウイスキーかな？　なにやら、話し合いをする模様。俺のせいじゃないからな。たぶん、親同士友好を深めたいに違いない。

玉藻と一緒に、保管庫に辿《たど》り着《つ》く。分厚い魔法金属の金庫扉に、魔法付与されているらしい壁の保管庫だ。かなり厳重そうな扉だ。簡単に開けられそうにない。元金庫破りの名人じゃないよな、執事さん？

信頼されているのだろう。ピピッと指紋認証、生体認証、魔力認証を終えて、カードを通すとゴウンゴウンと扉は開き始める。

「凄《すご》いね、玉藻ちゃん！」

「玉藻もこの扉が開くのめったに見たことないよっ！」

分厚い金属製の丸扉が開くのを見るだけでも興奮しちゃうぜ。一般人なら映画やドラマの中でしか見たことのない光景だもんな。

そして、さらに中を見てびっくりする。

ガラスケースに入っているずらっと並んだ剣や杖《つえ》。貸し金庫のように金属の戸棚があり、そこには魔道具が入っていそうだ。

この世界、昔に作られた今では製法の失われた強力な武具やアクセサリーがあるんだよ。はいはいテンプレだよな、わかります。

俺は玉藻と手を繋《つな》ぎ、物珍しそうに目を輝かせて辺りを見回す。玉藻も入ったことがないのか、キラキラと顔を輝かせていた。

玉藻の家系は魔法使いなだけはあるな。なんで貴族にならないんだろ。金はあるし魔力もあるのに不思議だな。なにか理由があるのか？　いや、俺が知らないだけだ。もしかして貴族？　気にしなくても良いことか。スルーしよっと。

「美羽様。危険ですので、『マナ』を魔道具に流すのはおやめください。それ以外は触っても良いと旦那様から許可を頂いております」

「はい！　わかりました！」

手をあげて、元気に答える。ようは『アイテム』に対して『使う』を選ばなければ良いんだろ。『マナ』を流し込む？　俺の脳内では『アイテム』を『使う』んだ。マナなんか流し込めません。

「エンちゃん、この宝石きれーだよ」

「わぁ、ほんとだ〜。でも手袋しよっか」

棚を開けて、むんずと宝石を無造作に掴《つか》んで見せる玉藻。指の脂は宝石の輝きの天敵なんだ。手袋手袋。手袋をしよう？

はぁいと、玉藻が宝石を棚に戻すのを横目に見ながら、辺りを注意して観察し、スッと目を細める。

「あった。あれだな」

ゲームでも見覚えのある魔道具。錆《さ》びた額冠が棚に置かれていた。他の宝石や魔道具に比べると、数段落ちて、価値は低そうに見える。

錆びきった汚い額冠だ。申し訳程度に額冠の真ん中に小さな宝石が輝いている。

「あれを見ていーですか？」

執事に聞くと、頷《うなず》いて許可してくれる。

「旦那様からは、どんな魔道具も見せて良いと許可を頂いております。それはかなり古い物でして、土塊の額冠と言います。『マナ』もほとんど残っておりません。他を用意いたします」

「ふーん、たしかに少し汚いですね。これと交換してほしーんですね！」

錆びた額冠を手にして、ニコリと微笑《ほほえ》む。ついでにポチリとアイテムボックスの錆びた額冠（偽）とも交換しておく。

一瞬だけ、錆びた額冠の姿が揺らぐが、執事は気がつかなかった。そりゃそうだ。まさか目の前でスる奴《やつ》がいるとは思わないだろう。

執事さんは俺に宝石を中心に、多くの魔道具をその後見せてくれたが、俺は目的達成したので、コクリコクリと船を漕《こ》ぎ始めちゃうのだった。少し食べすぎたかな。

おねむとなった俺は、玉藻と一緒にお風呂に入ったあとに、一緒のベッドで寝るのであった。おやすみなさい。今日はたくさん遊んで疲れちゃったんだ。お風呂は普通に背中の流しっこをしてから入ったよ。紳士なら血涙を流すかもな。

◇

次の日である。俺は少し遅く目が覚めた。もう八時だ。気づいたら、キングサイズのベッドで、玉藻と春と川の字になって寝てた。

「おあよ〜、玉藻ちゃん、春ちゃん」

「おは〜、エンちゃん」

「お、おはよ〜」

お互い、目をこしこしと擦《こす》りながら、あくびをしながらフラフラと起きる。メイドさんが俺たちを抱っこして、洗面台まで運んでくれる。美羽は背が低くて可愛《かわい》らしいから、ぬいぐるみのように簡単に運ばれちゃうんだ。

洗顔にちょうどいいぬるま湯となっており、パシャパシャと顔を洗い、歯磨きを終えて、髪の毛を整える。世界一可愛らしい美少女は努力のもとで作られるのだ。寝癖はない？　髪はとかした？　目やにとかないよな。もちろん、服装にも気を使って綺麗《きれい》なシワのないものを選ぶ。

「エンちゃん、きれーだね」

「身だしなみには気をつけているの。玉藻ちゃんも可愛いね！」

枝毛がないか確認し、鏡を前に、ニコリと笑みを浮かべて、クルリンと回転する。美少女の道は一日にしてならずなんだぜ。毛先もちゃんと跳ねていないか確認だ。

てこてこと、玉藻と春と一緒にリビングルームに向かう。おはようございますと、元気に挨拶をしようとして気づく。

「パパ、ママ！」

油気《あぶらげ》夫妻と共に、俺の両親が椅子に座って談笑していた。一緒にお泊まりしたらしい。てててと走って、笑顔で父親の胸にジャンプで飛び込む。愛情表現は家族に必要なんだ。スキンシップ大事。

「甘えん坊だなぁ、みーちゃんは」

嬉《うれ》しそうに頭を撫《な》でてくる父親。俺は口を尖《とが》らせ答えようとして、鼻をヒクヒクと動かす。

「びっくりしたんだもん！　……お酒臭い！」

風呂に入って、歯磨きしても拭いきれない酒の匂いを感じとり、バッと離れる。スキンシップ終了。幼い少女に、お酒臭い息はNGだぜ。

「あらあら、あなた。だから、お酒の飲みすぎだって言ったでしょ」

「参ったなぁ」

頭をかきかきショックを受けて、しょんぼりとする父親、玉藻の父も同じように酒臭いと玉藻たちが離れていったので、どうやらかなり飲んだらしい。ちゃんぽんすると悪酔いするぜ。二日酔いは決定だ。

だが、ほのぼのとした空気はそこで終わりだった。執事が厳しい顔で入ってきたのだ。

「旦那様。『ユグドラシル』の皆様方がいらっしゃいました」

「……………わかった。しかし私が行くわけにはいかない。悪いが土塊の額冠と『エレキシール』を交換してもらってくれ」

玉藻父がちらりとうちの両親と顔を見合わせて、微《かす》かに頷く。どうやら何かを決めたらしい。だいたい想像はつくが。

かしこまりましたと、執事は小脇に箱を抱えて外に行く。俺はこっそりと覗《のぞ》きに行きたいが我慢する。ここで俺がいたと知られるわけにはいかない。後で調べられてバレるならともかくとして、自分の行動でバレるとまずいと思ったからだ。

だって、回復魔法使いは希少ではないのだろうかとの疑いが、俺の頭にもたげ始めているからである。

たぶん父親は『魔力症』を俺が治したから、話し合いに来たんだ。さすがに気づかないほど、能天気じゃねーよ？　母親の態度といい、『エレキシール』の話といい、おかしなことが多い。

しまったなと、舌打ちするぐらいだ。錬金術師の館とかあるのが当然だと思ってた。冒険者ギルドにはゴロゴロ回復魔法使いがいると考えていたんだ。魔道具を使ったスポーツとかが普通にあるから、ゲームの設定が反映されているとばかり思ってたぜ。

だが小説の設定、即《すなわ》ち、主人公が風邪になって看病を受けたりする設定が世界に反映されていたら？　風邪にかかってもホイサと回復魔法で簡単に癒やせないとすれば状態異常を治せる回復魔法使いが少ない場合だ。

そして、これが一番問題なんだが……もしかして『錬金術師』っていねーんじゃねぇの？　似たような職についている人はいるだろうけど……『錬金術師』いなくない？

『錬金術師』はいない。そして、ポーションを日常的に作れる職人はいない。もしくは効果が微々たるもので、まともに『エレキシール』を作れる人がほとんどいないとする。回復魔法使いも希少だとする。その場合は回復魔法もポーションもかなり貴重だ。その可能性に行き着いたんだ。迂闊《うかつ》だったぜ。

執事が箱に入れた物を持って戻ってきた。意外と早い。

「それが何でも治す『エレキシール』ですか？」

「はい。こちらになります。旦那様からはお渡しするようにと言いつかっております。どうぞ」

「ありがとうございます！」

透明なガラス瓶に入った金色の液体を執事は渡してくれる。執事はそのまま玉藻父に、付き合いはこれまでだと『ユグドラシル』に伝えたところ、あっさりと帰りましたと、報告をしていた。

だろうな。錆びた額冠が欲しかったんだから、当たり前だ。もうまとわりつかれることはないだろう。下手に渡さなかったら、強盗に見せかけて殺されていたかもしれん。

それだけの価値があるのだから。

まぁ、偽物だとは絶対に気づかれないだろう。

さて、こちらはと。

『鑑定』

目を光らせて、スキルを使用して、『エレキシール』を見つめる。『鑑定士』の固有スキルを使いたかったから、前もってジョブチェンジしておいたんだ。

『魔力緩和薬：飲んだ者の魔力暴走を一時的に緩和する。効果は二百四十時間』

ちくしょうめ。やはり本物の『エレキシール』じゃなかったか。

まぁ、油気家が渡したのも偽物だ。覚醒させるために毎日『マナ』を注ぎ込むが良い。光るだけの玩具《おもちゃ》だけどな。

二十八話　悲劇の未来を変えようぜっと

この一連の内容のネタバラシをしよう。まぁ、簡単なイベントだったけどな。

土塊の額冠は、『マナ』を物凄《ものすご》い大量に込めると覚醒し、神器『イージスの額冠』に変わる。その神器は魔神『アシュタロト』を封じている神器の一つだ。

即《すなわ》ち、小説の中の重要アイテムの一つということなのだ。それを早くも一つ手に入れることができたのは良かった良かった。

この神器。アニメでもゲームでも、スラム街のむさ苦しい盗賊団の親分が持っていた。小説は知らんけど、たぶん同じだろう。ゲームでは中盤辺りのイベントだったから、十巻より先の話だったんだろうなぁ。

小説版は知らんけど、ゲームでもアニメでも、『ニーズヘッグ』の幹部が、土塊の額冠を奪いに現れる。盗賊団の連中は皆殺しにされて、土塊の額冠の真の姿『イージスの額冠』に戻した敵うんたーらかんたーらは、神器の力を使い主人公と戦うわけだ。え、敵の幹部の名前？　そんなん覚えているわけないだろ。

主人公はなんとか倒すんだけど、結局『イージスの額冠』は突如として現れた黒幕に奪われて逃げられるわけ。幹部との戦いで疲れ切っていた主人公はみすみす逃してしまうわけ。

ゲームでも展開は同じだ。プレイヤーが二ターンで倒しても、主人公たちは疲れ切っており、額冠を盗まれて逃げられてしまう。ねぇ、君たちなんかした？　俺の体力もＭＰも満タンだよ？　追いかけようぜと心で思っても、ガン無視されたのは言うまでもないことだろう。

盗賊団がなぜ土塊の額冠を持っていたかというとだ。……アニメでもゲームでも、盗品の一つとして存在していた。なんの背景もなかったのだ。

でだ、考えていたんだ。なんで盗賊団が持っていたかを。もしかして今日が分岐点だったんじゃないか？　油気家《あぶらげ》は土塊の額冠を『ユグドラシル』に渡さなかった。それで、奪おうとした『ユグドラシル』に皆殺しにされた。しかし、土塊の額冠を回収できずにいたと。テンプレだよな。

それが未来だ。起こりえた未来。たぶん玉藻《たまも》たちは皆殺しにされたんだろう。なんで盗賊団に魔道具が流れたのかはよくわからないが、小説的ご都合主義というやつだろう。

俺は玉藻たちが殺されるであろう強盗事件を防ぐために行動した。どうやったかは、偽物を渡す。ただそれだけだ。

ただし、そんじょそこらの偽物じゃあない。ゲームの力を使った偽物だ。覚醒前の特殊能力も同じだし、ピカピカと玩具《おもちゃ》の変身ベルトのように今にも覚醒しそうに光るのも同じ。敵の幹部にはいつか特撮ヒーローに変身できると夢を見ていてほしいものである。

見破ることは不可能だ。なにせ、ゲームでも敵に見破られることなく持ち帰ってくれた。そして、俺が隠しルートをクリアするまで気づかれなかったんだ。

実はゲーム版は裏ルートがあるんだ。敵が手に入れるはずの魔神が封印された神器をプレイヤーが集めちまうってやつだ。全て集めると、もれなく魔神『アシュタロト』を完全復活できるんだよな。普通には無理だ。

で、額冠を手に入れる方法は簡単。『ニーズヘッグ』が盗賊団を襲撃する前に、こっそりと偽物と交換しておくわけ。その際に作った偽物アイテムを今回使用したわけだ。

誰か、俺を褒めてもいいぜ。天才的な発想だからな。

残る神器はあと五個。全て偽物レシピがあるので、強くなったら交換しに行こう。今回みたいにゲームと配置されている場所が違うと困るが、原作開始まであと六年あるんだ。なんとかなるだろうと、楽観的に考えておくぜ。

今回の報酬は、バトルなしで良い報酬となった。『イージスの額冠』の性能は良いからな。覚醒に結構多くのＭＰが必要だけど、レベルが上がれば問題ないだろう。

『魔力緩和薬』はアイテムボックスの肥やしにしておく。これ、ゲームでは見たことないアイテムなんだ。何かに使えれば良いけど、そのまま肥やしになる予感しかしない。まぁ、ゴミアイテムがイベント報酬で手に入るのは、ゲームあるあるだよな。

というわけで、玉藻の家のお泊まりは良い結果となって終わりを告げた。

で、俺は今自宅のリビングルームで、難しい顔をしている両親と対面している。

怒られるような空気ではない。かなり重いんだ。離婚するよと告げられたら、子供の俺はカスガイになる予定だが、そういった内容でもないらしい。

「みーちゃん。実はみーちゃんにお話があるんだ。重要なお話だよ」

「重要なお話？」

真剣な表情で、父親が口を開くので、無邪気な風を装って俺は不思議そうな顔で問い返す。

「そうなんだ。みーちゃん、実はね回復魔法使いはほとんどいないんだ」

へー、回復魔法使いはほとんどいないのか。予想どおりだよ。何千人？　五千人ぐらいか？　ネトゲでも白魔道士ってなり手が少なかったからなぁ。わかるわかる、地味だしな。

「この日本にはみーちゃんを入れて三十一人しかいないんだ」

「へー、三十一人しかいないんだ。………さ、さんじゅういち？」

わかっていなかった。

桁がまったく違った。さんじゅういち？　マジかよ。

灰色髪の幼気《いたいけ》な少女が、驚きすぎてぽかんと口を開けて呆《ほう》けるのを見て、父親である芳烈《ほうれつ》は眉を顰《ひそ》めて頷《うなず》き返す。誇らしいという気持ちと、そのために苦労をするだろう愛《いと》しい娘を思って、複雑な気持ちとなってしまう。

母親の美麗《びれい》も同じ気持ちだ。しかも、美羽《みう》は『魔力症』を治したのだからその中でもさらに希少だ。そっと優しく美羽の灰色の髪を撫《な》でて、美麗も口を開く。

「みーちゃんは『魔力症』を治したでしょ？　あれを治せる回復魔法使いは十人しかいないの」

「え？　だって簡単に治せたよ、ママ？」

病気Ⅰだったのだ。最低ランクの状態異常だ。駆け出し神官でも簡単に治せる病気だった。美羽としては大混乱である。ホワイ？

戸惑いながら、どういうことかと尋ねる娘の才能の大きさに苦笑をしてしまう。娘にとっては簡単なことだったのだと、その表情が嘘《うそ》を言っていないことがわかった。

「病を治すのは怪我《けが》を治すよりも断然難しいんだよ。怪我は自己治癒に似た力を付与すれば良いと言われているけど、病だとウイルスを活性化させてしまう可能性があって、回復魔法は効きにくいとされている。なので、病を治せるのは日本でも、たったの十人。みーちゃんを入れて十一人だね」

美羽は頭がクラクラしてきた。マジかよ。それは少なすぎだろ。……そうか、そうだったのか。俺はあることに気づいて、唇を噛《か》み締《し》める。迂闊《うかつ》だった。

闇夜《やみよ》を助けた時の話まで戻る。あの時は不思議に思わなかったが、あれはおかしかったんだ。

なぜ病院にＶＩＰルームなんてあったんだ？　あれこそが回復魔法使いが少ない証拠だったんだ。普通の病室ならおかしくない。回復魔法使いの手が回らないんだろうと思うだけだ。

だが、金も権力もある人間なら、すぐに回復魔法使いに治してもらえるはず。ＶＩＰルームなんか作る意味はない。政治家は仮病で入院することはないからだ。回復魔法を使ってもらえと言われるだけだからな。

その答えは一つだったんだ。即ち、金や権力があっても回復魔法を受けられない可能性が高いために、ＶＩＰルームがあったわけだ。前世基準で考えてたから、疑問に思わなかったんだ、ちくしょう。

思わぬところで、前世の常識が邪魔をしていたな。ゲームの知識も邪魔していたか。

これ、もしかして作者が風邪を引いた主人公を看病するためのシーンを書いたから、整合性を取るためにこんな結果になったんじゃねーだろうな。

……あ、ありえる。あの小説はそういった人気テンプレシーンを外さなかった。

だって、回復魔法で簡単に誰も彼もが回復できるとしよう。

回復できない場合はだ。自分を助けて、敵を倒して傷ついた主人公。ヒロインは「バカね……」とか、言って膝枕をして頭を撫でたり、入院した主人公を健気《けなげ》に看病する。風邪などのパターンもあるとする。

と、テンプレウフフキャッキャッイベントがあっても、そこらじゅうに回復魔法使いがいると、「ほい『治癒《ヒール》』ほら、治っただろ、はいはいこれで授業に間に合うわよ」とか、そこでイベントは終わり。つまらないパターンになると考えられる。

盛り上がらないこと、この上ない。バトルの合間にヒロインとのラブコメ。人気を常に考える作者が、これを外すわけがないのである。

その結果が、これなのだ。ほら、いざという時に回復魔法使いがいるといないでは、ストーリー展開の楽さに違いがあるからな。主人公たちに致命的な重傷を負わせても回復できるなら、作者は遠慮なくピンチを演出できる。

だから、いつもは回復できなくても、本当に困った時は、回復魔法使いに回復を頼める設定にするわけだ。

主人公、もしくはヒロインが大怪我して、希少な回復魔法使いにお願いに行くストーリーも作れるしな。

ヤバい。考えれば考えるほど、この仮定はあっているような気がする。ラブコメのために、危機に陥るモブ主人公な俺。ふざけんなよ『魔導の夜』の作者め。

ゲームでは、回復魔法使いがいないとRPGとして大変だから普通にいたんだ。現実的に考えると、プレイヤーの周りにだけ、局所的に回復魔法使いたちが集まっていたということになる。

「で、でもポーションはあるんだよね、パパ」

ガタンと立ち上がって、一縷《いちる》の望みを込めて尋ねる。ほら、認可制とか言ってたもんな。俺はこれまで病気にかかったことがないから、気にしなかったけど。だって九歳の美少女が薬屋に用事もないのに行くか？　ここに風邪薬ありますかと買いに行くか？　普通は親が行くよな？

なので、この世界のことをあまり知らなかった。いや、ゲームの仕様と、『魔導の夜』の世界設定は十巻までで語られていたから、知っているつもりだったこともある。知っているつもりだったから、わざわざ調べることをしなかったんだ。痛恨のミスだぜ。

「ポーションはね、普通はそれぞれの病気に合わせた薬の効果をアップさせるだけなんだ。毒もそう。怪我も自己治癒力を高めるだけなんだよ」

はい、絶望的な返答きました。マジかよ。パパさん、そんな現実的な設定は聞きたくなかったぜ。

「本当に怪我を治すポーションは、貴重な魔物の素材が使われているし、その際に回復魔法使いの助力も必要なんだ。そうだな……月に二、三本出回れば良いかな？　それも貴族が買い占めるけどね」

ため息混じりに、父親は教えてくれる。なるほど貴族らしい行動だこと。

「未認可のポーションは、ジュースとして配られるわ。この間の『ユグドラシル』みたいに、何かと交換、信者へのプレゼントという形で売るの。お布施と言う形で返してもらうのよ」

母親の言葉に納得する。そして、この世界に『錬金術師』はいないことが理解できた。いても、数は少ないに違いない。

ならば、回復魔法使いは恐ろしく貴重だ。それならば、俺はかなり危ない立場にあることが理解できた。もう少し早くに教えてほしかったよ。

「ごめんな、みーちゃん。みーちゃんはパパたちが必ず守るから安心してね」

「どーんと任せてね。ママたちは強いんだから」

両親は慈しみの笑顔で俺を安心させようとする。その言葉に俺は愛を感じ、そして両親の危険を理解した。

俺は比較的大丈夫だ。命を奪われることはないだろうし、悪くて誘拐だろう。取り込もうとする謀略はあるだろうが。

でも両親は殺されてもおかしくない。俺が天涯孤独になって、引き取ろうとする善人が現れるだろうからな。人質になる可能性もある。

「帝城《ていじょう》家の護衛もいるからね。みーちゃんは安心してね」

まったく安心できない。父親と母親には護衛はついているのだろうか？

美羽はゴクリと息を呑《の》むと真剣な表情になり、両親を強い意思を持って見つめると、口を開く。

「パパ、ママ、私強く寝る！」

「お昼寝？」

「間違えちゃった。私、強くなる！」

そろそろ能動的に動かなければならないだろう。美羽は強く宣言するのであった。

二十九話　娘の才能

陽《ひ》が落ち始める。そろそろ夕方となるだろう。差し込む陽射しはオレンジ色に染まり、リビングルームを染めていく。暗くなる前に電気を点《つ》けておこうと、美羽《みう》の父親である芳烈《ほうれつ》は立ち上がり、部屋の電気を点けた。

ぱちりと、ボタンを押すと、リビングルームに明かりが灯《とも》る。

冷蔵庫からミネラルウォーターのペットボトルを取り出すと、トトトとコップに注いで、リビングルームへと移動し、ソファに深く座り込む。

「ふぅ、まさかうちの娘がそこまでの魔力を持っているとは思わなかったな」

困り顔で、私はコップを傾けると冷えた水を飲む。冷えた水は興奮していたのだろう火照《ほて》った身体《からだ》に気持ち良い。気づかずに緊張していたのだろう。

ふと、ミネラルウォーターを飲み始めた時のことを思い出す。思えば、三年前に美羽がミネラルウォーターを美味《おい》しい美味しいと、笑みを浮かべて飲んでいたのが、きっかけだった。

それまでは、コーヒーや紅茶を飲んでいたのに、心の底から美味しいと花咲くような笑みに釣られて、自分と妻もミネラルウォーターを飲み始めたのだ。

ミネラルウォーターは美味しいねと、笑顔で言う美羽はとても可愛《かわい》らしく、その言葉には笑ってしまったが、愛らしくコクコクと飲む姿を見て、自分たちもミネラルウォーターを飲み始めたのだ。

小さな習慣にも、愛《いと》しい娘の記憶があると、私は口元を綻ばせる。

聖属性に目覚めて、回復魔法使いとなった娘。たしかに希少だが、実はそこまでの魔力は持っておらず、軽い傷を治せるぐらいだろうと思っていた。

なぜならば、美羽は回復魔法を三回使うと『マナ』が尽きたと聞いていたからだ。回復魔法使いもピンキリだ。美羽はキリの方だったのだろうと、多少安堵《あんど》していた。

強い力は幸福にも不幸にも誰かの人生を変えてしまう。多少の回復魔法を使える娘。その程度で良かったのだ。娘には不幸になってほしくない。この程度の魔力ならば鷹野《たかの》家も無理をすまい。私は貴族の世界がどれだけドロドロとしたものか詳しくはないが、元伯爵家次男としてある程度知っていた。

あの純粋で正義感の強い美羽が貴族の中に放り込まれて苦労するのは防ぎたい。悲しい想《おも》いをして泣いてほしくないと、妻共々考えていた。

だが、状況は大きく変わってしまった。美羽はこの才能を開花し始めている。ストーンゴーレム事件における『マナ』の大きさ、そしてまさか『魔力症』を治せるほどの回復魔法使いになるとは思わなかった。

しかも、あの娘《こ》はこんな簡単な魔法は誰でも使えると、その表情が如実に表していた。

今回は『エレキシール』の力で、油気春《あぶらげはる》は治癒したことに表向きはしている。しかし、いつまでも隠せないだろう。家族が黙っていても、使用人がいる。護衛の者も。春君が検査に行く病院にもバレるだろう。

どこからか、美羽の話は広がる。防ぐことはできない。『エレキシール』はただの魔力緩和薬だと既にわかっている。美羽から半分貰《もら》い、魔導省で分析した結果だ。

『魔力症』を治せる画期的なポーションだと思われたがその素材は貴重で、作れる者は極僅かな回復魔法使いだとも判明している。過去に存在している既知のポーションだったのだ。

恐らくは『ユグドラシル』は、油気家がさらに『偽のエレキシール』を欲しがってコンタクトを取ってくるとでも思っているのだろう。悪辣なことだ。そうして、骨も残さず相手からむしり取るのが『ユグドラシル』のやり方だ。未認可のために、偽物だと訴えることもできない。

しかし、魔導省としてはこの悪辣な商法を見過ごすことはできないために、近々監査に入ることとなるだろう。『ユグドラシル』の法人は無効にできなくとも、暫《しばら》くおとなしくさせることはできるはずだ。

しかし、『エレキシール』が偽物だとわかれば、油気家の息子はどうやって治したか、目敏《めざと》い者ならば、美羽が出入りしていることから、何が起こったのかすぐに理解するはずだ。

美羽を守るとは言ったが自分自身、現実的に考えて守りきれる可能性は低い。自分は平民で権力も財力もないのだ。美羽を危険から守るためなら命を投げ出す覚悟はできている。

だが、現実は命を投げ出す覚悟だけでは、巧妙に張り巡らされた謀略には対抗できないのだ。きっと力ではなく、他の方面で美羽を囲おうとしてくる者がいるはずだからだ。

その筆頭が元実家である鷹野伯爵家だ。今は帝城《ていじょう》侯爵家の後ろ盾で護《まも》られているが……それでは、親として実に情けないし、自分の力で美羽を守りたい。愛する家族を守るのが自分の役目であり、自分の願いでもあるからだ。

明晰《めいせき》な我が娘は、私たちが守ると伝えても、守りきれない可能性があると考えている。可愛らしい顔の美羽は眉を顰《ひそ》めて、不安そうにしていたからだ。

「パパ、ママ、私強くなる！　皆を守るよ。ししょーを探してしゅぎょーする。五百円払ってお願いする！」

幼いながらに強い決意をした娘。反対に私たちを守ろうとする健気《けなげ》な美羽の優しい心を感じて、頭を撫《な》でてありがとうと伝えたが、自分が頑張らねばとも強く決意するきっかけとなった。

美羽が五百円玉を握り締めて、魔法使いに弟子入りしようとする姿を想像すると、その健気さにますます愛しく思ってしまう。

方法はある。少なくとも平民では防げない貴族の横暴を防げる方法が。

今、妻と美羽は夕ご飯の買い物に行っている。今日はベーコンハンバーグにしましょうと妻が言って、美羽が笑顔で飛び上がって喜び、二人仲良くスーパーへと行ったのだ。

既に妻には相談しており、気は進まないけど美羽のためねと同意してくれた。なので、あとは自分の決意だけだが、意思は固まった。

スマフォを手に取り、帝城家に電話をする。しばらくコール音が響くと、相手が出てくれた。

「はい、帝城でございます」

相手のスマフォへ直通の電話ではない。スマフォの電話番号も伝えられているが、正式にお願いをしたいので、訪問するためのアポイントメントを取るために、家の方へ電話した。

相手は聞き慣れた声音の老齢の男性だ。帝城家の執事だろう。

「鷹野です」

「これは鷹野様。いつもお世話になっております」

丁寧な物腰での挨拶をお互いにして、用件を伝えることにする。

「実は帝城さんに折り入ってお願いがありまして。伺いたいのですが、ご都合の良い日時はありますでしょうか？」

「……ご訪問なされたいと？　何かありましたか？」

まだ美羽の話は伝わっていないらしい。護衛の人も遠巻きに守っているために、『魔力症』を美羽が治したことは知らないようだ。

油気子爵家は古くから続く小さい家門だが、魔道具作りの名門だ。先代から引き継いでいる魔道具も数多く、『ユグドラシル』が魔道具を狙う動きを見せていたので、警備を厳重にしていたと、訪問時に教えられた。

なので、おいそれと美羽の護衛も近づけなかったに違いない。

「実は美羽のことで一つお伝えしたいことがありまして、なので、この間のお話を受けたいと思います」

「ほう……左様ですか。少々お待ちください。当主様はご在宅ですので、ただいま代わります」

執事さんは、なにかを感じ取ったのか、すぐに王牙《おうが》さんへと繋《つな》いでくれた。

自分の決意が変わらないように、ゴクリと息を呑《の》み、私はスマフォを強く握り締める。

「お待たせした。王牙です。鷹野さん、どうしましたか？」

相変わらず落ち着いた声音で、電話越しでも重々しい貫禄《かんろく》のある空気を感じさせる人だ。

「実は美羽が『魔力症』を治しました」

「……『魔力症』を？　それは真《まこと》ですかな？」

私の言葉にハッと息を呑み、王牙さんは驚き真剣な声音で聞いてくる。王牙さん自身も予想していなかったに違いない。回復魔法使いの師匠を探すつもりでいたが、どの回復魔法使いも囲い込まれており、探すのは困難だと言っていた。なので、美羽は今使える回復魔法以外は使えずに、魔法使いとして成長は難しいと思われていたのだ。

それが誰にも教わらず『魔力症』を治せる魔法を使えたのだ。驚くのも無理はない。

「むぅ……美羽さんは『オリジナル魔法』を創造できる才能があるのかもしれません」

「『オリジナル魔法』ですか？」

「はい。どんな魔法も起源があります。最初の魔法は『オリジナル魔法』を創造した者が広めたのです。今でも『オリジナル魔法』はあります。闇夜《やみよ》も二つ三つの『オリジナル魔法』を創造しているので、珍しくはありません。誰しも自分の切り札として『オリジナル魔法』は持っています」

「一族の秘伝や奥義ですね？」

鷹野家にもそのような魔法は存在した。『マナ』に覚醒しなかった私は、詳細こそ知らないが、他家も同様に奥義などは存在している。

珍しくはないのかと、ホッとしてしまう。美羽の才能の高さは危険と繋がっているからだ。我が子の才能の開花よりも、安全を望むのは親としては不甲斐《ふがい》ないが、今は注目されるような力を持ってほしくなかった。

だが、王牙さんの続く言葉は、私の望みを壊してしまった。

「そのとおりです。ですが、問題があります。だいたいの者は一族の秘伝や、これまでの魔法を参考に『オリジナル魔法』を創造するのです。ですが、美羽さんは誰からも教わっていないにもかかわらず、『魔力症』を治癒できる魔法を創造してしまった。これは驚異的な才能です」

「そうなると、美羽は他者からどう思われますか？」

「ストーンゴーレムを倒した際のマナの多さ。そして『魔力症』を治せる魔法を使えるようになったことから、他の回復魔法を使用できるようになるかもしれません。………欠損を治せる魔法を使えるようになる可能性があります」

「欠損をですか……！」

あり得る、と私は唇を噛《か》む。『魔力症』を簡単に治せた娘だ。欠損を治せたら……。

「今の日本には三人のみですな。一人は『ユグドラシル』の教祖、もう一人は皇族、残る一人は日本各地を放浪している魔女と呼ばれる人ですね」

美羽は四人目の欠損を癒やせる回復魔法使いとなるかもしれない。なんとしても手に入れようとする者は、あとを絶たないに違いない。

「帝城さん、この間のお話を受けようと思います」

それならば、もはや時間は残り少ない。美羽は将来、魔導学院に入ることになるだろう。美羽の力は世間に広まる。その時に慌てても、遅いのだ。

王牙さんから、たびたび叙爵するようにと言われていたのだ。

「わかりました。陛下に鷹野さんの爵位の奏上をします。回復魔法使いを守るために必要であれば、子爵程度ならば問題はないでしょう」

「子爵？　この間は男爵との話だったと記憶しておりますが？」

「将来的に欠損を癒やせる回復魔法使いになる可能性があるとすれば、子爵家レベルは必要です。下位貴族でも、有象無象の男爵と子爵家では天と地の差がありますからな。子爵家ならば、昇爵して伯爵にもしやすいですし、高位貴族との結婚も可能です」

結婚………美羽には恋愛結婚をしてほしいが、それはとりあえず置いておく。婚約の申込みは全て蹴るつもりでもあるし。

「子爵ですか……わかりました。お願いします」

「お任せを。すぐに行動に移りますので、次にお会いした時には良いご報告ができるかと」

「ありがとうございます」

話は終わり、スマフォを切る。とんでもないことになってしまった。ヨーロッパと違い、日本の貴族は礼儀にうるさくないが、それでも覚えることはたくさんあるし、職場での立場も変わるだろう。何よりも魑魅魍魎《ちみもうりょう》が渦巻く貴族の世界へと飛び込まなくてはならない。

「ただいまー！　はんばーぐの材料買ってきたよ」

ふぅと疲れてソファに凭《もた》れかかり休んでいると、ドアを開けて、勢いよく美羽が飛び込んでくる。

「ふふ。それじゃあママはこれからハンバーグを作るわね」

後から入ってきた妻が可笑《おか》しそうに笑いながら、買い物かごをテーブルに置く。

「私もお手伝いする！」

手を洗ってくるねと、洗面台へと駆けてゆく娘。優しい娘に私は癒やされて、疲れていた心が温かくなる。

妻に先程のことを伝えなければならない。

だが、この優しい家庭を守るためなら、どんなこともしようと私は改めて決意するのであった。

三十話　ユグドラシル

海上に浮かぶ島が一つある。東京都にある八丈島、日本列島のそばに五十年前に築かれた島だ。築かれたというのは正しい表現である。それまではただの岩礁であったのを、周囲を埋め立てて島に変えたからだ。人工島として作られた島であるが、月日の経過により、島は森林に覆われて、自然豊かな環境となっていた。

しかし、計画立てて建設された人工島であるために、港はしっかりとしたものが作られており、港から続く建物も整然としており、当初からきっちりとした計画の上に建設されたことを示していた。

碁盤状に配置された建物群は、昔の首都である京の都のようであり、景観を大事にしているために、家屋とビルがまるで鏡合わせのように作られている。

不思議な景観である。まったく同じ建物を鏡合わせのように建てるなど、酔狂がすぎるというものだ。普通ならば自由に建物は建てられる。

景観を大事にするために、建物の高さの制限や色彩に気をつけることなど、決まりは作っても同じ建物を建てろとの指示を聞く者はいないだろう。

だが、この島内ではその指示が働いていた。皆は素直に同じ建物を建設していた。鏡合わせの世界を作るかのように、島内は作られていた。

それは、この人工島が『ユグドラシル』のものであるからだ。『ユグドラシル』の敬虔《けいけん》なる信者が教祖を崇《あが》めるために住んでいるからである。

宗教団体『ユグドラシル』。設立されてから六十年ほどしか経《た》っていないにもかかわらず、人工島一つを手に入れることができたのは、ひとえに聖女が教祖として存在しているからだ。莫大《ばくだい》な財力、建築を許される権力、そして、計画を可能とするほどの魔力により、人工島は作られていた。

島の中心まで続く町並み。その中心には巨大な建物が鎮座していた。古来の京の都、その都の主が住まう宮殿のように、宮造りの木造建ての建物があった。

重量を無視したかのように細い柱で支えられて、複雑に平屋が階層を重ねており、まるで空中庭園のように浮いているようにも見えた。また、その複雑な通路が行き交う様子から大迷宮にも見える建築物。魔法建築により、本来の物理強度を遥《はる》かに超えた強度で建てられた宮殿である。

『ユグドラシル』の教祖の住まう宮殿。その名も『ユグドラシル宮殿』という名前。

壮麗にして、華美なる宮殿。信者の中でも敬虔なる者たちが、教祖をお世話するために住んでいる。皆、その表情は穏やかで、お喋《しゃべ》りをすることなく生活している。

平和にして平穏なる場所。『ユグドラシル宮殿』の最奥、教祖がおわす場所、磨き抜かれた木床にでっぷりと太った老年の男が座っていた。上等なスーツを着て、襟には貴族院の議員バッジを誇らしげにつけており、その顔は重ねた権力争いにより、皺《しわ》だらけの醜悪なものとなっている。

上座といえる奥の間には、御簾《みす》が立てかけられて、御簾越しに人影が薄っすらと見え、厳かな女性の声が聞こえてくる。

「ユグドラシルの生命の葉よ、この男の身体《からだ》を永遠なる生命の欠片《かけら》にて癒やし給《たま》え」

『生命葉《ライフリーフ》』

座る男の身体が仄《ほの》かに光ると、その顔の様子が変わっていく。皺だらけでぽつぽつとシミのある顔、その顔がすっきりと変わり、皺が減りシミが消えていった。

そうして光が収まると、男は自分の身体を確認するようにペタペタと触る。肩を回して腰をひねり、ニヤリと笑う。

「おぉ、教祖様！　身体の調子が良くなりましたぞ！　身体の疲れからくる痺《しび》れもなくなり、痛んでた腰も治っています。常に感じていた胃もたれもなくなってすっきりしております！」

感激よりもニヤニヤとした嗤《わら》いが、当然だという優越者の気持ちを表している。

「それはようございました。議員、貴方《あなた》の体調が戻って、これからも政治家としてご活躍をお祈りしてます。それと、今回貴方様の体調を癒やしたお布施は……」

「はっはっはっ！　お任せください。『ユグドラシル』への検察の追及がこれ以上行われないように、知り合いにお願いしておきます」

「それは重畳。お願いいたします」

「お任せを！　帰ったら早速分厚いステーキでも食べながら話し合いを持つとしましょう。なにせ、今ならいくらでも食べられそうだ！」

せっかく治った身体を早くも酷使すると宣言し、議員は突き出した腹をぽんと叩《たた》く。

「程々になされよ。その身体は治ったばかり。また身体を壊すこともありますれば」

「わかりました、教祖様。その時はまたよろしくお願いいたします」

議員はわっはっはと高笑いをして頷《うなず》く。絶対に守らないであろうことは簡単に予想できたが、それ以上は教祖も口にしなかった。無駄なことだと知っているからだ。

それではと、頭を下げて議員は立ち上がると、意気揚々と部屋を出ていった。帰宅したら、すぐに酒に女に豪華な食事をするのだろう。そのたるんだ顔はニヤニヤと醜悪な笑いをしたままであった。

反対側の通路から五人の信者が現れて、議員の横を通り過ぎる。ちらりと一人が議員を横目で見ると、小馬鹿にしたように、フッと笑う。

議員は秘書を連れて、待たせているヘリコプターまで向かうのだろう。

奥の間に五人は入っていき、御簾の前にそれぞれ座る。綺麗《きれい》に正座をする者や胡座《あぐら》をかく者それぞれだ。まるで教祖を敬っているようには見えない者もいる。共通しているのは白いローブを着込み、フードを深く被《かぶ》っており、その顔が隠されていることだけだ。

「教祖様、ご機嫌麗しゅう」

五人の中で、背筋をピシリと伸ばし、綺麗に正座をしている者が頭を下げて挨拶をする。その態度から、教祖を敬っているのは確かだ。

「教祖様、あの議員の秘書が持っていたトランクケースを受付に渡してましたよ」

「十億は入っていますな、あの大きさなれば」

「たった一回の魔法にしては儲《もう》かりました」

「分け前は平等ですかな？」

他の者たちは、それぞれ軽い態度から仲間のような対等な口調の者もいる。金が欲しいのか、ニヤニヤと口元を歪《ゆが》めている者たちもいた。

とてもではないが、人々を救《たす》けることを教義としている敬虔なる信者には見えない。それぞれ、自分のことしか考えていないように見えた。

「ふ、我が五人の使徒たちよ、相変わらず健勝で何よりだ」

しかし、御簾の奥にいる教祖は気にする様子もない。

「今回の報酬は十二億。六億は我に。後は平等に六等分といこうではないか」

「どこらへんが平等なんだよ。あんた、コミックバンドのリーダーか」

チッと舌打ちする一人の男に、教祖はケラケラとからかうように笑う。

「教団を養っていくにはいくら金があっても足りないのだ。当初からの契約であろう」

「俺たちにも養う部下がいるんっすけど〜」

身体を揺らして不満を表す者もいる。

「ふっ。我は数万人、貴様らは数十人。もっと我が貰《もら》っても良いと思うが」

「当初の契約どおりです。私は気にしませんよ」

「……チッ。そのとおりだな。契約は守らねぇと」

ようやく話は終わり、僅かに静かになった。この光景を敬虔なる信者たちが見たら、あまりの教祖への態度に激昂《げきこう》してもおかしくない。

だが、彼らにとってはいつものことだった。

「金で雇われた最高幹部か。敬虔なる信者たちには見せられぬな」

「力のある魔法使いが都合よくあんたの信者になるとは思えねぇからな」

「我らは基本、金があり力もある。わざわざ胡散臭《うさんくさ》い宗教になど入らぬ」

「ならばこそ、そなたたちには今まで以上の金と権力を与えよう」

クックと教祖は笑うと話を続ける。そう、彼ら最高幹部は教祖に雇われていた。忠誠心もなく敬虔なる信者でもない。その二つを兼ね備えた力ある魔法使いが新興宗教である『ユグドラシル』に来る理由がなかったのだ。

この五人は破綻者だ。魔法の力は持つが金の稼ぎ方を知らない、頭が良くなく権力者にいいようにこき使われる、または犯罪者と、それぞれ問題がある者たちであった。

大金を渡し、権力者との繋《つな》ぎを用意して、教祖はこの五人を最高幹部として雇っていた。

「でだ、今回集めたのは他でもない。『土塊の額冠』をフルングニルが手に入れた」

教祖の言葉に一人の大柄な体躯《たいく》の男が胸を張り、他の者たちは感心の目を向ける。フルングニルと呼ばれた男は口元を笑みに変えて口を開く。

「あぁ、そのとおりだ。あのしょぼいエセ『エレキシール』と交換してきた。……交換を拒んだ時には、皆殺しにして奪おうと思ってたんだがな。油気家《あぶらげ》は腕の良い魔法使いたちを揃《そろ》えていやがったから、戦い甲斐《がい》があると思ってたのに、つまらねぇ結果になっちまったぜ」

懐から無造作に、錆《さ》びた額冠を取り出すと床に放り投げる。教祖の側仕えが慌てたように、額冠を拾い上げると、恭しく教祖へ持っていく。

「それで良い。お前は雑だからな。きっと大雑把《おおざっぱ》に殺しまくって、目的の物を手に入れられなかった可能性は大きい」

「魔道具使いをバカにすると、痛い目に遭うからねぇ」

「ぬかせ。で、それは本物か？　どうも上手《うま》く行きすぎてな。なにか嵌《は》められた感じもするんだ」

懸念の声をあげるフルングニルの言葉に、額冠を手渡された教祖は頷き、マナを送り込む。錆びた額冠は、光り輝くと錆びた部分が溶けるように消えていく。部屋は照らされて、神秘的な力を放っていた。しかしながら光は次第に収まり、元の錆びた額冠に戻ってしまった。

「ふむ………。どうやらマナが足りぬようだ。暫《しば》く放置されていたようだし、これは日常的にマナを注ぎ込まないとならんだろう」

教祖は舌打ちすると、土塊の額冠を側仕えに渡す。側仕えは頷き、額冠を受け取るとフルングニルの前に持っていき手渡す。

「あん？　どういうこった？」

「汚れて詰まっている水道管のようなものだ。何度も水を流して、汚れを掃除して綺麗にせねばならぬ」

「かーっ、わかりやすい説明ありがとうよ。ってことは、俺がマナを流し続けろと？」

「本物なのは間違いないが、マナの通しに違和感がある。それしかないだろう」

教祖の影が肩をすくめて、フルングニルは嫌そうな顔になる。

「面倒くせえっ！　誰か他の奴《やつ》に任せろよ」

「魔神を復活させるまでは、お前に使わせるつもりの神器だ。強力な力を宿しているが、それが嫌なら他の者に任せよう」

「チッ……。仕方ねぇ。これからも荒事はあるだろうからな。暇な時に注ぐことにする」

教祖の言葉に舌打ちしながらも、フルングニルは懐に額冠を仕舞《しま》う。神器は己のマナだけを流し込まなければ、完全に能力を引き出せない。仕方ないとフルングニルは受け取ることにしたのだ。

その様子を満足そうに見て取ると、教祖は話を続ける。

「異本によると、残る神器は四つ。各々が精進し、全ての神器を集めるのだ」

「はっ。魔神復活のため、我ら一同力を尽くします」

深く頭を下げると教祖は頷くのであった。

「魔神が復活……。他国への抑止力となるでしょう」

「揃った神器はいくらで売れるんですかね」

「強力な神器は解析する」

「とりあえず、神器を手に入れた報酬金をくれ」

「世界を再構築すれば、幸せな世界が待っている……」

皆は心を一つにまとめて、世界を破壊する魔神を復活させるため、教祖へと尽力を誓うのであった。

向いている考えは一つではないが。魔神を復活させるために行動すると決めているのだ。

小説では、このような話し合いのほとんどは描写されていない。見栄えの良い話し合いをシーンとして描くために、この五人をまるで敬虔なる狂信者として表現されていた。

三十一話　スラム街

そこはうらぶれた地域であった。人が暮らすには汚い場所だ。廃ビルが連なるように並び、窓枠には勝手にベニヤ板が置かれて、廃ビル同士を繋《つな》いでいる。細道も多くロッカーやら放置車両で道が塞がれている場所もある。

歩道橋はゴミ溜《だ》めのようで、魔物の骨に紐《ひも》が結わえられて橋から何体もぶら下がっていた。店舗は辛《かろ》うじて存在しているが、窓は板で塞がれて棚には何もなく、荒事に慣れていそうな筋肉質の体格の男が店番をしている。

住人たちは、疲れた顔の者や何かないかと視線を鋭くする者、無気力な者など様々だ。

一般人が入り込むと、ただではすまない。男なら身ぐるみ剥《は》がされて、側溝に死体となって浮いているか、女性なら襲われて、娼館《しょうかん》に売られてもおかしくない危険な場所。警察も入り込むことはしない治外法権。スラム街はそんな場所だ。

強盗から殺し屋、ホームレスや娼婦、薬を売り捌《うさば》く売人など、犯罪者や困窮した貧民たちの坩堝《るつぼ》となっている。

普段から、喧嘩《けんか》や殺し合い、小さな抗争も珍しくはないこの地域だが、今日は様子が違った。

廃ビルのいくつかが倒壊し、粉塵《ふんじん》が吹き上がり、灰のように降っていた。粉塵は地面を覆い、倒れている者たちの姿を消していく。

今にも朽ちそうな家屋からは炎が吹き出し、火事となって延焼している。普段は死人が出れば、その身ぐるみを剥ごうと狙うハイエナたちも、今回は命の危険を悟り、悲鳴をあげて逃げまどい、阿鼻叫喚《あびきょうかん》の地獄へと変わっていた。

炎と煙、死臭と血の臭いが広がる中で、黒ずくめのローブを着込んだ者たちがその手に血の滴る剣を持ち佇《たたず》んでいた。

ローブを着込んだ者が、逃げ遅れたのか震えている痩せ衰えた女性を見つけ、無感情に剣を振り下ろすと、無造作に斬り殺す。

悲鳴をあげて倒れる女性。さらにローブの者たちが進もうとすると、その足元に火炎弾が飛んでくる。着弾すると轟音《ごうおん》と共に炎を撒《ま》き散《ち》らし爆発するが、その時には狙われた者は後ろへと飛び退《との》いていた。

「なにもんだ、てめえらっ！」

女性の怒鳴る声が響き、数十人の人間がバタバタと足音荒く姿を現す。皆はそれぞれ鉄パイプやらナイフ、短銃などを持って武装している。

ローブの者たちの三倍は多い人数だ。リーダーなのだろう、空から少女が怒気を纏《まと》わせて飛び降りてきた。まだ幼さを僅かに残しているが、その目は荒《すさ》んでおり、荒事に慣れた凄《すご》みを見せていた。

「あーん？　ここのリーダーってのは、てめえかよ？」

ローブ姿の人間たちの一人が前に出てきて、面倒そうに肩を鳴らしながら、余裕そうに口を開く。

「そうだっ！　あたしはヨーコ！　九尾のヨーコ様だっ！　このシマのボスだよっ！　あたしのシマで好き勝手やりやがって、どこのもんだ？」

少女は狐《きつね》の耳と狐の尻尾《しっぽ》を生やしており、人間には見えない。魔法使いであるのは明らかだ。汚れているために、狐耳も尻尾もまるでゴボウのように細く汚い。

「あぁ、はいはい。俺はこんな汚《きたね》えところの住人じゃねぇよ。てめえらは本当にこんなゴミ溜めに住んでるのか？」

耳をほじりながら、男が馬鹿にしてせせら笑う。ヨーコはムッとさらに怒る。

「ここでも住めば都なんだよ！」

「てめえは力を持っていそうだからな。なるほどねぇ、こんなところなら、お山の大将ができるよな。こんなところなら」

「てめえっ！」

ゲラゲラと笑うローブの男に、怒りを堪《こら》えかねたヨーコの仲間が飛び出す。鉄パイプを振り上げて、その頭上に容赦なく振り下ろす。その様子を見ても、男は逃げもせずにニヤニヤと口元を歪《ゆが》めている。

ガツンとその脳天に鉄パイプを振り下ろした男は、確かな手応えにニヤリとするが、次の瞬間、驚愕《きょうがく》の表情になる。

ローブの男がフードを外すと、傷一つなかったのだ。男の顔を手で掴《つか》むと、片手で大の大人を持ち上げる。ローブを外した男は金髪に金色の瞳を持つ男だった。

「あー、くせぇくせぇ、お前ら風呂に入っているのか？」

「は、離しやがれ、このやろうがっ！」

ジタバタと暴れる男に対して、ローブの男は軽い感じで手に力を加える。

グシャリ
と、音がすると、暴れていた男の頭は西瓜《すいか》のように砕かれて、脳漿《のうしょう》を溢《あふ》れさせ、血をドロリと流すと動きを止めた。

つまらなそうに投げ捨てると、ローブの男はパンプアップするように腕を組む。

「俺は『ニーズヘッグ』の幹部の一人、フルングニル。世界を正しい姿に変えるため、行動する者だ。あれだ、正義の味方ってやつだな」

「ふざけんなっ！　よくも仲間をやりやがったな」

「おいおい、こいつが先に攻撃してきたんだぜ？　俺は正当防衛しただけっつーの」

ヘラリと笑うフルングニルに、ヨーコは腕を振って怒鳴る。

「何言ってんだ！　ここに住んでた仲間を殺しまくりやがって！」

「あぁ、それはあれだ。必要経費ってやつだな、うん。ほら、殺しまくれば、このシマのボスが出てくるだろ？　そのために必要だったんだ。まぁ、生きていても生産性がない奴《やつ》らだ。殺しても構わなかっただろ？」

「な……たった、それだけのために？」

その軽い口調にヨーコは怖気《おじけ》を感じて問い返すが、フルングニルはあっけらかんとして頷《うなず》く。

「どうせ犯罪者集団だ。殺しちまっても良かっただろ？」

「ふざけんな！　それでもあたしたちは生きているんだ！」

たしかに犯罪者の集団だ。スリに盗みは当たり前。酒は飲むし、身体《からだ》も売るし、薬はやる。殺しだって報酬によってはやる集団だった。

だが、幼い頃にここで生きることになった自分にとっては大切な仲間だったのだ。

「は！　犯罪者の集団を殺して、ありがとうと感謝はされても憎まれることはねーよ。てめえらみたいなクズを抜かしてな。……それより、お前ら、魔道具を知らねーか？　土塊の額冠って言うんだけど、ようやくここにあると情報を得て来たんだ。六年前にしくじっちまってな。あれは失敗だった」

後悔したように軽い口調で言うフルングニルのセリフに、ヨーコは顔を青褪《あおざ》めさせて、唇を噛《か》むと、睨《にら》み返《かえ》す。

「土塊の額冠？　まさか……うちに入った強盗かよっ！」

「あん？　………もしかして唯一逃げた餓鬼か？　おぉ～、まだ生きてたのかよ、親戚筋を確認しても姿が見えなかったから、死んだと思ってたぜ」

「てめぇ……てめぇがあたしの家族を殺した奴かァァ！　殺してやるっ！　てめえら、かかれっ！」

フルングニルの言葉に顔を真っ赤にさせて、ヨーコは叫ぶ。おぅと、仲間たちがそれぞれの得物を手に、フルングニルたちへと襲いかかる。

「そうか、あの時逃した餓鬼がいるんなら、魔道具もここにあるのか！　絶対に逃さねぇぞ！」

ヨーコの仲間たちがフルングニルたちへと攻撃を仕掛ける。ヨーコも手のひらに炎を作り出すと、復讐《ふくしゅう》の相手を憎しみを持って睨みつける。

「あの日、お前らが押し込み強盗をしてきた時、あたしの両親はあたしを逃してくれた。弟と一緒に……」

なんの力もなかったヨーコは弟といくつかの魔道具を持たされて逃された。両親はすぐに迎えに行くからと約束してくれた。

……だが、両親は迎えに来ず、ヨーコは弟とあてもなく彷徨《さまよ》い……やがて弟は死に、今のヨーコには僅かな魔道具が手元にあるだけだ。スラム街の小さな集団のボス。『マナ』に目覚めたヨーコ。それがあたしだ。

復讐を胸に、犯罪に手を染めて生き残ってきた。そして、今、目の前に復讐の相手がいる。

「絶対に殺すっ！」

『狐火』

いくつもの火炎弾を手のひらから弾《はじ》くように飛ばす。フルングニルは余裕の表情で手のひらを翳《かざ》すと、火炎弾を打ち消してしまう。

「はっ！　まともに『マナ』の扱い方も教わってない奴に負けるかよ」

「このやろう！」

ヨーコは狐人の身体能力を使い、跳ねるように宙を飛び、狐火を放つ。剛拳にてフルングニルはそれをあっさりとかき消して、ヨーコの仲間をついでとばかりに、その剛拳で砕いていった。まるでミサイルにでも当たったかのように命中した箇所が爆発し殺されていく。

「こいつら、全員魔法使いだ！」

「倉田が殺《や》られた！」

「銃も効かねぇ！」

信じられないことに、フルングニルの仲間たちは全員魔法使いであり、その身体能力は獣のようだ。鉄パイプはその身体に弾き返され、ナイフは刺さらない。銃を撃ち、対抗しようとするが、ローブに穴すら開かず、剣で斬られて殺されていく。

「ぶはは は、見ろよ、お前の部下を。ゴミじゃ、俺たちに傷一つつけられないとよ」

「くっ。舐《な》めんなよ」

『蜃気楼《しんきろう》』

己の切り札を切る。ヨーコの姿は霧と共にかき消えて、気配すらも消えていった。

「ほぉー、やるじゃねぇか。どこにいるか、わからねえぞ？」

余裕を見せて死にやがれと、ヨーコは嗤《わら》い、そっと滑るようにフルングニルの懐に入る。他の仲間は傷をつけることもできないが、自分は魔法使いだ。『マナ』の宿りし短剣なら傷つけることが可能だ。

ヒュッと風斬り音を立てて、ヨーコの持つ短剣がフルングニルの首を切り裂く。

「はっ、ざまあみろ！」

攻撃したために、姿が浮かび上がるが、気にせずにヨーコは勝利を確信したが、

「やるな、小娘！」

「な！」

驚くことに、ヨーコの攻撃はフルングニルの首元を赤くミミズ腫れにさせただけであった。渾身《こんしん》の一撃、全力の攻撃が効かなかったことに、思わず立ち止まり、呆然《ぼうぜん》としてしまう。

そして、その隙をフルングニルは逃すことはなかった。

「終わりだ。ゴミ箱に捨てておいてやるよ」

そうして、手のひらからクリスタルの槍《やり》が生み出されてヨーコの胸を貫く。ヨーコは復讐もできずに殺されるのだった。

◇

そこまでが今までの玉藻《たまも》の夢であった。起きると内容は忘れるが、時折見る悪夢だ。怖くて寝れないとパパとママの所に行って、泣きながら寝る。

それが玉藻の悪夢だったが、今日は違った。

殺されたと瞬《まばた》きをして、自分が無事なことに気づく。いや、自分の姿も変わっていた。

「な、なんだてめえは?」

スラム街でもなかった。どこか知らない場所だ。

なぜかフルングニルは膝を突き、焦った顔をしている。

「あぁん? 俺の名前を知らねぇとは、さてはお前、レギュラーキャラクターだな」

そして玉藻の前には銀色に近い灰色髪の美少女が、猛獣のように好戦的な顔をして、八重歯を剥《む》いて笑っていた。その周りには何人かの人が同じように立っているが、影となっておりはっきりと見えなかった。

「な、どういう意味だ?」

「俺は空気なんだ。モブは悲しいよな」

戸惑い混乱するフルングニルに、灰色髪の美少女は笑い、手を翳《かざ》す。そうして、なにかを口にして閃光《せんこう》が走り……………玉藻は目が覚めた。

ぱちくりと目を開けると、なにか怖い夢を見たような気がしたが、後から嬉《うれ》しい夢に変わった感じがして、フフッと微笑《ほほえ》む。もはや悲しいことは起きないとなんとなくわかった。

「うにゃー。ホーンベアカウって、くまー、うしー?」

寝言を言って隣で寝てるのは、お泊まりに来たエンちゃんだ。その寝言に可笑《おか》しくなり、玉藻は
エンちゃんの頬《ほお》をつつく。

「おはよー、エンちゃん」

「おあよ〜、玉藻ちゃん」

眠そうに答えるエンちゃんを見て、心がぽかぽかする。

その後、同じ悪夢を見ることは二度となかった。

とりあえずエピローグだぞっと

さて、様々な物事が原作前に確認できた。まだまだ主人公にも出会っていないし、ストーリーに絡む様子もない。まぁ、モブなんだから当たり前だろうけどね。

『魔導の夜』の世界に転生して、俺はなんの因果か美少女になった。この世界のモブキャラは可愛《かわい》いんだ。イラストレーターさんに感謝だね。

友だちもできた。闇夜《やみよ》に玉藻《たまも》。他にもたくさんの友だちだ。

家族は仲が良く愛されており、最高の環境だ。なぜかゲーム仕様の身体《からだ》だけど、まぁ、問題はないだろう。強くなる方法としては、ゲームキャラの仕様は助かる。目に見えて結果がわかるのは、充分にチートだからだ。

家族を守るため、友だちを助けるためにも、俺は鍛えないといけないと思う。『魔導の夜』はかなり凄惨なシーンが多いんだ。主人公とレギュラーヒロインたち以外は結構簡単に死ぬ。名もなき背景画のようなモブなんて、本当にあっさりと殺されちゃうのだ。

防がないといけないだろう。強くならないといけないだろう。

「強くならないといけない。でも、今のままだと強くなれない」

護衛たくさんで、格下相手にちまちま経験値稼ぎ。このままだと、さっぱりレベルは上がらないだろう。

「こっそりと……か」

ぽつりと呟《つぶや》き、俺は『マイルーム』に飾られている石像を眺める。神々をあしらった像だ。『マイルーム』に置いてあるこの石像は特殊な力を持つ。

「今後のためにも、新たなる力が必要だね」

クスリと悪戯《いたずら》そうな笑みで、銀色に近い灰色髪の美少女はサファイアのように美しい瞳を輝かせて、石像に小さな手を差し伸べるのであった。

あとがき

初めまして。バッドと申します。モブな主人公、いかがでしたでしょうか？

面白かったと思っていただければ幸いです。

作者はこの本にて、初めてあとがきを書くのですが、今まで読んできた小説の中で、あとがきが一番難しいと書かれているあとがきをたくさん読んできました。

読者から作者へとジョブチェンジして、なるほどと思いました。

あとがきから読む方々もいらっしゃるので、ネタバレ禁止。さて、それではなにを書くかとなると、難しいですね。

でも、難しいと考えることができてとても嬉《うれ》しいです。

小説家ぽいなぁと、ムフフとほくそ笑んでます。


まさかの書籍化。モブな主人公は、モブなのに書籍化！

スピンオフかなと考えたりします。ありがとう『魔導の夜』の原作者さん……感謝の言葉もありません。

こう書くとスピンオフっぽいですよね？

本作を書くことになったきっかけは、今ではテンプレとなっているモブに転生しちゃったという話を書きたかったからなのですが、少しだけテンプレとは違う形で執筆したかったのです。

色々なモブに転生した主人公の話を読んできましたが、基本、ストーリーは原作準拠でその中でモブに転生した主人公が頑張る話が多いなぁと思っていました。

なので、原作ストーリーをガン無視して突き進む主人公がいても良いんじゃない？　との考えから書き始めた次第です。

この主人公は主人公的な性格をしていません。正義感に熱くなく、計算高いと思えば適当で、アホなところもあります。

つまりは普通の人なんですと、言い切れれば良いのですが、こんな普通の人はいねーよとのツッコミもあると思いますので、もしかしたら普通の人という括《くく》りでお願いします。


小説家になろうで、作者は執筆をしており、この本を手にした方の中には知っているよという方もいるかもしれません。

というか、結構多いだろうなぁと思います。

なろうで執筆を開始して、だいたい三年でしょうか。まさかの小説家になれました。

小説家になろうの題名どおりですね。ありがたや～。

昔のように、原稿用紙に小説を執筆して、封筒に入れて投稿という形であったならば、確実にズボラな作者では小説家になれませんでした。

趣味として小説を投稿できたからこそと言えます。

小説家になろう様、ありがとうございます。まさか自分が書籍を出せるとは思ってもみませんでした。

そして書籍化に伴い、尽力して頂いた出版社様と編集者様にも感謝を。

ありがたや、ありがたや～。

もう神様と同じです。

ありがたや、ありがたや～。

さて、これにてあとがきは終わりですね。またお会いできればと、切に願います。

モブな主人公。これから先の主人公の活躍にご期待ください！

バッド

モブな主人公
～小説の中のモブはカワイイけど問題がある～

ムゲンライトノベルスをお買い上げいただきありがとうございます。
作品へのご意見・ご感想は右下のQRコードよりお送りくださいませ。
ファンレターにつきましては以下までお願いいたします。

〒162-0822
東京都新宿区下宮比町2-26 KDX飯田橋ビル 5階
株式会社MUGENUP ムゲンライトノベルス編集部 気付
「バッド先生」／「ぐりーんたぬき先生」

MUGEN Light novels

モブな主人公 ～小説の中のモブはカワイイけど問題がある～

2023年4月26日　第1刷発行

著者：バッド
イラスト：ぐりーんたぬき

発行人　伊藤勝悟
発行所　株式会社MUGENUP
〒162-0822 東京都新宿区下宮比町2-26 KDX飯田橋ビル 5階
TEL：03-6265-0808（代表）　FAX：050-3488-9054
発売所　株式会社星雲社（共同出版社・流通責任出版社）
〒112-0005 東京都文京区水道1-3-30
TEL：03-3868-3275　FAX：03-3868-6588
印刷所　株式会社シナノパブリッシングプレス

編集企画●異世界フロンティア株式会社
担当編集●山本剛士

Printed in Japan
ISBN 978-4-434-31833-7 C0093